Camille im Oktober

Mireille Best

Camille im Oktober

Aus dem Französischen von
Claudia Kalscheuer

Krug & Schadenberg

Da sprach der Herr zu Kain: „Wo ist
dein Bruder Abel?“ Er sprach: „Ich weiß nicht.
Bin ich denn meines Bruders Hüter?“

I

Wo jetzt? Wann jetzt? Wer jetzt?
S. Beckett, *Der Namenlose*

Jetzt hat der Wind sich gelegt. Die Straße ist schwindelerregend leer. Es ist ein Wochentag, im Oktober. Vier Uhr nachmittags. Die Stunde des Nichts. Die Stunde, da die Mütter am Tiefpunkt der Unterhaltungen Kaffee trinken. Die Stunde, da sie das Gefühl völliger Einsamkeit im Bauch haben Ohne die Männer Ohne die Kinder Ohne irgend etwas, das sie zum Funktionieren zwingen würde. Wenn die Mütter diese Verlorenheit des ganzen Körpers, dieses trostlose Umherirren des unbeschäftigten Geistes, diese Sinnlosigkeit der Gliedmaßen, die träge und stumpf macht, benennen könnten, wenn die Mütter sich umbringen würden, dann wäre es an einem Wochentag Im Oktober Mitten am Nachmittag.

Aber die Mütter aus der Nachbarschaft bringen sich sehr selten um, das ist eine Tatsache. Sie hören Radio Blättern in ihren Zeitschriften Sie drehen zwischen Liedchen und Strickzeug Ernährungswahn und Geldsorgen langsam durch Sie stapeln ihre Wäsche der Größe nach, stopfen ungeschickt die Löcher, kochen manche Sachen, scheuern andere, waschen alles, was Wasser verträgt, polieren den Rest und räumen auf, was ewig herumliegt und übersteht und überquillt und sie unter sich zu begraben droht. Und wenn jene Beklemmung sie überkommt, dann laufen sie los und versammeln sich um die Tassen herum, schließen ihre unbeschäftigten Hände um etwas Warmes und hören den Geschichten zu, die sie schon kennen, die manchmal etwas variieren, aber kaum, ohne zu wissen, daß diese Sache, der es zu entrinnen gilt, einen Namen hat. Sie bestehen fort. Die Welt ist trüb und verschwommen. Die gebieterische Notwendigkeit weiterzuleben treibt sie zu belanglosen Streitereien Zu Lachanfällen Zu dem Bedürfnis, etwas Warmes zu trinken.

Ariane, Abel und ich, wir waren dabei. Dazwischen. Mittendrin. Überall. Mehr oder weniger durchsichtig im übrigen. Gläserne kleine Tiere, gegen die man versehentlich stieß Was machst du denn da? Plötzlich gehörte der Platz, an dem wir uns befanden, nicht mehr uns. Man hätte anderswo sein müssen, aber wo? Kinder bringen ihre Zeit damit zu, ertappt zu werden In flagranti Im Halteverbot Sie werden umgesetzt weggestoßen verjagt. Zurückgerufen, wenn sie verschwunden sind – WO bist du gewesen? – Als würde man durch Mauern wandeln Unter der Erde entlangkriechen Flüsse aufwärts schwimmen – Seit Stunden suche ich euch überall, macht ihr das mit Absicht? – Als wäre man zu Asche zerfallen Zwischen den Maschen des Vorhangs durchgeschlüpft In Luft aufgelöst Unauffindbar.

Sie sind verrückt, sagte Ariane zu mir. Total plemplem. Ariane ist immer hart gewesen, oder vielmehr kompakt, nach Art der Kieselsteine: auf den ersten Blick glatt, beim Berühren leicht rauh. Total plemplem, sagte Ariane, total.

Ich dagegen hing freischwebend in der Atmosphäre und hatte an allen Reichen teil. Grenzenlos durchlässig flottierte ich, bewegte mich fort wie eine Nebelschwade. Ich war dieses oder jenes oder die ganze Welt auf einmal, unfähig, mich selbst mit Gewißheit zu verorten. Ich habe nie genau gewußt, WER ich bin. Ich weiß nicht einmal, ob sich das mit der Zeit gibt oder ob ich für immer zwischen widerstreitenden Zugehörigkeiten herumirren werde, abgesehen von jenen Schüben heftigen Niederschlags, in denen ich Kieselstein werde, Panzer gegen den Schmerz, Instrument des Hasses.

Abel wiederum bestand nicht aus einem flüchtigen Material, eher aus einem porösen, schwammigen, das sich manchmal unvermutet zersetzte. Er hatte nie irgendeine Meinung. Aber auch er durchquerte Zonen phänomenalen Drucks, die ihn kurzzeitig in explosiven Stoff verwandelten.

Alles in allem waren wir ganz gewöhnliche Kinder, inmitten der ganz gewöhnlichen Verrückten, die dieses Viertel bevölkern. Man streichelte uns im Vorbeigehen Man sagte manchmal du wächst Die meiste Zeit brachte man uns jene universelle Toleranz entgegen, die sich bei uns auf Hunde Katzen Säufer und Unwetter erstreckt, auf alle Dinge, von denen man nicht recht weiß, ob sie gut oder schlecht sind, an die man sich aber mit der Zeit gewöhnt hat.

Jetzt hat der Wind sich gelegt. Die toten Blätter haben aufgehört zu rascheln in den Rinnsteinen, wo sie vollends vertrocknen. Irgendwo in einer anderen Straße, außer Sichtweite, drückt ein Irrer auf die Hupe eines Autos, fast genau alle fünfundzwanzig Sekunden. Es ist kurz nach vier Uhr nachmittags, an einem Wochentag im Oktober. Ich bin schließlich von meinem Stuhl aufgestanden, habe mich aus meiner verstörten Betrachtung der Straße herausgerissen, einen Plan gefaßt: Ariane anrufen.

Ariane, und nicht meine Mutter, zu der ich in wenigen Minuten gelangen könnte, auch nicht Clara, die die Stadt noch nicht verlassen hat. Nein. Ich werde meine kleine Schwester Ariane anrufen, die über tausend Kilometer weit weg ist. Und selbst wenn sie am anderen Ende der Welt wäre, wie es ihr bestimmt noch passieren wird, dann wäre es trotzdem sie, die ich anrufen würde – hier, jetzt, in einem so schmerzlichen Notfall, daß mein Herz sich zusammenkrampft – ohne einen Gedanken an die Zonen, die die Zeit verschieben Ohne einen Gedanken daran, ob ich sie mit Gewalt aus dem Schlaf oder aus der Liebe reiße. Ariane. Ariane. Abel ist tot.

O mein Gott, hatte meine Mutter gesagt Kümmer dich um deinen Bruder und deine Schwester, ich werde nachsehen, was ... Ich gehe in Abels Zimmer, in dem die beiden Kleinen eingeschlossen sind. Mein Vater ist tot, ich habe ihn gerade umgebracht.

Abel ist steif wie ein Strommast, seine hellen Augen durchlöchern seinen Kopf wie zwei starre Strahlen, die sich in den Raum in die Wände in die Schädel bohren. Von einem Moment auf den anderen, von seinem eigenen Strahlen wie vom Blitz getroffen, wird er einen seiner Anfälle bekommen, in voller Länge hinschlagen mit einem lauten Krachen der Knochen, die Augen endlich auf sein eigenes Inneres gerichtet, auf nichts anderes mehr als diese winzige Zone, die durch den Kurzschluß verschmort ist und qualmt.

„Womit?“ will Ariane wissen, die sich immer um völlig nebensächliche Details Gedanken macht.

„Mit dem Bügeleisen.“

„Sauber“, hat meine kleine Schwester Ariane gesagt. „Und wenn du ihn nicht richtig erwischt hast? Wenn man Leute umbringen will, nimmt man ein Gewehr, kein ...“

An dem Tag habe ich geantwortet, ich hätte kein Gewehr, ich könne überhaupt nicht schießen, und ich hätte ihn sicher richtig erwischt. Dann haben wir Abel geschüttelt, der immer noch steif und vor sich hin strahlend dabei war, an Ort und Stelle durchzudrehen, in einem Kurzschluß, der sich viel länger hinzog als sonst.

„Paßt gut auf Abel auf“, hat meine Mutter gesagt, als sie die Tür mit dem Knie aufstieß, weil sie die Arme voller Wäsche und Flakons hatte. „Es scheint nicht so schlimm zu sein, er kommt wieder zu sich.“

„Ich hab es dir ja gesagt“, murrte meine Schwester Ariane, während sie eine verdrehte Falte ihres Rockes geradezog. „Ein Gewehr oder gar nichts. Sauber.“

Abel ist endlich umgestürzt, und ich hatte gerade noch Zeit, mich in seine Fallbahn – immer nach hinten, das ist zum Glück einfach – zu werfen, um zu verhindern, daß er sich an der Ecke des Bettes den Schädel spaltete. Ohne ein weiteres Wort half Ariane mir, ihn darauf zu legen. Danach haben wir gewartet.

Mein Vater hatte viel Blut verloren, wodurch es in seinem benebelten Schädel wesentlich klarer geworden war. Er hat dem Arzt dasselbe erzählt wie meine Mutter: Er habe sich den Kopf an der Ecke des offenen Fensters angeschlagen, als er sich nach dem Aufmachen seiner Schnürsenkel wieder aufgerichtet habe. Da hast du dich ja voll erwischt, hat der Arzt festgestellt – worauf meine Schwester Ariane die Schultern zuckte, aber niemand außer mir sah sie an, und außerdem war sie sowieso viel zu klein, als daß man sie deswegen geschimpft hätte – Du hast eine dicke Beule. Das nächste Mal, wenn du zwei Fensterflügel statt einem siehst, versuch nicht, dazwischen durchzukommen, das wird dir Unannehmlichkeiten ersparen.

Als der Arzt dann weg war, hat mein Vater wieder gesagt, daß wir alle kleine Miststücke seien, daß er uns bei der Geburt hätte ersäufen sollen wie tollwütige Katzen. Was bewies, daß er immer noch ein bißchen blau war, nüchtern redet er nämlich kein Wort.

Abel, der in der Zwischenzeit wieder zu sich und zu uns zurückgekommen war, hat angefangen zu weinen wie jedesmal, weil er kein kleines Miststück sein wollte. Ariane und ich, wir hielten die Klappe. Abel hat unbedingt sagen müssen, er hätte nichts getan. Aus allen Ritzen rann ihm die Brühe, aus den Augen der Nase den Mundwinkeln, wie farbloses Blut, das vor unseren Augen vollständig auslaufen würde. Aber über eine solche Kleinigkeit regt sich schon lange niemand mehr auf, außer vielleicht meine Mutter – Mütter sind ewig damit beschäftigt, irgend etwas wegzuwischen, Tränen verschütteten Wein auf dem Wachstuch das Pipi in den Windeln die Spucke am Kinn der Bälger oder den

Seifenschaum von den Fliesen ... – Meine Mutter hat also ihr Taschentuch herausgeholt, um Abel trockenzuwischen, halb auf den Knien vor ihm. Nicht doch, mein Schatz, nicht doch ... Mein Vater sah sie alle beide schief an, unter seinem Verband hervor und mit zusammengekniffenen Augen wegen seines Schädelwchs. Am Ende hat er angefangen zu brüllen, Scheiße, niemand hat etwas getan! Ist schon klar. Ach, haut doch ab.

Geht spielen, hat meine Mutter gesagt, als wäre Spielen für Kinder ein natur- und schicksalsgegebener Zustand. Geht doch spielen. Und nachdem sie Abel trockengewischt hatte, wischte sie nun die vergessenen kleinen Blutstropfen auf dem Linoleum auf. Und laßt euren Vater schlafen, seid so nett, ausnahmsweise mal. Ihr seht doch, daß er Schmerzen hat.

„Soll ich dir was sagen“, hat Ariane zu mir gesagt und dabei mit einem unauffälligen Handgriff die Falten ihres Rocks überprüft. „Mich läßt das völlig kalt.“

Abel verlor noch ein bißchen Rotz und Wasser hier und da, in Zeitlupe. „Zieh hoch“, hat Ariane gesagt und es ihm vorgemacht. „Das wird doch wohl nicht ewig so weitergehen. Oder putz dir die Nase.“

Ich höre Ariane noch zu mir sagen, in ihrem lawinenartigen Redefluß, in dem die Wörter übereinanderpurzeln und durcheinandergeraten und aneinanderschlagen, es wäre besser gewesen, wenn Abel ohne Geschichten zu machen „abgegangen“ wäre, weil manchmal fragt man sich doch, ob es wohl der Mühe wert war, nee also wirklich ...

Ich weiß nicht mehr, wann ich es erfahren habe (man achtet nicht auf solche Dinge), aber ich habe schon sehr früh gewußt, daß man kaum gekeimte Kinder „abgehen“ läßt, indem man irgendwelche Schweinereien schluckt. Es ist allgemein bekannt, daß fast alle Kinder in unserer Straße in den ersten Wochen ihres Wachstums behandelt worden sind wie Verdauungsprobleme.

Wir sind die Überlebenden der großen Razzia, die sich so wildentschlossen im Bauch ihrer Mütter festgeklammert haben, daß sie uns wohl oder übel ausbrüten mußten, damit wir endlich losließen. Eine Gattung von Siegern. Oder von Verrätern, die sich in die Ecken verkriechen. Ariane gehört zur Gattung der Sieger: Es heißt, meine Mutter wäre beinahe verreckt, sie aber nicht. Na ja, sagte meine Mutter zu ihren Freundinnen, wenn man vor der Wahl steht, ein Balg mehr großzuziehen oder zwei kleine Waisen zu hinterlassen, da hat man sich schnell entschieden ... Seufzend hatte sie also Ariane, die schon damals stur war, wachsen lassen.

„Du wußtest nicht, wie man es anstellt", sagt Gertrud mit ihrer spöttischen Ratgeberinnenmiene zu meiner Mutter.

„Und du?" sagt meine Mutter leicht gereizt. „Wußtest du es vielleicht?"

„Mich hat's ein Mal erwischt, aber kein zweites", sagt Gertrud. „Ich habe das eine Mal genug bereut, um mich um Weiterbildung zu bemühen ..."

Jähes Schweigen in Margots Küche, wo sich die Mütter auf ihren Stühlen winden und aussehen, als trauten sie sich nicht, den harten Brocken wieder auszuspucken. Am Ende schlucken sie ihn herunter und bemühen sich hartnäckig, den besonders widerspenstigen Zucker in ihren Tassen zum Zergehen zu bringen.

„Was ist denn das für Zucker?" sagt Micheline endlich, wobei sie mit dem Löffel draufklopft.

„Belgischer", sagt Margot. „Von Gaston, der hat da Beziehungen. Ein schöner Dreck, unter uns gesagt, ich frage mich, wozu der gut sein soll."

„Im Kaffee taugt er jedenfalls nichts", sagt meine Mutter.

„Erst löst er sich nicht auf", bekräftigt Micheline, „und dann süßt er nicht ... Gib mir doch noch ein Stück, Schätzchen."

„Dieser Gaston", sagt Gertrud, „der hat immer Sachen, zum Totlachen. So schlecht ist er doch gar nicht, der Zucker, hört auf zu meckern ..."

Unter uns, sagte Margot zu meiner Mutter, wenn Gertrud nicht da war – und Micheline vorzugsweise auch nicht, die ritt dermaßen auf ihren Prinzipien herum, also wirklich – unter uns, Gertrud hat aber auch ein Scheißleben gehabt, wenn man es sich überlegt ...

„Ich weiß", sagte meine Mutter. „Aber trotzdem."

„Auf preußische Art erzogen", beharrte Margot. „Strrreng. Strrreng. Streng die Eltern. Streng der Pfarrer. Streng die Jugend im Stechschritt. *Heil! Heil!*" sagte Margot und straffte das Fett ihres Kinns, um es meiner Mutter zu zeigen. „Wir können uns das überhaupt nicht vorstellen, im Grunde ..."

„Nein", räumte meine Mutter ein. „Das stimmt, wir können uns das nicht recht vorstellen ..."

Wir kennen die Geschichte auswendig, aber wir hören sie uns immer wieder an, denn manchmal ändert sich sang- und klanglos ein Detail.

Gertrud hatte sich ein Kind geholt, man weiß nicht recht, wie – vielleicht sogar von einem in steifer, faltenloser Uniform, sie hat es nie gesagt – Und dann nimmt der Vater die Peitsche vom Haken Die Mutter legt ihr das geschnürte Bündel über die Schulter Die Tür wird schweigend geöffnet Die große Szene der verlorenen Ehre, während man auf der Straße ein Regiment von Stiefeln vorbeiziehen hört, tapp-tapp-tapp auf dem Pflaster ... Das war 1939, wo sollte sie da hin?

„Tja, ich weiß", sagt meine Mutter. „Aber ..."

Man weiß weder, wie Gertrud in Frankreich gelandet ist, noch mit wem, das ist sicher nicht ganz astrein ... Noch wie sie Französisch gelernt hat, das sie spricht wie alle anderen, bloß ein bißchen schleppend, als wäre das nur eine Marotte von ihr, ein Mangel an Schwung, eine gewisse Trägheit ...

„Man kann sie nicht verurteilen", räumt Micheline ein, die man oft nicht kommen hört und die dann manchmal in ein Gespräch hereinplatzt, in dem man sie nicht erwartet hat. „Das kann man nicht, klar, es war eine schlimme Zeit. Aber …"

Sie zieht die Tropfen ihres chronischen Schnupfens hoch, holt ihr Taschentuch hervor, um sich die Nase abzuwischen, und ihr Strickzeug, um etwas Nützliches zu tun. Aber trotzdem …

Und Margot, die jetzt nicht einfach so das Thema wechseln kann, das würde zu sehr auffallen, Margot spinnt ihren Fortsetzungsroman weiter, poliert und feilt daran, so daß man bei jeder Neuauflage ein bißchen mehr erfährt. Denn Gertrud, durch Heirat mit irgendeinem Dupont Französin geworden, entbindet gleichzeitig mit Hitlers Einmarsch in Polen. Und zack! Schon wird der Dupont eingezogen, in die *Drôle de Guerre* geschickt, wo er sich in Luft auflöst wie eine Rauchschwade, nichts als ein gewöhnlicher Luftzug … 1940 ist Gertrud mit ihrem Säugling auf den Straßen unterwegs Ameise unter Ameisen Die Flugzeuge mit dem Hakenkreuz bombardieren das Ganze, ohne Unterschiede zu machen Gertrud hat Angst vor den Deutschen Gertrud hat Angst vor den Franzosen Gertrud hat Angst vor allen.

„Tja, ich weiß schon", seufzt meine Mutter betrübt.

„Die arme Kleine", bekräftigt Micheline, die sich nach jeder Strickreihe die Tropfen von der Nase wischt. „Sie ist ein echter Pechvogel, kann man nicht anders sagen …"

Die Mütter schweigen. Sie schauen auf ihre Fingernägel ihre Maschen oder an die Decke. Margot wärmt den Kaffee auf, der einmal mehr aufkochen wird, weil sie ihn immer vergißt, wenn sie zwischen den Tassen nach ihren Gauloises tastet. Sie denken an Gertrud. An Gertruds Tochter, die Mylène heißt Die nie mit den anderen Kindern spielt Die man an ihrem Fenster sieht, dort oben, mit ihrem immer so traurigen hübschen Gesichtchen.

Das ist, weil ich sie bestraft habe, sagt Gertrud schroff. Und meine Mutter hebt mit einem Ruck die Augen Wie von einer großen Welle hochgehoben Als würde sie mit dem ganzen Körper gegen Gertruds Reglosigkeit prallen:

„Bestraft ... Bestraft ... Ich frage mich, WOFÜR du sie die ganze Zeit so bestrafst, die arme Kleine!"

„Da sieht man", sagt Gertrud, „daß du nicht hörst, wie frech sie zu ihrem Vater ist."

Aber abgesehen davon, daß ihr „Vater" nicht ihr Vater ist, betont Micheline, ist es schon mindestens der vierte, also was wollt ihr da noch ...

Das sagen sie selbstverständlich nicht zu Gertrud. Jetzt nicht mehr, es nützt nichts, da Gertrud bei der leisesten Anspielung bleischwer und still wird und schließlich so steif und erstarrt weggeht, als würde man sie mit einem Gewehrlauf vorwärtsschieben.

Deshalb schweigen die Mütter, jede klopft auf ihrem Stück Zucker herum, um dessen Auflösung zu beschleunigen, bis überall Kaffeetropfen herumspritzen und Ariane sich leise empört Na also sag mal! Wenn wir so eine Sauerei machen täten ... Ich korrigiere automatisch: Wenn wir machen würden. Machen würden, räumt Ariane ein, aber trotzdem.

„Oje oje", sagt Gertrud, als wäre das der natürliche Schluß aus dem im Raum schwebenden Schweigen, das sie nicht auf sich bezogen hat. „Ihr könnt euch nicht vorstellen, wie sehr ich dieses eine Mal bereut habe ..."

Unter der Sanftheit der leicht gedämpften, schleppenden Stimme, deren Schwingungen noch lange, nachdem sie wieder still ist, in der Luft nachzuklingen scheinen, spüre ich plötzlich, wie sich meiner Mutter alle Nerven zusammenziehen verknäulen zum Zerreißen anspannen.

„Natürlich", sagt meine Mutter und wirft vor lauter Herumdrücken auf dem Zucker ihre Tasse um. „Ah! Scheiße. Entschuldigung. Natürlich ... Da ist bestimmt alter Groll im Spiel. Also ich bereue nichts. Entschuldige, Margot, gib mir den Schwamm, wie kann man nur so ungeschickt sein. Ich, verstehst du, ich hab das nie an meinen Kindern ausgelassen. Was konnten sie dafür, die armen Kleinen!"

„Wenn sie da sind", bekräftigt Micheline und hebt eine nach der anderen alle Tassen hoch, damit meine Mutter aufwischen kann, „wenn sie da sind, vergißt man alles. Das ist wirklich so ... Verdammt, der Kaffee! Margot, der Kaffee."

Margot flucht, als sie mit einer Hand das Gas unter dem zum Aufwärmen aufgesetzten Topf abdreht, aus dem schwärzlicher Schaum überquillt, und sich mit der anderen eine Gauloise anzündet, die von der überstürzten Rettung vor der Überschwemmung ganz zerknautscht ist.

Gertrud zuckt die Schultern und läßt ihre Stimme schleppen, man weiß nicht, ob in ironischem oder liebevollem Ton: „Aber ich doch auch nicht, ich ..."

„Sie sind so klein, so zerbrechlich. So ausgeliefert, jedem Fehler, jeder Ungeschicklichkeit ... Monatelang schläft man nicht mehr, aus Angst, daß sie nachts zu atmen aufhören, daß sie beim Erbrechen ersticken ..."

„Das stimmt, das stimmt", bestätigt Margot, die keine Kinder hat, es aber genauso gemacht hätte.

„Oh! Schon gut", sagt Gertrud. „Die Nummer kenn' ich Und später sind sie dann so niedlich, wenn sie anfangen, überall herumzukrabbeln, richtige Wörter zu sprechen ... Macht ohne mich weiter, ihr kennt ja das Strickmuster. Außerdem wird es Zeit für mich. Guten Abend allerseits!"

„Diese Gertrud", sagt meine Mutter, als die Tür knallt. „Es gibt wirklich Momente, wo ich sie am liebsten erschlagen würde. Ihr nicht?"

„Ich hab ein ganz komisches Gefühl", flüstert Ariane mir zu, während Margot den aufgekochten Kaffee im Topf umrührt, um ihm eine annehmbare Konsistenz zurückzugeben. „Ich hab ein ganz komisches Gefühl, so wie ... Wie eine Überlebende, du nicht?"

Abel sagt nichts, wie immer. Als wäre er taub. Er spielt mit seinen Würfeln.

„Wollt ihr noch Kaffee?“ fragt Margot im Bemühen um Versöhnung.

„Nein danke“, sagt Micheline und steht auch auf. „Er hat schon dreimal gekocht.“

„Du willst doch wohl nicht, daß ich ihn wegschütte, oder!“ empört sich Margot und streckt entschlossen den Topf vor.

„Heb ihn dir für morgen zum Frühstück auf“, empfiehlt meine Mutter. „Um die Uhrzeit trinke ich auch keinen mehr, das bringt mich um den Schlaf. Los, Kinder, aufstehen. Camille, ich rede mit dir, mach dein Buch zu und komm.“

Wir küssen Margot, deren Bart stachelt. Es riecht nach Rauch, aufgekochtem Kaffee und dem Urin aus dem Nachttopf. Wir fühlen uns bei Margot wie zu Hause, außer daß es bei uns zu Hause eine Toilette gibt.

Ich sage zu Ariane, daß es nicht schlimm ist, Überlebende zu sein, solange man uns liebt. Ich sage es ihr in gebührender Entfernung von meiner Mutter, die uns hören könnte, aber nah genug bei Abel, damit er auch etwas davon hat. Sie sind klein. Sie kapieren nichts von den Schwierigkeiten des Lebens. Ich fühle mich irgendwie zur Sympathie verpflichtet.

Aber am nächsten Morgen, als wir Milch holen gehen, schaut Ariane nachdenklicher drein denn je und hat Tropfen an den Wimpern hängen.

„Was hast du?“

„Nichts. Ich denke.“

Ich lasse sie denken. Doch etwas später: „Wir wären beinahe gestorben, ist dir das klar?“

„Aber wir sind doch nicht tot.“

„Trotzdem“, sagt Ariane und schnieft mit aller Kraft.

„Na, warum schniefst du denn so?“ fragt Marie-mit-den-beiden-Geschlechtern und hört auf, den Rinnstein zu schrubben.

„Weil“, sagt Ariane, die vor niemandem Geheimnisse hat, „weil ich beinahe gestorben wäre, bevor ich geboren bin.“

„Aha“, sagt Marie ernsthaft. „Dann weinst du darüber, daß du lebendig bist?“

Ariane schnieft und antwortet nicht. Marie-mit-den-beiden-Geschlechtern ist rund und klein wie ein Turm, sie trägt Soldatenstiefel und den blauen Kittel der Stadtreinigung. Sie hat einen Schnurrbart, eine Schaufel und einen Besen und ein Müllwägelchen mit quietschenden Rädern. Oberhalb der senkrechten Furchen, die ihre Wangen zerteilen, strahlen ihre Augen hell unter den grauen Borsten. Und vor allem hat sie eine gewaltige Stimme, die alles auf ihrem Weg davonfegt, und das entsprechende Lachen.

„Na ja“, sagt Marie mit ihrer gewaltigen Stimme, die einen vollständig zudeckt. „Du bist doch ganz lebendig, soweit ich sehe. Also?“

„Aber nicht mit Absicht!“ begehrt Ariane auf und schlägt nach mir, um mich daran zu hindern, sie wegzuziehen.

„Putz dir die Nase“, sagt Marie-mit-den-beiden-Geschlechtern, stellt ihren Besen ab und zieht ihr Taschentuch hervor, so groß wie ein Geschirrtuch.

„Bevor du geboren bist ...“, sagt Marie, deren helle Augen zwischen Ariane und mir hin- und herwandern. „Pah! Wer ist schon nicht fast gestorben, bevor er geboren wurde! Glaubst du, daß du damit alleine stehst? Schau dir das an.“

Und sie reißt eine Pusteblume, die an der Bordsteinkante wächst, mit der Wurzel aus. Es ist mein Beruf, das Zeug auszureißen. Und schau her, das hier, das sind lauter kleine Samen. Nehmen wir an, daß ein Windstoß ...

Marie pustet auf die Blume, wie auf dem Logo vom PETIT LAROUSSE. Hier, die nennt man die Fallschirmchen, siehst du, weil sie überall hinfliegen, mit ihren langen Haaren. Und schau, wo sie landen … Auf der Straße. In meinem Wagen. Auf den Dächern. In einem Schornstein. Irgendwo. Glaubst du, daß aus jedem Samen eine Blume werden wird?

„Keine Ahnung“, sagt Ariane und putzt sich gleichgültig die Nase.

„Tja, ganz und gar nicht“, sagt Marie. „Nur einer oder zwei werden auf einem Stückchen Erde landen, wo sie keimen und zu einer neuen Blume werden können, ganz abgesehen davon, daß ich dafür bezahlt werde, sie auszureißen. Tja, und schau, es wachsen trotzdem welche, sagen wir, eine von hundert … Die Natur, ihr Küken, das ist eine einzige riesige Verschwendung. Bei den Kindersamen ist es genauso, manche werden ausgerissen, manche wachsen …“

Sie hustet, betrachtet uns angewidert und schließt:

„Also, du Eselchen … Du bist ein kleines Samenkorn, das Glück gehabt hat, und du weinst? Bist du denn nicht froh, hier zu sein, schön gerade gewachsen, im Sonnenschein?“

Na los, sagt Marie mit ihrer dröhnendsten Stimme, als sie ihren Besen wieder zur Hand nimmt, weg mit euch. Und ich will dich nicht mehr so schrecklich verzweifelt über so nebensächliche Dinge sehen. Dusselkopf.

Trotzdem, ich frage mich, ob den Müttern klar war, was sie da von sich gaben Oder ob sie uns für taub oder bekloppt hielten oder was.

Zum Glück waren die Kleinen gerade nicht da, als sie sich über Micheline lustig machten – Gertrud allen voran, wie immer –, wegen des kleinen Ogino, ihres Letztgeborenen. Gertrud lachte ihr gewaltiges, hohles und irgendwie lauwarmes Lachen, in das man sich am liebsten hineinstürzen möchte. Ha ha ha! Die Temperaturmethode Der richtige Tag Der falsche Tag Ha ha ha!

„Und überhaupt“, hat meine Mutter gesagt, die mich nicht mehr sah, „das gibt’s doch nicht, der richtige Tag … Meinst du, der Meinige kümmert sich um so was, wenn er will? Man muß Zugeständnisse machen im Eheleben, wenn man seine Ruhe haben will, hat meine Mutter immer gesagt."

Zugeständnisse. Das ist es, was wir alle sind. Ich habe mein Buch zugeschlagen, ohne auch nur die Seite zu markieren, und bin abgezischt wie der Blitz. Ich war vielleicht so alt wie Ariane, ich weiß nicht mehr.

„Was ist denn?" schrie Ariane aus der Toilette heraus. „Was willst du?"

„Komm raus."

„Aber ich bin noch nicht fertig! Ich habe kaum angefangen ..."

„Egal, komm raus. Schnell! Ich muß kotzen."

Und dann wächst man. Man wird selbst erwachsen, ohne recht zu wissen wie – sogar die Mütter erinnern sich daran, daß sie einmal klein waren. Sie sind darüber nachhaltig verblüfft, als habe man sie ohne Vorwarnung verpflanzt.

Nur Abel hat man nie „verpflanzen" können. Ich weiß nicht warum. Ich werde es nie erfahren.

Schön war er, Abel – Zu schön, um wahr zu sein, wie meine Mutter in ihren Anbetungsanfällen sagte – Und wir liebten ihn nicht. Nicht deshalb nicht, weil er schön war (das Gegenteil wäre logischer gewesen, da ein gefälliges Äußeres in der Regel eine Art Faszination auf die Umgebung ausübt), und auch nicht, weil meine Mutter ihn zu sehr liebte: Sie liebte uns alle „zu sehr", das wußten wir genau. Aber Abel war auf eine seltsame, verdächtige Art schön, die um ihn herum einen unwirklichen Graben der Leere aufriß. Abel war von einer abstoßenden Schönheit, es gibt kein anderes Wort dafür.

„Wird Abel auch dabei sein?" erkundigten sich unsere Freundinnen und Freunde mit einer Grimasse, sobald wir ein Spiel oder eine Expedition planten. Ariane und ich blieben unbeugsam: Abel würde dabei sein. Abel, der nie in der Lage war, seine eigenen Kontakte zu knüpfen Abel, der uns folgte, Ariane oder mir, oder Ariane und mir, als gäbe es keine andere Spur.

Wir beide, auch Ariane, die die Kleinste von uns dreien ist, gewährleisten ihm physischen Schutz, ausdauernd und zuverlässig, weil er unser Bruder ist. Und auch aus einem zwiespältigen Gerechtigkeitsstreben heraus, das uns das Gewissen rein erhält.

Mit uns ist Abel überall auf der Welt sicher. Und überall auf der Welt ist da diese Leere um seinen Körper herum, wie eine unbestimmte Aura, die die anderen auf Distanz hält.

Ariane und ich reden nie über unsere Gefühle gegenüber Abel. Sie bilden ein stillschweigendes, stummes Grauen zwischen uns, eine Steinplatte über dem Abgrund, die plötzlich einstürzen könnte.

Und jetzt sehe ich wie vom anderen Ufer aus zu, wie Abel wächst. Noch immer so schön, mit seinen hellen Augen, die sich wie zwei Löcher in seinem Kopf auf ein aus dem Nichts kommendes Licht öffnen, das einen durchdringt.

Wenn er seine Anfälle hat, wird er steif, leichenblaß, und beginnt von innen heraus zu strahlen. Er fällt mit einem Schlag um, immer nach hinten, ohne ein Wort, ohne um Hilfe zu rufen.

Es ist nicht Epilepsie: Er schlägt nicht um sich, hat keinen Schaum vor dem Mund. Er erbricht sich auch nicht, wenn er wieder zu sich kommt. Man weiß nicht, was es ist. Man wird es nie erfahren: Die Elektroden, die man an seinen Kopf angeschlossen hat, haben nichts Unnormales verzeichnet. Für alle Fälle schluckt er diese kleinen weißen Tabletten, die er weiter nehmen soll, obwohl sie keine erkennbare Wirkung auf ihn haben. Der Arzt sagt, man müsse abwarten, aber was?

In der Zwischenzeit geht mein Vater arbeiten, bechert ein bißchen und redet nichts. Meine Mutter geht jeden Nachmittag zu Margot, wo sie ihre Freundinnen aus unserer Straße trifft, im Dunst des aufgekochten Kaffees der Gauloises von Margot des hellen Tabaks der wechselnden Zigarettensorten von Gertrud der Deutschen, die doch eigentlich längst Französin ist. Wenn wir aus der Schule kommen, finden wir sie immer dort. Oder an den schulfreien Donnerstagen, wenn es regnet.

Margot nickt öfters im Sitzen ein. Sie ist klein und dick, und sie hat Asthma. Sie ist die Älteste, bald sechzig. Danach kommt Gertrud, die einen Schnurrbart hat, fast so schwarz wie ihre Mähne, aber seidig weich, eine Stimme so samtig wie ihre Augen, und noch schöne Zähne. Dazu auf ansehnlicher Höhe ein paar breite Schultern, und eine überaus beeindruckende Büste. Sie macht Frühschicht in der Fabrik. Nachmittags stößt sie nach einem kurzen Mittagsschlaf zu den anderen. Micheline und meine Mutter sind die Jüngsten. Micheline ist spindeldürr und hat Augen in einem zarten und verschossenen Blau, die ständig in den Tränen eines Schnupfens schwimmen, der mal schlimmer, mal besser ist, aber nie vollständig weggeht. Meine Mutter ist meine Mutter. Sie besteht aus lauter besonderen Kennzeichen Wir erspüren sie am Ton am Geruch und selbst an den Schwingungen der Luft, die uns sofort über ihre Ab- oder Anwesenheit informieren, ohne daß wir erst in jedem Zimmer des Hauses nachsehen müßten. Wir würden sie im Dunkeln unter Trümmern unter Schlammmassen und sogar tief unter der Erde erkennen …

„Und ER?“ fragt mich Ariane, bloß um mich in Verlegenheit zu bringen.

In der Regel zucke ich die Schultern.

Abgesehen von jenem vielzitierten Stein, den man nicht nach Gertrud werfen darf, der aber allen in den Händen juckt, abgesehen von der beharrlichen Weigerung meiner Mutter, die Notwendigkeit einzusehen, ein kleines Mädchen fortwährend zu bestrafen, und dem deutlich ausgesprochenen Verdacht, daß Gertrud sich vor allem nicht traut, ihrem Macker zu widersprechen – der einstimmig für ein „echtes Arschloch“ gehalten wird –, vertragen sie sich ziemlich gut. Sie reden über ihr Leben. Merkwürdigerweise vor allem über ihr Leben von früher. Als wären sie jetzt davon ausgeschlossen oder im Exil, im Grau-in-Grau der Jahre der Neutralität, der Jahre des Nichts.

„Wißt ihr", sagt Margot, während sie mit der Nase dicht über dem Filter ihren Kaffee aufgießt, mit einer Kippe im Mundwinkel, deren aufsteigender Qualm ihr Auge tränen läßt – „Ach! Scheiße, ich sehe immer schlechter – wißt ihr schon, daß ich Mimosette wiedergesehen habe? Sie ist neulich morgens auf einen Kaffee vorbeigekommen. Ich hatte sie schon ewig nicht mehr gesehen."

„Wen?" fragt Micheline, deren Augen auch tränen, wegen eines Schnupfenrückfalls.

„Mimosette, du weißt schon. Die vor dem Krieg mit mir Käse verkauft hat. Dann ist sie Witwe geworden und hat auf den Märkten Mimosen verkauft, daher der Name."

„Ach ja! Die Bohnenstange mit dem krummen Rücken, die ganz lila im Gesicht ist?"

„Genau, genau. Sie hat die Kälte nie vertragen, die arme Alte ..."

„Na ja ... Und bechert sie nicht vielleicht auch ein bißchen?"

„Doch", räumt Margot ein und schiebt ihre Kippe in den anderen Mundwinkel. „Doch, das stimmt, sie bechert ganz schön."

„Und was macht sie jetzt so?"

„Immer noch in Mimosen ... Ein bißchen Altkleider, dies und das."

„Was für ein Elend!" seufzt meine Mutter, die auch keine Kälte verträgt und um so mehr Mitgefühl hat.

Micheline, als gute Christin, neigt zu der Auffassung, daß diese äußerste Armut der Lohn der Sünde ist, denn ist es nicht so, daß all die Frauen, die ein liederliches Leben geführt haben ...

„Liederliches Leben ... liederliches Leben ...", knurrt Margot und schnüffelt etwas gereizt an ihrem Filter „Meinst du etwa, daß es einfach war, das Leben? Daß wir auf den Strich gegangen sind, vielleicht?"

„Nun dramatisieren wir mal nicht", sagt Gertrud, die ihre Zeitung zu Ende gelesen hat und sie sorgfältig wieder zusammenfaltet. „Nur die Ruhe … Aber ihr wart doch ein verflixter Haufen, das kannst du nicht abstreiten …"

Margot streitet es nicht ab. Mit einem kleinen Lächeln auf ihren über den fehlenden Zähnen eingefallenen Lippen gießt sie noch einmal kochendes Wasser auf den Kaffeesatz. Ihre vergangenen oder auch nur eingebildeten Großtaten sind zwar von einer gewissen Unschärfe verschleiert, aber man sieht sehr wohl, daß sie keinerlei Reue darüber verspürt.

„Renée war damals dabei", sagt Gertrud, als habe auch sie zur Truppe gehört. „Weißt du noch? Mit ihrer plattgedrückten Frisur …"

„Ja", sagt Margot, plötzlich aufblühend. „Sie hat Milch mit Kirsch getankt, unglaublich. Wer hätte das gedacht? Zum Kellner sagte sie immer ‚Das Übliche', und er brachte ihr ein Glas Milch. Mitten unter uns, mit unseren Beaujolais-Gläsern, sah sie aus wie ein richtiger kleiner Engel. Und am Ende des Tages, ohne daß jemand sie etwas anderes als Milch hätte trinken sehen, war sie immer ganz schön blau … Ziemlich merkwürdig. Als unser Stammbistro zumachte, hat sich alles aufgeklärt. Diese verflixte Renée!"

„Und wer war da noch?" fragt Ariane, die von Margots Ex-Freundinnen fasziniert ist wie von Legendengestalten.

Tja, da war Mimosette, ja, und zwei oder drei andere, deren Namen Margot vergessen hat, schon so lange her, manchmal Marie-mit-den-beiden-Geschlechtern …

„Jetzt sag doch mal, ist das wahr oder nicht, daß sie beide Geschlechter hat?"

„Ich hab nicht nachgeschaut", sagt Margot und stellt den leeren Wasserkessel ab. „Man sagt es."

„Es kann sein", sagt Gertrud in die allgemeine Unsicherheit hinein. „Das gibt es."

„Ich weiß bloß, daß sie für ein Modehaus Lieferungen erledigt hat, zu den reichen Leuten. Ganz früher war sie mal Künstlerin ..."

„Was für eine Künstlerin?" fragt meine Mutter. „Malerin, am Theater, oder was?"

Man weiß es nicht genau. Marie ist nie besonders gesprächig gewesen, außer den Kindern gegenüber. Und außerdem hat ihr niemand Fragen gestellt, das tut man nicht. Im übrigen konnte sie Fragen auch nicht leiden. Sie lachte nur darüber, daß die Gläser auf dem Tresen klirrten, ohne je anders als mit einem Scherz zu antworten. Was die für eine Stimme hat, die Marie. Als ob sie direkt aus einem Faß heraustönte.

„Aber trotzdem ...", sagt meine Mutter, die vor den Künsten Respekt hat. „Jetzt schrubbt sie Rinnsteine ... Was für ein Leben!"

„Es gibt Höhen und Tiefen", seufzt Gertrud mit ihrer schleppenden Stimme, als wäre das die Moral einer jeden Geschichte.

„Und es ist schon ein komisches Milieu", sagt Micheline und zieht Schultern und Knie zusammen. „Kann man nicht anders sagen. Kein bißchen vorausschauend. Die verjubeln alles, und dann stehen sie plötzlich auf der Straße."

Marie-mit-den-beiden-Geschlechtern hatte plötzlich auf der Straße gestanden. Mit einem Besen mit harten Borsten, um die Rinnsteine zu säubern, einem Wägelchen, um den Müll einzusammeln, und zwei krebsroten Waden zwischen Kittelsaum und den bis über die Schuhe umgeschlagenen Strümpfen. Sie redet immer noch nicht viel. Sie reißt den Löwenzahn aus, damit es sauber aussieht, und lacht kaum mehr.

Margot weiß nicht, ob Marie je besonders viel zu „verjubeln" hatte, es sei denn zu Methusalems Zeiten, und überhaupt, wenn sie wirklich einmal Kohle gehabt haben sollte, hatte sie doch recht, es zu genießen, denn was würde sie jetzt damit anfangen? Ihr Rheuma kurieren? Vergebliche Mühe, das ist nicht heilbar.

Da waren auch noch ein paar Fischhändlerinnen, die weder auf den Mund noch auf den Kopf gefallen waren. Und vor allem war da Aimée aus Marseille, die eigentlich eher Bretonin war, und die während des Krieges auf so mysteriöse Weise verschwand.

Meine Mutter erinnert sich, mit dieser eigenartigen Verwunderung eines mit einem Schlag verpflanzten Kindes. Sie war noch ein kleines Mädchen. Sie mochte sie gern, die Aimée aus Marseille, mit ihrem Akzent. Man kaufte zweimal in der Woche Fisch bei ihr, wenn sie mit ihrem Karren vorbeikam. Heutzutage gibt es das nicht mehr, dabei war es so praktisch ... Was wohl aus Aimée geworden ist? Ob sie gestorben ist?

„Oh, bestimmt", sagt Margot und kramt die Tassen aus dem Küchenschrank. „Sonst hätten wir sie sicher wiedergesehen. Wie kommt das denn, daß eine fehlt? Ich hatte doch sechs davon ..."

„Wir sind nur vier", sagt Gertrud. „Was zerbrichst du dir den Kopf? Du findest sie schon wieder."

„Nichts ist mehr an seinem Platz", sagt Margot mit plötzlicher Niedergeschlagenheit. „Alles ist durcheinander in dieser verdammten Scheißwelt."

Die Mütter hätten sich umbringen müssen Oder sich sterben lassen Das war die einzig logische Konsequenz aus der Situation. Aber nein. Es starben sehr wenige von ihnen, im Verhältnis. Sie leisteten stur, animalisch Widerstand Den passiven Widerstand von halb begrabenen Dingen. Die Männer bestiegen sie, schlugen manchmal zu, lasteten auf ihrem Gewissen ebenso wie auf dem Rhythmus ihrer Tage Die Kinder brüllten kotzten wuchsen wurden krank rissen aus gerieten auf die schiefe Bahn Die Mütter ertrugen alles Die einander gleichenden Tage, unendlich sich überlagernd Der ewige Kreislauf Haushalt-Einkäufe-Freundinnen und zurück Der lästige Kleinkram Die Schreiereien Bürden Schikanen Die Geldleiherei bei den Nachbarinnen, die noch welches haben könnten, bis wieder Lohn oder Kindergeld fällig waren ... Wenn alles gar zu schlecht lief, beschworen sie gemeinsam ihre schwachen Hoffnungen auf ein Wunder: Der Große, der Arbeit fände, der Kleine, der die Windpocken vielleicht trotz der Epidemie nicht ausgerechnet diese Woche bekäme, der Lottoschein, der doch ausnahmsweise mal gewinnen könnte, echt wahr. Sie bekamen plötzliche Anfälle von Wahnsinn Den Rappel Heftige Lachanfälle.

Meine Mutter kam dann wie betrunken nach Hause, mit einer Art Schalkhaftigkeit auf dem Grund ihrer Augen. Sie wagte es, meinem Vater wieder mit Australien, mit den Känguruhs zu kommen ... Scheiße, sagte mein Vater und raschelte laut mit seiner Zeitung Hör auf mit deinem Blödsinn Mach mir was zu essen, ich warte schon seit einer Stunde. Sie bediente ihn, wie es ihre Pflicht war, aber ohne besondere Ehrerbietung Ein dermaßen verstockter Mann Unbeweglich Auf diesem vergammelten Parkett festgewachsen wie eine Pflanze in ihrem Topf Warum hatte sie nur ausgerechnet den da erwischen müssen. Den da, der stumpfsinnig entschlossen war, genau da zu krepieren, wo er aus dem Bauch seiner Mutter gekrochen war ... Während in Australien ... Das Rascheln der zerknitterten Zeitung überdeckte die Stimme meiner Mutter, die noch weiter sprach, nur für uns. Ist doch wahr, nach dem Krieg, da hätten sie auswandern können Ihr Glück machen Ein neues Leben beginnen ... Mit der Zeit wußten wir fast alles über Australien: die Känguruhs die Hasen die Dingos ...

„Du bist doch selber 'n Dingo", unterbrach mein Vater und tippte sich an die Stirn. „Sprichst du vielleicht Englisch?"

„Wir hätten es gelernt", behauptete meine Mutter mit doch etwas ernüchterter Stimme. „Wir hätten uns durchgeschlagen ..."

Als Antwort bekam sie nur das Geräusch der malträtierten Zeitung zu hören. Schließlich erlosch meine Mutter ganz. Wir wußten genau, daß Deutschland meinem Vater die Auswanderung für alle Zeiten verleidet und ihm den unerschütterlichen Entschluß ins Herz gegraben hatte, lieber daheim als irgendwo sonst auf dem Globus zu krepieren. Wenn sie in ihrem Normalzustand war, verstand meine Mutter das. Aber nach einem Lachanfall, einem Monatsendanfall, einem Zukunftsanfall wurde sie dumm und infantil und verfiel in ihre Känguruhnostalgie.

Während ich manchmal auf Australien einstieg, nur um meinen Vater zur Weißglut zu bringen, hatten es die Kleinen eher mit dem Amerika der Western, die es im Kino zu sehen gab. Ariane ging nicht mehr ohne ihr Lasso aus dem Haus, das sie geschickt benutzte, um Brunnen und Straßenschilder einzufangen. Ich auch, sagte Abel, ich werde auch nach Amerika gehen. Mit euch. Wir gehen alle nach Amerikaaaa, schrie Ariane mit gegen den grauen Himmel ausgebreiteten Armen Ein wildes Land mit Cañons und Pferden, yippiiie!

Eines Morgens, als Ariane solche Amerika-Parolen schmetterte, die Arme einer kleinen Sonne entgegengestreckt, die nicht wärmte, aber die Wolkenränder gelb färbte, unterbrach Marie-mit-den-beiden-Geschlechtern das Schrubben ihres Rinnsteins, um uns zuzulächeln. Sie hatte Pferdezähne, schöne graue Augen und vom Wind aufgestellte borstige Haare. Die Brüste hingen ihr wie immer auf dem Bauch, und ihre weißen Socken waren bis über die Schnürstiefel umgeschlagen.

„Guten Tag“, hat Ariane gesagt. „Ist es nun wahr oder nicht, daß du beide Geschlechter hast?“

Und Maries gewaltiges Lachen, das über unseren Köpfen explodierte, fegte uns alle beinahe hinweg.

„Wer hat dir denn den Blödsinn erzählt, mein Hühnelchen?“

Es klang wirklich wie eine Stimme, die aus einem Faß heraustönt, nachdem sie lange gegen die Bretter hin- und hergedonnert ist. Ariane klammerte sich für alle Fälle an meinen Gürtel, und ich fühlte Abel hinter meinem Rücken zittern. Ich habe gesagt, daß Ariane es noch nicht besser wisse, sie sei zu klein, man müsse ihr verzeihen ... Worauf Marie, die sich mit ihrem riesigen karierten Taschentuch die Lachtränen abwischte, mich fragte:

„Und was weißt du?"

Da ich nichts zu antworten fand, brummte Marie, während sie ihr Taschentuch in die Kitteltasche zurücksteckte, das mache nichts, eines Tages würde ich alles wissen und dann würde ich es Ariane erklären, und auch dem anderen da, der sich gleich unter mein Hemd verkriechen würde. Und in der Zwischenzeit sollten wir die Ohren verschließen vor dem schmutzigen Geschwätz der Klatschweiber, pah!

Woraufhin sie wieder anfing, energisch ihren Rinnstein zu schrubben, unter der Sonne, die sich nicht entschließen konnte zu wärmen.

„Was macht ihr denn hier?" hat meine Mutter gefragt, die den Mülleimer hereinholte. „Statt daß ihr einkaufen geht. Was soll euer Vater denn essen? Könnt ihr denn immer nur herumhängen?"

Kinder werden immer beschuldigt „herumzuhängen". Vor allem im Sommer, wegen der Ferien. Dann ist es plötzlich, als gäbe es keinen Ort, wo wir nicht stören Als müßten wir uns von dem geradlinigen Weg fernhalten, auf dem sich die Erwachsenen, die alle ein festes Ziel haben, vorwärtsbewegen. Und wir stehen da, wie angewurzelt Wir stehen im Weg Man schickt uns weg, um Sachen zu erledigen, und zwar dalli, oder man schnappt sich uns und läßt uns dem schnurgeraden Weg des herumzubringenden Tages folgen.

„Ich hab es satt, dich herumhängen zu sehen", hatte mein Vater gesagt, dem ein Gläschen zuviel manchmal den Gebrauch der Sprache wiedergibt. „Komm, ich bring dir bei, wie man Pétanque spielt." Und er schleifte mich, als wäre es eine Strafe, zum letzten unbebauten Grundstück des Viertels, auf unseren Fersen Ariane, die jedoch nur als Zuschauerin zugelassen war.

Mein Vater spielte nie mit uns, und auch mit niemandem sonst.

Er ist ein Bär, sagte meine Mutter. Und die Herkunft der Pétanque-Kugeln, die ich nie zuvor und auch danach nie wieder gesehen habe, ist mir noch heute ein ziemliches Rätsel, während ich meine Stirn gegen eine vollkommen saubere Fensterscheibe lehne, die mich von der leeren Straße trennt, vollkommen leer bis auf die Blätter, deren leises Knistern ich erfinde – ich muß es wohl erfinden, denn wie sollte ich es hören.

Tatsächlich ist es, zu einem leisen Gemurmel gedämpft und wie narkotisiert, das Rascheln von Schilf, das ich im Kopf habe. Und um mich nicht von diesem Geräusch überwältigen zu lassen, erfinde ich andere, die nicht oder so wenig wie möglich an die betäubte Erinnerung rühren. Und ich lege meine glühenden Hände gegen die Scheibe, um auch sie mit dieser Kälte zu betäuben, die das Hirn und das Herz so leer macht, daß man sich fühlt, als würde man sich gleich auflösen, wie Kondenswasser auf dem Fensterglas.

Clara schaute auch auf die Straße, durch die Scheibe ihres Fensters. Es war hier, oder in der Nähe, aber schon so weit weg. Ich nähere mich, als würde ich von einem Seil gezogen Wie jedesmal, wenn ich sie sehe oder erahne oder mir einbilde, sie zu erkennen. Sie lächelt mich an, macht eine Bewegung auf den Fenstergriff zu Aber ich winke ab: Nein nein, sie soll nicht aufmachen Lohnt sich nicht Es ist so kalt in diesem Winter. Durch die Fensterscheibe getrennt, sehen wir uns schweigend an, in einer plötzlich losgelösten Zeit, von allen Uhren unabhängig, ohne jeden Bezugspunkt.

Dann lege ich mit gespreizten Fingern meine Hand auf die Kälte des Glases. Sie zögert einen langen Moment, während ihr Blick in meinem liegt, ihn abtastet, ihn erforscht … Dann, wie von einer unbezwingbaren Kraft angezogen, legt sich ihre Hand genau über die meine, auf der anderen Seite der Scheibe. Ich glaube deren Wärme zu spüren, das unmerkliche Pochen des Blutes. Ich drücke ein bißchen fester, nur ein wenig. Und sofort ist unter meinen Fingern, unter meiner Handfläche nichts anderes mehr als diese unendlich glatte, eiskalte und metallharte Oberfläche. Ich spüre Kälte am Handgelenk, als wäre es mir gerade durchtrennt worden.

Ich gehe schnell weg, in meiner Tasche diese verschwundene Hand – glatt abgetrennt –, die kein Gewicht und keine Kontur mehr hat.

Ich weiche von der Scheibe zurück, als hätte ich mich daran verbrannt. Gibt es denn keine einzige neutrale Oberfläche mehr, keinen Raum, wo man sich auflösen kann, ohne immer gegen sich selbst zu stoßen, ohne bis ins Unendliche das eigene Bild zurückgeworfen zu bekommen wie in einem Gefängnis aus Spiegeln ... An irgend etwas denken, an die Mütter und ihre Geschichten, an das Pétanque-Spiel und was darauf folgte, warum nicht. Ruhig bleiben, ich weiß nicht mehr, wer ich bin, wenn ich es überhaupt je gewußt habe, und wie hätte ich es auch herausfinden sollen, wenn nicht im Ausschlußverfahren, durch das Auflisten von allem, was ich nicht bin, aber was für eine Arbeit und wozu letztendlich ... Ich stelle fest, daß ich immer relativ stillgehalten habe – außer wenn ich meinen Vater umbrachte –, wie um Schaden, den Bruch der Dinge um mich herum, die Zersetzung jenes winzigen Universums zu vermeiden, in dem ich das Gefühl hatte, zu schnell zu wachsen. Ich frage mich, wem du ähnelst, sagte meine Mutter oft, womit sie in aller Unschuld mein Bewußtsein verstärkte, eine gefährliche, weil fremde Substanz zu sein. Ich frage mich wirklich, wem ... Um jeden Argwohn einzuschläfern – vor allem meinen eigenen –, halte ich mich still wie ein Baumstumpf, und man vergißt mich vorläufig. Dann begegnet mir mein Vater, meine Verräter-Visage fällt ihm auf, und er gibt sich redlich Mühe, mich wieder auf Linie zu bringen – schließlich bin ich SEIN Kind. Da muß es doch irgendeine schmale Brücke geben, einen wie auch immer steilen oder verschlungenen Pfad, einen möglichen Zugang ... Komm, ich bring dir bei, wie man Pétanque spielt. Aber natürlich begreife ich es nicht. Er nervt mich. Mich zu bewegen nervt mich. Zu dieser Zeit nervt mich alles, abgesehen von den Grammatikregeln, die wir in der Schule lernen, wo ich mich wie eine intelligente Ratte in einem Labyrinth fühle, und abgesehen von allem Gedruckten, in dem man ebenso versinkt, ohne Wellen zu schlagen, ohne irgend jemandes Aufmerksamkeit auf sich zu ziehen.

Ich habe meine Kindheit wie eine Narkose erlebt, über meinem Kopf das Grau des Himmels und in meinem Inneren rauchschwadenartiges Wogen. Lange habe ich davon eine gewisse Unfähigkeit zurückbehalten, das Reale vom Imaginären zu unterscheiden Eine Tendenz, auf einer unklar abgegrenzten Schwelle zu leben, weder ganz drinnen noch ganz draußen Und die ständige Furcht, ein für allemal auf die falsche Seite katapultiert zu werden, ich wußte nicht auf welche, wo man lebenslänglich steckenbleibt, definitiv außerhalb von allem, wie es nur lebendig Eingemauerte sind. Und schließlich den Fluchtreflex, und folglich die Bereitschaft zu Zugeständnissen: Na schön, ich gehorche meinem Vater Ich versuche es wenigstens Oder zumindest tue ich so, als ob.

Aber eine Pétanque-Kugel ist schwer. Diese hier hat tiefe Rillen, wahrscheinlich damit sie nicht rutscht, aber eben das ist das Problem, sie rutscht nicht und zerrt an der Haut meiner Finger. Wirf! sagt mein Vater, so. Und er zeigt mir zum hundertsten Mal, wie es geht, der Arm hängt herab, die Hand über der Kugel gekrümmt, locker, der Oberkörper vorgebeugt, die Beine zusammen und die Knie eingeknickt. Locker. Locker. Wie Gummi. Los, wirf!

Mein Vater steht vor der untergehenden Sonne Mitten davor Es sieht aus, als kämen die Strahlen aus seinem Körper Locker locker die Beine zusammen und die Knie gebeugt der Arm schwingt an dessen Ende die halb über der Kugel geschlossene Hand, er zeigt es mir wieder Los, wirf! Am Ende bleibt er in der Hocke, überwacht die Zielkugel, die er mir mit ausgestrecktem Finger zeigt, weil mich jetzt die Sonne blendet Er nervt mich schon eine Ewigkeit damit, weil er heute nichts zu tun hat, weil er zu viele Gläschen intus hat und weil Ariane zu klein ist, sie könnte seine ollen Kugeln kaum heben. Ich scheiß auf seine Sprüche von wegen locker und gebeugt Mir tun die Hände weh Ich werde dieses Ding, das mir die Haut abschürft, werfen, und zwar so weit wie möglich Und dieses Mal wird das letzte sein, auch wenn es dann Dresche setzt. Mein steifer Arm schwingt wie eine Schleuder, und die Kugel geht ab wie aus der Kanone geschossen, geradewegs in die Sonne.

„Nicht so ... Ah!"

Er ist hochgeschnellt wie eine Sprungfeder, vor der Sonne vorbeigeschossen, und dann unter sie gefallen. Er mußte in voller Länge daliegen: Nichts mehr schaute aus dem hohen Gras hervor. Da er sich weder bewegte noch brüllte noch sonst was, bin ich letztendlich hingegangen.

Die Kugel hatte ihn genau zwischen den Augen getroffen. Er ruhte, wie man sagt, im Gras. Mausetot.

„Wie – mausetot?" fragte mich Ariane, die ich schließlich in einem Graben wiedergefunden hatte, wohin sie schon vor einer ganzen Weile zum Pinkeln gegangen war. „Hast du ihn wirklich umgebracht?"

Sie zerrte am Gummi ihrer Unterhose, als wollte sie sie bis zum Hals hochziehen. „Willst du mich verarschen?"

„Du kannst ja selber nachsehen."

Sie kam. Sie sah. Man kann nicht sagen, daß es schön war. Wir kriegen einen dicken Anschiß, hat Ariane gesagt, und außerdem ist es schon spät: Die Sonne ist untergegangen.

Da hat mein Vater angefangen zu brüllen, beide Hände zuerst am Loch in seinem Kopf, dann gleich über den Augen, weil es wohl sehr weh tat und er wegen dem ganzen Blut nichts sehen konnte Worauf wartet ihr denn, ihr Tranfunzeln? Holt eure Mutter oder sonst jemanden! Oder soll ich hier krepieren? Und er wand sich am Boden und fuchtelte mit den Händen herum, weil er nicht wußte, wohin damit. Camille ... Camille, hol deine Mutter. Auf der Stelle, hast du gehört?

Als er versuchte, sich aufzurichten, sind wir schnurstracks nach Hause gerannt. Wenn du meine Meinung hören willst, sagte Ariane, er war nicht tot genug. Wir hätten noch ein bißchen länger im Graben bleiben müssen ...

Jetzt, sagte Ariane, während sie im Laufschritt hinter mir her lief, jetzt bleibt uns nichts anderes übrig, als Hilfe zu holen. Sauber.

Danach hat mein Vater gesagt, wir seien keine Kinder sondern Wölfe oder etwas in der Art. Zukünftige Mörder. Und daß er besser daran getan hätte, uns umzubringen, bevor wir groß wurden.

Obwohl die Anschläge ausnahmslos von mir ausgingen, hat mein Vater sich immer geweigert, mich von den anderen abzukoppeln – Kleine Miststücke Ihr seid wirklich kleine Miststücke Ich frage mich ... –, mir eine individuelle Verantwortung zuzuerkennen und die anderen beiseite zu lassen, die offenkundig nichts getan hatten. Als hätte er von Anfang an gewußt, daß Ariane auf meiner Seite war. Oder als hätte er nicht sehen wollen, daß Abel nie auf irgend jemandes Seite sein würde.

Aber jetzt, wer ist jetzt auf meiner Seite? Und wo stehe ich überhaupt genau? Ich würde gern wieder zu Margot gehen Hätte am liebsten nie aufgehört, bei Margot zu sein, wo wir den höchsten Grad an Transparenz erreichten Wenn die Kleinen in einer Ecke spielten, beinahe unter den Stühlen Wenn ich las Wenn Ariane mich am Ärmel zog, mir ihre Fragen ins Ohr flüsterte, die Nase voll hatte und mal an die frische Luft wollte ... Abel wollte nie irgend etwas Man wußte nicht, ob er zuhörte Jedenfalls sah er zu, mit seinen weiten, strahlenden und starren

Augen. Gestern. Heute. Die Mütter plappern. Wir existieren kaum, gedämpft, durch die Nähe vor jeglicher Überwachung geschützt. Wir fühlen uns wohl. In Frieden. Wir langweilen uns, oder wir hören zu:

„Das letzte Mal, als ich sie gesehen hab, die Aimée aus Marseille“, sagte Margot, „ach je, wenn ich das gewußt hätte, das war während dem Exodus. Man wollte ihren Fischkarren nicht auf die Fähre nach Honfleur laden Man nahm nur noch die Leute mit, mit ihren Packen, weil es ringsherum knallte, da war keine Zeit zu vertrödeln ...“

Ah! Vermaledeiter Bockmist, zeterte sie, die Aimée, wo steckt denn die französische Armee, während die da drauf und dran sind, Hackfleisch aus uns zu machen! Verfluchte Scheiße! Drecksflugzeuge! Gibt es denn keine Soldaten mehr in diesem Land. Gütige Mutter! Auf Frauen und Kinder schießen ... Drecksäcke! Folterknechte!

Während wir versuchten, Aimée von ihrem Karren loszueisen, an dem sie sich brüllend festklammerte, hat die Fähre ohne uns abgelegt, und mitten in der Seinemündung flog sie in die Luft. Aimée war mit einemmal still, als hätte sie einen Schlag auf den Kopf bekommen. Wir haben die Straße nach Rouen genommen, in der Hoffnung, daß die Brücken noch stünden ... Und in der riesigen Menschenmenge, die den Karren am Vorwärtskommen hinderte, haben wir die Aimée aus Marseille verloren, die vielleicht wegen eines weiteren Wutausbruchs noch mal irgendwo stehengeblieben war ... Ach, wenn wir gewußt hätten ...

Margot gießt schniefend die Tassen voll, denn die Aimée, das war schon jemand. In Marseille war sie registriert – Was heißt das, registriert? flüstert mir Ariane zu – Pssst! Verdammt –, und eines schönen Tages hatte sie die Schnauze voll und ist abgehauen. So weit weg wie möglich, um ihrem Zuhälter zu entkommen, der Lametta aus ihr gemacht hätte, wenn er sie erwischt hätte. Im übrigen, ach, ist ihr vielleicht genau das passiert ...

„Ach was, nein“, sagt Gertrud. „Keine Sorge, der hat zu der Zeit sicher noch andere Eisen im Feuer gehabt.“

Wie auch immer, lustig war sie, die Aimée aus Marseille. Was haben wir damals gelacht Dabei war der Typ, den sie sich dann ausgesucht hat, auch nicht das Gelbe vom Ei, kann ich euch sagen ... Oh! Ein anständiger Kerl, ein Fischer Aber dann ... Es hat genügt, daß er eines Tages nüchtern war, um unter die Räder eines Lastwagens zu geraten, so ungewohnt war ihm der Zustand. Ein schönes Stück Dreck weniger, Friede seiner Asche. Die Prügel, die sie abbekam, das hättet ihr sehen müssen. Und ohne den leisesten Grund. Ah! Vermaledeiter Bockmist, hat sie gesagt Ah! Gütige Mutter, ich hab gedacht, er würde mir alle Glieder ausreißen!

„Vermaledeiter Bockmist?“ wiederholt Ariane ganz leise und schubst mich mit dem Ellbogen, damit ich übersetze.

„Weiß nicht. Das muß ein Ausdruck aus ihrer Gegend sein.“

Aber Aimée war mit allen Wassern gewaschen. Sie kannte alle Polizisten ihrer Runde, darunter waren brave Kerle, und so nett und zuvorkommend, und überhaupt nicht kleinlich, wie sie war, hätte sich jeder, ob Bulle oder nicht, ein Bein für sie ausgerissen.

Komm, sagte sie zu diesem oder jenem Käppiträger, ich geb dir einen aus. Sag, würdest du mir einen Gefallen tun? Mein Arschloch sitzt in der Kneipe nebenan. Sternhagelvoll, mehr brauch ich dir nicht sagen. Buchtest du ihn mir ein? Dann hätte ich mal eine ruhige Nacht. Ich hab seit drei Tagen nicht geschlafen Ich hab blaue Flecken an Stellen, die ich dir gar nicht zeigen kann Und ich arbeite schließlich, du kannst es bezeugen, ich geh nicht auf den Strich. Also, sei ein lieber Kerl, behalt ihn mir im Loch, solange es das Gesetz erlaubt, aus jedem Grund, den du nur finden kannst, ja?

Jeannot der Fischer verbrachte die Nacht auf dem Revier, und am nächsten Tag ging es von vorne los ...

„Und warum ist sie nicht abgehauen?“ fragt Ariane. „Wenn sie es doch schon mal gemacht hatte?“

Die Mütter zucken zusammen, werden sich unserer Anwesenheit wieder bewußt, ziehen die Augenbrauen hoch.

„Tja“, sagt Margot, die auf dem Boden ihrer Tasse herumkratzt, wo der Zucker klebengeblieben ist. „Das ist eben nicht so einfach ... Man kann nicht sein Leben damit verbringen, ewig abzuhauen Man muß sich wieder Arbeit suchen Neue Freundinnen finden ... Ganz abgesehen davon, daß die Männer überall gleich sind, mehr oder weniger. Was wollt ihr, so ist das Leben ...“

„Es gibt Höhen und Tiefen“, bestätigt Gertrud und zündet sich eine ihrer Karamelzigaretten an. „Das muß man sich immer klarmachen.“

Na ja. Aber ich, sagte Ariane zu mir, während wir ein bißchen an die frische Luft gingen, ich würde keinen Typ behalten, der säuft, ohne mich. Auch keinen, der mich verkloppt, die sind doch krank. Selbst wenn ich fünfhundert Mal ausrücken müßte, sagte Ariane, ich würde so lange wieder abhauen, bis ich einen fände, der nicht trinkt. Und wenn ich ihn mir in Amerika suchen müßte. Findest du nicht auch? Und Ariane, die Bewegung braucht, fängt an herumzuhüpfen und aus vollem Hals zu singen:

Die Liebenden von Le Haaavre
Die brauchen kei-hein Meeer
Und die Schiffe beklaaagen
Immer ringsum nur Meeer

Ich lieb dich du liebst mich wir liiieben uns
Bis ans Ende der Wää-hält
Solange die Erde sich weiter dreeeht
Unsere Liebe hääält
Unsere Liebe hääält

Sie hat eine kräftige, hohe, leicht metallische Stimme, die erstaunlich weit trägt. Marie-mit-den-beiden-Geschlechtern behauptet, sie höre sie vier oder fünf Straßen weiter singen. Und wenn sie sie zufällig einmal ein paar Tage nicht gehört hat, erkundigt sie sich bei mir: Was hat sie denn, die kleine Piaf? Eine Angina?

Ariane hat Zahnschmerzen. Oder vielmehr einen Zahn, der wackelt, und das macht sie ganz verrückt. Sie hört nicht auf, daran herumzufummeln. Meine Mutter sagt, er würde schließlich von allein herausfallen, beim Essen, wie beim letzten Mal, Ariane brauche sich keine Sorgen zu machen. Und wenn ich ihn schlucke? protestiert Ariane. Meine Mutter sagt schulterzuckend, daß ihr das auch nicht das Dingsloch verstopfen würde, und trägt das Tablett für Abel hinaus, der krank ist.

Ariane vermeidet jede Berührung ihres Zahnes mit dem Essen, indem sie nur auf einer Seite kaut, und alle fünf Minuten jammert sie Er wackelt! Es tut weh!

Hör zu, sagt meine Mutter schließlich, ich werde dich zum Zahnarzt bringen. – Nein! brüllt Ariane, sich an ihren Zahn klammernd, er tut jetzt weniger weh als vorhin.

„Geh doch zu Margot und laß ihn dir von ihr rausreißen. Sie kann das."

„O nein!" fleht Ariane weiter. „Nicht Margot. Ich krieg ihn schon allein raus."

„Dann laß uns in Ruhe", sagt meine Mutter. „Bind einen Faden dran und zieh. Sich selber tut man weniger weh."

Ariane hat ihren Zahn mit einem Katgutfaden gefesselt, dessen Reißfestigkeit allgemein anerkannt ist. Fünfzig Mal im Laufe des Vormittags holt sie Schwung. Dann läßt der Griff sofort wieder nach, die Finger lassen den Faden bei der geringsten Erschütterung los, der gereizte Zahn reagiert mit stechenden Schmerzen, die Backe schwillt an.

„Heute", entscheidet meine Mutter, „hat der Zahnarzt zu, du hast Glück. Aber wenn er morgen immer noch nicht draußen ist, bring ich dich hin, und damit basta."

„Nein!" plärrt Ariane. „Ich krieg ihn selber raus."

„Waschlappen", sagt Ariane zu mir, als ich mich einmal mehr weigere, an ihrem Faden zu ziehen.

„Selber Waschlappen. Du brauchst ihn nur an eine Tür zu binden und warten, bis jemand sie aufmacht. Das ist doch ganz einfach."

Ariane bindet das Fadenende an die Türklinke und wartet darauf, daß meine Mutter ins Zimmer kommt, die Augen zugekniffen vor Angst, die Schultern umklammernd. Als ich es merke, ist es zu spät, sie zu warnen – da hat sie die Tür schon auf der Nase, und zu allem Überfluß sitzt der Zahn noch immer an seinem Platz im wunden Zahnfleisch.

„Dusselkopf", sagt meine Mutter, während sie Arianes Nase mit Mercurochrom bepinselt. „Auf die andere Seite hättest du dich stellen müssen, ist doch logisch."

„Jetzt zieh du doch dran!" brüllt Ariane, die nun an zwei Stellen ihres Körpers Schmerzen leidet. „Ich hab noch nie solche Angsthasen gesehen wie euch!"

„Genau", sagt meine Mutter. „Wir sind alle Angsthasen. Laß uns doch in Frieden. Warte auf deinen Vater. Du Heldin, du!"

„Nein", sagt Ariane, „nicht er. Wenn das so ist, werde ich eben allein damit fertig."

Nun hat sie einen anderen, viel längeren Faden an ihren Zahn gebunden, der bis auf den Boden hängt. Sie hofft, daß sie aus Versehen drauftreten und der Zahn in einem Schwall von Schmerz und Erleichterung herausspringen wird.

Dieser Faden, den sie seit dem späten Vormittag hinter sich herschleift, läßt sie sabbern, er wird vor Spucke ganz schmierig, klebt auf abstoßende Weise an ihrem Kinn, so daß die Freunde und Freundinnen sich reihum von ihr abwenden, einer angeekelter als die andere. Ariane wird fuchsteufelswild. Um so mehr als sie ihn keine Minute vergißt und sich nur noch gemessenen

Schrittes oder gar im Krebsgang fortbewegt. Der Faden, der an einem Ende voller Spucke, am anderen ganz staubig ist, wird zur allgemeinen Obsession.

Ariane, die Margot heute flieht wie die Pest, und ich hängen auf der Straße herum. Margot reißt die Zähne ihrer Freundinnen allerdings auch mit einer ganz gewöhnlichen Beißzange aus, die sie vorher durch die Flamme eines Feuerzeugs zieht. An Arianes Stelle würde ich es mir auch zweimal überlegen, selbst wenn Gertrud behauptet, daß man es im Mittelalter genauso gemacht hat, mit „Umtata-Musik", um die Patienten abzulenken. Zur Veranschaulichung spielt sie das Orchester, mit zwei gegeneinander geschmetterten Alu-Topfdeckeln, wozu sie mit perfekt imitierter Säuferstimme singt – oder vielmehr grölt:

Zu trinken zu trinken zu triiinken
Vorher gehen wir hier nicht raus
So verrückt sind die Normannen nicht
Nüchtern zu gehen nach Haus!

Micheline mag zwar behaupten, daß sie absolut nichts gespürt hat, so benebelt war sie von dem Blödsinn, den Gertrud da veranstaltete, aber uns hat das nicht überzeugt.

Zuerst einmal hatte man Abel notfallmäßig hinausschaffen müssen: Der Lärm, das Blut und das leise Quietschen der Beißzange hatten ihn in einen Prä-Strahlungszustand versetzt.

Sie sind verrückt, würde Ariane unsere ganze Kindheit lang immer wieder sagen. Verrückt. Reif für die Klapse.

Ariane anrufen. Aber die Leitung ist immer besetzt. Also Clara anrufen? Nein. Clara gehört einer anderen Galaxie an. Und wenn ich auch geglaubt habe, mich in ihre Atmosphäre hineinschlängeln zu können, so könnte sie kein noch so kleines Stück weit in die meine schlüpfen, ohne darin zu ersticken. Gegenseitigkeit ist zwischen uns nie möglich gewesen. Das zumindest habe ich immer gewußt. Vielleicht ist das der Grund, warum die Mütter verrückt sind: Sie haben nur eine Welt, abgeschottet und winzig klein, in der sie ohne jede Hoffnung auf Besuch eingeschlossen sind. Und auch ohne Hoffnung auf einen Ausgang, abgesehen von einem Loch auf dem Friedhof. Wie könnte man ihnen da ihre Verrücktheit übelnehmen?

Der Tag von Michelines Zahn hatte sowieso in einem wüsten Jahrmarktstrubel angefangen, in dem mehr oder weniger angeschlagene, angelaufene, dreckige, unbrauchbare Werkzeuge ausgebreitet wurden. Margot installierte sich Wandleuchten, auf jeder Seite des Küchenschranks eine. Sie hatte das in einer Zeitschrift gesehen, es sah echt toll aus. Außer daß es auf jeder Seite eines Bettes war, was für eine Verschwendung, ein solcher Luxus in einem Raum, in dem man doch nur schläft.

Zwischen Margots zusammengepreßten Lippen hing ein Elektrokabel herab, an einem Ende freigelegt. Margot schälte mit einem Taschenmesser gegen ihren Daumen das andere Ende.

„Aber was macht denn Gaston?“ hatte Micheline, die sich die Backe hielt, geseufzt. „Das ist doch keine Frauenarbeit!“ Oh, sagt Margot und spuckt ihr Kabel aus, sprich nicht von ihm, ich bitte dich ... Sie zwirbelt die kleinen metallenen Pinsel, steckt sie in die Löcher und schraubt, immer noch mit dem Taschenmesser, denn die überall verstreuten Schraubenzieher haben nicht die richtige Größe Der kriegt nichts auf die Reihe Außer seinen Scheißgarten Seine Scheißradieschen ...

Die Wandleuchten sind jetzt befestigt. Sie wackeln, da ist nichts zu machen, Margot kann mit ihrem Taschenmesser schrauben und schrauben, so lange sie will. Aber es wird schon halten! Sind ja schließlich keine Garderobenhaken ...

Die Mütter sinnieren melancholisch über diesen Gaston nach, der mit seinen zehn Fingern nichts Rechtes schafft (es sind im übrigen nur noch sieben, weil er sie sich nacheinander abhackt, an Tagen, an denen er so voll ist, daß er damit die Manna der Invalidenrente auf sich zu ziehen hofft) Arme Margot, sie hat nicht das große Los gezogen mit diesem Faulpelz, der zu nichts anderem taugt, als die Abortkübel der Nachbarschaft in seinen Garten auszuleeren Wo obendrein nichts wächst, außer Levkojen, die nach Scheiße riechen, und Radieschen, die danach schmecken.

Die endlich in die Wandleuchten geschraubten Glühbirnen geben ein klägliches Licht. Ist ja wie bei einer Totenwache hier! stellt Gertrud fest. Warum sehen die Glühdrähte denn rot aus? Bist du sicher, daß der Anschluß die richtige Spannung hat? Margot sagt, ja, Gertrud könne nachschauen, sie sei schließlich nicht doof. Aber die Birnen seien sicher Schrott, sie habe sie im Billigmarkt gekauft.

Micheline, immer noch mit der Hand an der Backe, fragt, ob man Zeit habe, sich um ihren Zahn zu kümmern. Margot sagt ja, Minute, man solle sie erst das ganze Chaos wegräumen lassen, das sei nicht steril. Und zu mir:

„In der Zwischenzeit, Camille, lauf mir doch schnell zwei Vierzig-Watt-Birnen holen, beim Drogisten, das ist ein ehrlicher Kaufmann, der keinen Supermarktschrott verkauft. Vierziger, hast du verstanden?“

Ich komme im Galopp mit den Birnen zurück, und Margot wechselt sie aus, mit einem Anflug von asthmatischem Pfeifen zwischen zwei Zügen an ihrer Gauloise.

„Na ja“, sagt Gertrud. „Ist immer noch nicht Versailles. Du hast dich sicher beim Anschließen irgendwo vertan, das gibt's doch nicht ...“

Margot drückt verstimmt ihre Kippe aus und sagt, ihres Wissens gebe es nicht Dutzende von Möglichkeiten, die Kabel anzuschließen. Entweder es funktioniert oder es funktioniert nicht, da gibt es keine halben Sachen ...

„Das ist der Butterteller“, sagt Gertrud.

„Was?“

„Deine Kippe. Du hast sie in die Butter gesteckt.“

„Ich weiß nicht mehr, was ich tue“, gibt Margot zu, während sie die Asche von der Butter trennt „Ich hab zu viele Sachen im Kopf, das ist es.“

„Ich hab den Eindruck, daß da irgendwo ein Stromleck ist“, beharrt Gertrud, die manchmal unerträglich ist mit ihren technischen Kenntnissen.

Sie inspiziert mißtrauisch die neuen Leitungen, die Margot gerade angenagelt hat.

„Du hast dich bestimmt in der Anordnung der Kabel vertan, meiner Meinung nach, und jetzt ist die Stromstärke halbiert. Weil, es ist doch komisch, man hat mit einer Sechzig-Watt-Birne besser gesehen als jetzt mit zwei Vierzigern ...“

„Das ist indirekte Beleuchtung“, unterbricht Margot, als wollte sie sich selbst etwas beweisen. „Das ist diskreter. Wollt ihr Kaffee?“

„Und mein Zahn?“ erinnert schüchtern Micheline.

„Ja doch, ich hab nur zwei Hände.“

„Aber wie kommt das denn“, klagt Micheline und wiegt ihre Backe, „wie kommt das denn, daß die Glühdrähte rot aussehen?“

„Oh! Hört auf, mir auf die Nerven zu gehen mit euren Glühdrähten“, sagt Margot. „Und du, geh mir noch schnell Kaffee holen, bevor ich mich um deinen Zahn kümmere. Marke Cigogne, da sind kleine Tierfiguren drin, für Arianes Sammlung. Ich hab keine Zeit gehabt, welchen zu besorgen. Was wollt ihr, Kinder? Kakao?“

„Und Milch, Micheline“, schreit Margot aus dem Fenster.

Sie sagt, es ist unglaublich, in diesem Haus fehlt immer etwas, verdammte Scheiße, man kann nicht an alles denken ...

Ariane sagt, daß man aber wirklich nicht gut sieht. Hör auf, sagt Margot, oder ich schmeiß euch alle raus. Das ist indirekte Beleuchtung, ihr gewöhnt euch dran.

Meine Mutter klopft an, kommt herein und sagt Oh!...

„Oh!... was?“ sagt Margot, die schon wieder im Küchenschrank herumkramt und dabei die Asche einer neuen Gauloise verstreut.

„Nichts“, sagt meine Mutter, umarmt Gertrud und dann Margot, die puterrot aus ihrem Küchenschrank aufgetaucht ist. „Kein Grund, sauer zu werden. Man kommt sich nur vor wie in einer Leichenhalle, mit deinen Lampen.“

„Das ist indirekte Beleuchtung“, versichert Gertrud, deren blonde Zigarette über dem ganzen Durcheinander Karamelduft verströmt. „Was sucht sie denn jetzt wieder?“

„Den Zucker“ sagt Margot mit einem Mörderblick in Richtung ihrer Wandleuchten. „Ich sehe ihn nicht. Was kann ich dafür, wenn es im Handel nur noch halbtote Glühbirnen gibt.“

Meine Mutter meint vorsichtig, man würde sich sicher mit der Zeit dran gewöhnen. Wenn Margot wolle, würde sie ihr ein Pfund Zucker leihen. Margot schnauft und pfeift, während sie den Rauch inhaliert, und sagt, das wäre nett, sie habe nämlich gerade schon Micheline mit ihrem Zahn losgeschickt, um Kaffee und Milch zu holen. Meine Mutter gibt mir die Schlüssel. Im Wandschrank rechts. Und auf dem Weg bringst du gleich den Müll raus, dann ist es erledigt. Und wenn dein Vater da ist, sag ihm, daß wir gleich kommen.

„Es ist erst halb sechs“, wendet Margot ein.

Meine Mutter sagt, ja, aber mit all den Ausständen weiß man nie Und du weißt ja, wie er ist ... Und zu mir, als drohe ein Feuer oder eine Überschwemmung: Beeil dich!

Ich mache die Tür hinter Gertruds schleppender Stimme zu, die mit seltsamer Sanftheit alle Männer unter sich begräbt, die immer nur nerven im Weg stehen nie da sind wenn man sie braucht dagegen immer wenn nicht ... Die Mütter ertragen die Männer wie einen stechenden, belanglosen Schmerz, an den man sich wohl oder übel gewöhnen muß, da es keine Hoffnung auf Heilung gibt.

Ich komme mit dem Zucker zur gleichen Zeit zurück wie Micheline mit dem Kaffee, den sie sofort zu mahlen beginnt. Anschließend brüht Margot ihn auf, mit der Nase dicht über dem Filter, weil es wirklich wahr ist, daß man nicht die Hand vor Augen sieht mit diesen Funzeln, Scheiße Scheiße Scheiße.

Sich die Backe haltend, sagt Micheline, so wirke es intimer Es erinnere sie an etwas, diese rötlichen Lampen Und alle brechen in Lachen aus, außer Margot, die immer noch an ihrem Kaffeefilter schnüffelt, alle Falten ihres Gesichts um die Kippe herum zusammengezogen, deren Rauch ihr direkt ins Auge steigt.

Dann hat Margot mit ihrem Feuerzeug die Beißzange flambiert, während Gertrud „Zu trinken zu trinken zu triiinken ..." grölte und die Topfdeckel gegeneinander schlug, und Ariane und ich haben Abel evakuiert, während die Mütter das beklemmende Kapitel des Was-machen-wir-heute-abend-zu-essen anschnitten ...

Ich sage es für Abel und Ariane auswendig auf: Was könnte ich heute abend nur zu essen machen, habt ihr eine Idee, Mädels?

„Ich hab es satt", sagt Ariane, „immer an das Mittagessen das Abendessen das Essen von morgen zu denken So was von satt!"

„Crêpes", schlägt Abel vor, der dem Schlimmsten entronnen ist und wieder ein menschliches Gesicht annimmt. „Oder heiße Schokolade."

„Seid still, Kinder, wir reden ernsthaft. Ich hätte noch Tütensuppen und Wurstaufschnitt, und wenn er nicht zufrieden ist ..."

„Aber der Meinige", sagt Ariane und schnieft diskret wie Micheline, „würde das nie im Leben essen. Er ist so was von schwierig! Und außerdem weißt du doch, daß er kein Schwein ißt."

Ich sage, ach ja! Stimmt, wegen seiner Religion ...

„Seine Religion, daß ich nicht lache", sagt Ariane düster „Er setzt nie einen Fuß in die Moschee, ob mit oder ohne Latschen. Das ist nur, um mir das Leben schwerzumachen."

Abel wendet ein, daß er nicht trinkt, immerhin etwas.

„Das fehlte gerade noch, daß er bechert!“ empört sich Ariane. „Also nee, findet ihr ihn nicht so schon fies genug?“

Dann hören wir auf mit der Parodie. Wir machen einen Flan, Ariane schlägt die Eier auf, ich rühre den Teig, Abel fettet die Form ein. Das ist wenigstens nützlich, und außerdem essen wir das am liebsten von allem.

Kommt überhaupt nicht in Frage, sagt Ariane und kickt einen Stein weg, ich geh nicht zu Margot, nichts zu machen. Dann noch lieber zum Zahnarzt.

Mylène, Gertruds Tochter, steht wieder einmal an ihrem Fenster und langweilt sich. Ariane wirft ihr Lasso zu ihr hoch, an dessen Ende wir den üblichen Korb befestigt haben. Der Korb quillt über von kleinen Geschenken, die Mylène in ihrer ewigen Gefangenschaft trösten sollen: leicht zerdrückte Kaugummistreifen, kaum lädierte Karamelbonbons, nicht allzu angenagte Buntstifte, zerlesene Illustrierte sowie die schönsten Murmeln Arianes, die einen Hang zur Großzügigkeit hat, die Tierfiguren aus den Kaffeepackungen, die sie doppelt hat, um einen Schokoriegel gerollte Gedichte von mir, ein Taschenmesser, das Abel gefunden hat und dessen schartige Klingen noch schneiden …

Mylène zieht den Korb zu sich hoch und fragt Was ißt Ariane da, einen Faden? Die Nase emporgereckt, schauen wir zu, wie der Korb nach oben steigt. Jemand sagt, Mädchen, die so an ihrem Fenster stehen, seien Königstöchter. Mylène sagt, das sei gut möglich, aber sie wisse nicht, wer der König ihr Vater sei. Die Jungs sagen, die Königstochter würde immer einen Typ auserwählen. Mylène solle also wählen. Und da stehen sie alle, die Nase emporgereckt, ein jeder überzeugter als sein Nebenmann, daß er der glückliche Auserwählte sein wird. Ich sage, um auserwählt zu werden, müsse man eine Blume in der Hand haben, und sie hätten überhaupt nichts in ihren schmierigen Dreckpfoten. Jedenfalls nichts, was einer Blume ähnlich sähe.

Mylène sagt einverstanden, sie würde denjenigen auserwählen, der ihr die schönste Blume bringt. Ihr habt eine Dreiviertelstunde. Dann kommt der Macker von meiner Mutter heim. Die Jungs tun so, als würden sie Mützen in die Luft werfen, und zerstreuen sich wie der Blitz, um die unbebauten Grundstücke der Umgebung zu durchkämmen, nachdem Mylène klargestellt hat Aber eine echt schöne Blume, ja? Ich will keinen Klatschmohn oder Butterblumen oder die Scheißlevkojen von Gaston!

„Ich weisss", sagt Ariane, deren Zunge sich im Faden verheddert, „ich weisss, wo'sss welche gibt, echte sssöne Blumen. Welche, wie sssie noch nie in ihrem Leben gesssehen hat. Sssoll ich dir sssagen, wo?"

„Na los, sag schon."

„Beim Zahnarzt im Wartezimmer", sagt Ariane, die inzwischen ihren Faden festhält, um ordentlich zu sprechen. „Wenn ich morgen hingehe, falls mein Zahn bis dahin nicht rausgefallen ist, klau ich dir eine. Das ist ganz sicher die schönste von allen."

„Morgen wird nur ein bißchen spät sein, meine Gute, jetzt gleich brauch ich sie."

„Dann zieh an meinem Faden."

„Aber dann kommen wir doch überhaupt nicht an die Blume ran, weder heute noch morgen, du Dussel."

Ariane denkt nach, mit gespanntem Faden.

Woraufhin sie sorgfältig ihr Lasso aufwickelt:

„Gut. Komm mit mir zum Zahnarzt."

„Der hat zu. Er ist nicht da."

„Aber seine Frau ist bestimmt da", sagt Ariane. „Frauen sind immer da. Wir können's versuchen."

„Aber er ist doch der Zahnarzt, nicht sie ..."

„Mach dir darum mal keinen Kopf", sagt Ariane. „Ist doch schließlich kein Hexenwerk, an einem Faden zu ziehen, das könntest sogar du, wenn du nicht so feige wärst. Waschlappen!

Ich hab die Schnauze voll von diesem Faden. Und du brauchst eine Blume. Also, was ist?"

An Arianes Fersen geheftet, diskutiere ich noch halbherzig herum: „Aber angenommen, sie macht es, hast du denn Geld, um sie zu bezahlen?"

„Geld darf sie nicht verlangen", sagt Ariane. „Du hast es doch gerade gesagt: Sie ist keine Zahnärztin. Willst du jetzt die Blume oder willst du sie nicht?"

„Bist du wenigstens sicher, daß sie schön ist?"

„Umwerfend schön", sagt Ariane rennend, den Faden vorsichtig in der Tasche verstaut. „So 'ne Blume hast du noch nie gesehen. Ich schwör's dir."

„Aber du", sagt Ariane und bremst so abrupt, daß ich gegen sie pralle, „du mußt mir schwören, daß du an meinem nächsten Zahn ziehst."

„Du spinnst wohl!"

„Wenn nicht", sagt meine kleine Schwester Ariane und schiebt die Stirn vor wie eine Ziege, „dann gehe ich nicht. Und ohne mich kannst du deine Blume vergessen, den Zahn hab nämlich ich. Also, schwörst du?"

Die Frau des Zahnarztes hat erst beim vierten Klingeln aufgemacht, gerade als wir drauf und dran waren aufzugeben. Sie sagt, ihr Mann sei nicht da, und ...

„Ich weiß, ich weiß", sagte Ariane, die ihren Faden wieder gespannt hält, um ordentlich zu sprechen. „Aber es tut mir heute weh."

„Sie hat einen wackeligen Zahn, Madame, sie hätte gern, daß ..."

„Es tut sehr weh", setzt Ariane nach. „Sehen Sie: Es ist ganz geschwollen. Könnten Sie nicht daran ziehen?"

Die Frau des Zahnarztes hat tiefe schwarze Augen, sanft und reglos, und wenn sie lacht zwei wohlerzogene Grübchen rechts und links ihres Mundes. Das macht mir Mut, es weiter zu versuchen.

„Bitte, Madame, es tut ihr wirklich sehr weh ..."

Ariane tritt entschlossen vor, und die Frau des Zahnarztes weicht unwillkürlich zur Seite, um sie durchzulassen. Ich folge ihnen ins Wartezimmer, während die Zahnarztfrau immer noch versucht zu diskutieren, aber so sanft und verlegen und lächelnd unentschlossen, daß Ariane ihre Proteste als lauter Liebenswürdigkeiten auffaßt und aufstrahlt:

„Ah! Ich hab's doch gewußt ... Es ist ein Klacks, daran zu ziehen. Aber ich trau mich nicht. Meine Mutter hat Bammel. Alle haben sie Bammel. Aber Sie haben bestimmt keinen, nicht wahr, bei dem Beruf Ihres Mannes ..."

Auf dem Tischchen im Wartezimmer stehen tatsächlich prächtige Blumen in einer Vase. Ich muß nachher daran denken, Ariane zu fragen, woher sie das wußte: Ihre Quellen sind stets dunkel, aber zuverlässig.

„Sehen Sie", beharrt Ariane, „es ist geschwollen."

„Das stimmt", räumt die Frau des Zahnarztes ein, der von Arianes Redefluß genauso schwindelig wird wie allen anderen, so daß sie mit den Augen zwinkert. „Aber gerade wenn da eine Infektion ist ..."

„Da ist gar nichts weiter", protestiert Ariane, als würde man sie verdächtigen, eine anrüchige Krankheit mit sich herumzuschleppen. „Es ist bloß ein Milchzahn. Das kommt nur, weil ich ständig daran herumfummele ..."

Die Frau des Zahnarztes seufzt, betrachtet Ariane mit ihrem Faden und ihrem Lasso, und muß am Ende lachen.

„Du bist lustig, mit deinem Faden. Schickt dich deine Mama?"

„Wo denken Sie hin", sagt Ariane. „Mama wollte bis morgen warten. Aber ich hab die Schnauze voll von dem Faden. Ich wollte drauftreten und fertig, aber ich schaff's nicht. Ich hab ihn seit heute morgen. Das kann so nicht weitergehen ..."

„Und das da?“ fragt die Frau des Zahnarztes und deutet auf Arianes aufgeschürfte Nasenspitze.

„Ich hab’s mit einer Tür probiert“, sagt Ariane mit einem finsteren Blick in meine Richtung, „aber meine Mutter ist falschrum reingekommen.“

Die Frau des Zahnarztes lacht noch mehr. Sie hat sehr schwarze und sehr schöne Augen, unter deren Blick man sich wie jemand ganz Tolles fühlt, aber wir kommen nicht so recht voran.

„Du bist ein sehr entschlossenes kleines Mädchen“, sagt die Zahnarztfrau schließlich zu Ariane. „Wie heißt du?“

Und noch dazu, sagt sie und gibt sich alle Mühe, ernst zu bleiben, heißt du Ariane ... Weißt du, wer Ariane war?

„Ein Auto“, sagt meine kleine Schwester mürrisch. „Ein schönes Auto, angeblich. Wenn mein Vater besoffen ist, dann erzählt er überall herum, daß er eine nagelneue Ariane hat. Ich find das nicht witzig.“

„Ich auch nicht“, sagt die Frau des Zahnarztes, und ihre schwarzen Augen werden nachdenklich. „Na dann komm, ich werd mich um diesen Zahn kümmern. Wir werden ihn desinfizieren und ein klein bißchen Betäubungsmittel draufmachen. Du spürst gar nichts, du wirst sehen.“

Und zu mir, wobei sie mich wieder aus ihren schönen dunklen Augen ansieht, als wäre ich eine wichtige Persönlichkeit: „Es macht dir doch nichts aus, zwei Minuten hier zu warten?“

„Gewonnen“, sagt Ariane zu mir, als sie mir ihren Murmelbeutel zusteckt.

„Wieso gewonnen?“

„Ich hatte gewettet, daß Sie einverstanden sein würden. Camille glaubt nie irgend etwas.“

„Camille hat unrecht“, sagt die Frau des Zahnarztes und betrachtet mich mit außerordentlicher Aufmerksamkeit. „Camille, das ist auch hübsch. Spielst du Murmeln?“

„Ja“, sagt Ariane.

„Und gewinnst du auch?“

„Na klar“, sagt Ariane, während sich die Tür zwischen ihnen und mir schließt.

Aus Arianes Murmelbeutel hole ich rasch das Taschenmesser hervor, das sich dort in Gesellschaft verschiedenster Gegenstände der Kategorie „könnte nützlich sein“ befindet: winzige Schnurknäuel, Gummiringe, Streichhölzer und dergleichen mehr ... Und ich schneide eine Blume ab – die schönste von allen –, so schnell ich kann und dicht am Vasenrand, damit es weniger auffällt.

Aber die Blumen sind unecht, Betrug! Trotzdem stopfe ich die abgeschnittene Blume schnell mitsamt dem Taschenmesser und dem ganzen Krimskrams in den Murmelbeutel, denn mir bleibt keine Zeit mehr zu versuchen, sie zwischen die anderen zurückzustecken.

„Es hat überhaupt nicht weh getan“, sagt Ariane mit lauter und klarer Stimme, als die Tür wieder aufgeht. „Vielen Dank, Madame, ich werde meine Mutter morgen zum Bezahlen vorbeischicken.“

„Aber nein“, sagt die Frau des Zahnarztes mit ihrem ununterdrückbaren Lächeln, das uns glauben machen könnte, wir seien ihr ein ständiger Grund zur Freude. „Ich habe doch fast nichts getan. Außerdem bin ich keine Zahnärztin ... Alles in Ordnung?“

„Tipptopp!“ sagt Ariane, die ihren Zahn am Ende des Fadens kreisen läßt wie eine kleine Perle.

„Zeigst du mir deine Murmeln?“

„O nein“, sagt Ariane und nimmt mir schleunigst ihren Beutel ab. „O nein ... Die hier sind häßlich. Ich bringe Ihnen ein andermal meine schönsten mit. Und wenn sie Ihnen gefallen, können Sie sie dann behalten. Aber die hier sind schäbig, ich schwör's Ihnen.“

„Aber ... Ich will dir deine Murmeln doch nicht wegnehmen“, protestiert die Zahnarztfrau mit jenem leicht verwirrten Lächeln, das Arianes Redefluß unweigerlich bei jedem unvorbereiteten Gesprächspartner hervorruft. „Ich wollte doch nur ..."

„Auf Wiedersehen, Madame", schneidet ihr Ariane ebenso hart wie formvollendet das Wort ab. „Ich danke Ihnen vielmals. Jetzt müssen wir nach Hause, meine Mutter wird uns sonst suchen."

Und die Frau des Zahnarztes schaut uns von der Türschwelle aus nach, wie wir uns im dreifachen Galopp davonmachen, auf den Lippen ein sehr schönes und ratloses Lächeln, das noch keine Zeit hatte, sich zu verlieren.

Nachdem wir um die Ecke gebogen sind, fahre ich Ariane an Du spinnst wohl, allen Leuten zu erzählen, daß dein Vater bechert!

„Er ist auch dein Vater", wehrt sich Ariane, die sich immer an nebensächliche Details klammert, wenn sie im Unrecht ist.

„Ein Grund mehr. Jetzt stehen wir schön blöd da!"

„Er bechert doch", sagt Ariane, „nicht wir. Scheiße. Das ist doch kein Drama, oder?"

„Eben. Wenn es kein Drama ist, hält man die Klappe."

Scheiße, sagt Ariane. Scheiße scheiße scheiße. Scheiße.

„Und außerdem gehören wir zu seiner Familie."

„Ich hab's nicht mit Absicht gemacht", sagt Ariane, ohne daß man genau wüßte, ob sie ihre Äußerung meint oder ihre Zugehörigkeit zu dieser Familie, der unseren. „Und die Blume, hast du sie nun oder nicht?"

„Von wegen! Sie ist unecht, total unecht. Eine Mischung aus Federn, Plastikborsten und Stoffschnipseln, es ist eine Schande. Hast du das gewußt?"

„Na und", sagt Ariane zu mir. „Wer hat gesagt, daß sie echt sein muß? Es muß nur die schönste sein, und das ist sie."

Sie holt die Blume aus dem Beutel und läßt sie in der Sonne kreisen, und es stimmt, es ist die schönste Blume, die wir je gesehen haben.

„Glaubst du, sie wird es merken?"

„Kann uns doch egal sein", sagt Ariane. „Und überhaupt, meinst du, sie hat nichts Besseres zu tun, als sie nach jedem Kunden zu zählen? Du kannst vielleicht bekloppt sein!"

Aber die nahezu sichere Aussicht auf Straffreiheit verstärkt meine Gewissensbisse nur noch: eine so schöne Frau. So sanft. So aufmerksam, sogar zu solchen Gören wie uns ...

„Es stimmt", sagt Ariane, blickt ins Leere und läßt den Zahn am Ende des Fadens baumeln. „Es stimmt, sie ist prima. Weißt du, daß sie mir die echte Geschichte der echten Ariane erzählt hat? Jetzt mag ich den Namen gern. Und IHM werd ich sagen, er soll mit seinem Blödsinn mit den Autos aufhören. Du wirst sehen: Er wird baff sein, der Alte."

Die Jungs sind alle mit mickrigen oder verwelkten oder stinkenden Blumen zurückgekommen. „Camille hat gewonnen!" tönt Ariane. „Camilles Blume ist die schönste auf der Wääält! Camille wird auserwählt, äääätsch!"

„He, Moment mal", sagt Maurice, der Junge, dessen Blume als am wenigsten häßlich hätte durchgehen können. „He da! Camille KANN NICHT auserwählt werden, aus dem einfachen Grund, weil sie ein Mädchen ist ..."

„Na und?" sagt Ariane und läßt ihren Zahn unter der Nase des Jungen kreisen, als wäre es eine Fahrradkette.

„Nichts na und. Sie ist ein Mädchen."

„Wer behauptet denn das Gegenteil?" sagt Ariane und rümpft die Nase.

„Äh ... niemand", verheddert sich der Junge mitten im Kreis der anderen Rotznasen, die geneigt sind, ihm gegen jede Gerechtigkeit recht zu geben. „Sie ist eben ein Mädchen. Fertig. Und sie kann nicht von einem anderen Mädchen auserwählt werden. Es muß ein Junge sein. Stimmt's, Mylène?"

„Erstens mal", sagt Ariane, „wählt Mylène zwischen Jungs,

Mädchen oder Blumen? Welche Blume gefällt dir am besten, Mylène?"

„Die von Camille", sagt Mylène leicht zögernd. „Aber ..."

„Die von Camille ist die schönste, ja oder nein?"

„Ja. Ja, sicher ... Aber ..."

„Guuut. Diese Blume gefällt dir also wirklich am besten?"

„Ja ... Aber."

„Dann gibt es nicht das geringste Aber", sagt Ariane. „Fang!"

Und Ariane wirft, nachdem sie die Blume mit ihrem Zahnfaden an einen Stein gebunden hat, das Ganze inklusive Zahn zu Mylène hoch, die unwillkürlich die Hände danach ausstreckt.

„Das gilt nicht!" grölen die Jungs.

Unterdessen betrachtet Mylène die Blume mit einem völlig belämmerten Ausdruck. Noch vor ein paar Tagen fand ich sie echt toll, Mylène mit ihren langen schwarzen Haaren, ihren hübschen kleinen Brüsten unterm Kleid – sie ist schon fast fünfzehn – und ihrem Lachen, das so ähnlich klingt wie das ihrer Mutter, aber schöner. Auf einmal finde ich sie farblos, vielleicht ist das Licht schlecht Ein bißchen beschränkt auch, ich weiß nicht warum. Ich würde ihr die Blume am liebsten wieder wegnehmen, sie der Zahnarztfrau zurückbringen, als wäre das möglich, oder zumindest dieses idiotische Spiel beenden, mich aus dieser völlig sinnlosen Streiterei herausziehen.

„Es gilt doppelt nicht", meckerte Maurice, „weil diese Blume dazu noch unecht ist! Das ist Betrug!"

Ariane wollte noch weiter herumdiskutieren oder sich vielleicht sogar prügeln, denn sie tätschelte mit drohender Miene ihr Lasso, als es mir plötzlich endgültig reichte.

„Ach komm, ist schon gut. Gib mir meine Blume zurück und Schwamm drüber."

Und während meine kleine Schwester Ariane sich zu mir umdrehte wie eine Furie, ihr Lasso wild herumschwingend, fühlte ich mich plötzlich weich werden und innerlich schmelzen und zu den Füßen einer schönen sanften lachlustigen Frau zu einer Pfütze zerfließen, einer Frau, wie man sie hier nie sieht und die es sicher nicht verdient hatte, daß man ihr eine Blume klaute, ob echt oder unecht, um sie zum Gegenstand eines Streits zwischen Deppen zu machen.

„Feigling", hat meine kleine Schwester Ariane gesagt, die immer alles sieht, sich aber manchmal in der Deutung irrt „Waschlappen! Du bist echt ein feiger Waschlappen, du kotzt mich an."

Und zu Mylène, die noch immer die Blume betrachtete, als müßte ihr daraus irgendeine Erleuchtung entgegenspringen: „Und du kotzt mich auch an: gerade gut genug, um an ihren Matschblumen, ihren Scheißblumen zu schnüffeln! Los, dalli, gib sie uns zurück, sie gehört uns. Und scher dich zum Teufel. Für deine schönen Augen strampeln wir uns so schnell nicht wieder ab, du verdammte Hurentochter des Königs aller Deppen und Arschlöcher!"

Und weil meine kleine Schwester Ariane bei dem Abenteuer immerhin ihren Zahn losgeworden ist, weil ein Stück Blau am Himmel hervorlugt und ein täuschender Schein von Sonne über den Trottoirs liegt, dauert es nicht lange, bis sie ihre gute Laune wiederfindet und aus voller Kehle ihren Gassenhauer singt, mit seitlich ausgestreckten Armen auf der Bordsteinkante balancierend:

Die Kinder dieser Eeer-de
Die brauchen keinen Gooott
Sie lieben sich ohne Soor-gen
Wie's die Verliebten tuuun.

Ich lieb dich du liebst mich wir liiieben uns
Bis ans Ende der Wää-hält …

Die Leitung ist frei, endlich, und ich höre Arianes Stimme, immer so hart, daß einem das Zahnfleisch davon weh tut. Von weit her ist ein Getöse zu hören, von umgeworfenen Sachen und einem weinenden Kind, das lautstark getröstet wird Wer ist da? WER?... Ja, mein Kleines ... Nun sprechen Sie doch DEUTLICH, verdammt, ich höre nichts. Warte warte, Mama kommt schon ... WER ist denn nun am Apparat? Ah ... Ah, du bist's, Camille ... Warte mal zwei Minuten.

Ich hätte am liebsten wieder aufgelegt, so vollständig schien sich meine kleine Schwester Ariane im Äther verflüchtigt zu haben, sich selbst nur noch im Zustand einer Erinnerung oder einer winzigen Wahrscheinlichkeit überlebend, irgendwo in der Atmosphäre, wo unsere gewohnten Bezugspunkte keine Gültigkeit mehr haben. Aber Arianes Stimme ist zurückgekehrt, diesmal ohne parasitäre Geräusche im Hintergrund, gezähmt oder erschüttert aber unter allen unverwechselbar, die Wörter in einem Affenzahn skandierend, als fürchte sie, unterbrochen zu werden Oder als müsse sie sie mit Gewalt in ein Minimum von Zeit und Raum hineinzwängen, vor Gott weiß was für einer Frist oder Fälligkeit oder Katastrophe ...

„Oh, Camille ... Was ist los, was Schlimmes? Hör mal ich bin total im Streß Die Putzfrau hat Grippe und hat die Kleine damit angesteckt und Richard obendrein ... Nein, es bringt nichts, darüber zu reden, dauert zu lange ... Na ja kurz gesagt alles geht drunter und drüber in dieser gottverdammten Bude und ..."

„Ariane. Ariane. Abel ist tot."

Sie hat gesagt Wie Was Ich habe es wiederholen müssen Tot. Tot, sag ich dir. Sie hat gefragt, ob ich mir sicher sei. Ob ich es GESEHEN habe. Ob ... Hör mal, Camille, werd nicht sauer, aber bei dir ...

Und dann hat sie gesagt Scheiße. So eine Scheiße ... Mama!

„Mama", natürlich. Sie hat nicht „Papa" gesagt. Keiner von uns dreien hat „Papa" je mit der Selbstverständlichkeit jener

Wörter ausgesprochen, die von allein kommen, die ganz natürlich über die Lippen gehen. Über diese beiden Silben stolpert man. Sie bleiben hängen Gehen nicht durch Man muß sie mit Gewalt ausstoßen, in Fällen absoluter Dringlichkeit, wenn der Gebrauch von „der“ oder „er“ unmöglich oder grob unhöflich wäre.

Dabei erkannte ich ihn auf den Photos wieder. Es heißt, mit zwei Jahren hätte ich rührende Reden gehalten über „meinen kleinen Papa, der in Deutschland bei den Boches ist“. Sah er dem schönen Hochzeitsphoto danach nicht mehr ähnlich? Ich habe es vergessen. Das Interesse war versandet, das magische Wort unterwegs verloren gegangen. Wahrscheinlich war es so, daß „Papa“ für mich ausschließlich ein Stückchen Hochglanzpapier bedeutete, das ich küssen mußte, damit alle zufrieden waren. Ich glaube, wenn er gestorben wäre, hätte ich ihn am Ende sehr geliebt. Zurückzukommen ist sein erster Fehler gewesen.

Eines Tages war er dann da. Ich sehe meine Mutter auf seinem Schoß sitzen. Er ist überall dunkel: seine Augen, seine Haare, diese harten Bartstoppeln, die ihm zwischen Morgen und Abend auf den Wangen nachwachsen. Er ist ein Mann, der nicht lächeln kann Er ist riesengroß und stumm Er nimmt den ganzen Raum ein Und wenn er ausnahmsweise einmal mit mir redet, dann macht seine Stimme bloß zerbrechliche Dinge in mir kaputt, und ich weine. Ich stoße ihn zurück Ich schlage ihn Ich halte ihn von meiner Mutter fern, die mir gehört Ich ertrage nicht, daß er sie berührt Und schließlich sage ich zu ihm: Geh weg! Dann sieht er mich an, mit seinen schrecklichen schwarzen Augen, als würde er mich auf der Stelle vernichten wollen.

Ich habe mehrere Erinnerungen an die Anfänge mit meinem Vater. Sie sind größtenteils stumm, und immer dunkel. Als verfinstere er den Raum um sich herum.

Es klopft an das Fenster in der Tür. Es ist mein Vater. Ich sehe ihn nicht an. Meine Mutter lenkt meine Aufmerksamkeit auf sich

Sie mimt entzücktes Staunen, läßt nicht locker, dreht mir den Kopf in die richtige Richtung. Da ich ihn nun wohl oder übel ansehen muß, hebt er die Arme und zeigt mir durch die Glasscheibe einen riesigen Gestiefelten Kater, den er gerade auf dem Jahrmarkt gewonnen hat. Er lächelt nicht – mein Vater lächelt oder lacht nie –, aber er sieht doch froh aus Das entnehme ich irgendeinem Detail, vielleicht der Stellung seiner Augen, seiner Wangenknochen, irgendeiner geringfügigen Veränderung seines Gesichts, die ich so schnell nicht ergründen kann. Ich weiß, daß der Gestiefelte Kater für mich ist. Er trägt rote Stiefel und eine große Feder am Hut. Aber es interessiert mich nicht. Es interessiert mich nicht, weil ER es ist, der ihn mir mitbringt.

Ich erinnere mich nicht, gesehen zu haben, wie mein Vater hereinkam. Noch dieses unglaubliche Ding berührt zu haben, das tot war, bevor es überhaupt existierte. Und folglich auch nicht, damit gespielt zu haben. Man wird wohl aus meiner Reaktion geschlossen haben, daß er mir angst machte, dieser riesige Kater, und hat ihn diskret aus dem Verkehr gezogen.

Aber ich sehe noch sehr deutlich meinen Vater vor mir, reglos hinter der Glasscheibe, wie er den Gestiefelten Kater stolz im Arm hält und mich mit einem frohen Ausdruck, aber ohne den Schatten eines Lächelns anschaut. Abgeschlossenes Bild Erstarrt Im Eis gefangen. Zwischen ihm und mir wird immer diese Glasscheibe sein. Bei Abel und Ariane weiß ich nicht genau, was geschehen ist.

Ich habe Papa umgebracht.

„Schon wieder“, hat meine Schwester Ariane gebrummt, als sie ihre Jacke an den Haken hängte, nachdem sie den Kragen ein bißchen mit der Hand abgebürstet hatte. „Womit, und für wie lange?“

Vor einiger Zeit hat Ariane angefangen, mich für meine Inkompetenz in Sachen Mord glatt zu verachten. Meine Versuche, die sie zuerst phantastisch fand, sind in ihren Augen zu einer Marotte zusammengeschrumpft, eine Spur lästig, jedenfalls eintönig und ermüdend, die zwar immer noch zu einem Ergebnis führen könnte, aber nur durch den allergrößten Zufall.

In Arianes Verhältnis zu mir wird es immer dieses glühende Aufflammen von Begeisterung, von Bewunderung, von totalem Vertrauen geben, das den Grund ihrer Augen aufleuchten läßt. Darauf das allmähliche Schwächerwerden dieses Leuchtens, das sich auf Sparflamme stellt, um am Ende zu erlöschen, Energiequelle gekappt. Dann betrachtet Ariane mich mit einer Art Geduld, die von der Häufung der Enttäuschungen strapaziert ist, bis zum unerbittlichen Aufsteigen jenes hintergründigen Blicks, der besagt Ich wußte es Es wird immer wieder dasselbe sein Und der mich mehr und mehr auf die Summe meiner Unfähigkeiten reduziert.

Meine kleine Schwester Ariane gehört einer tatkräftigen und sicheren Gattung an, die geradewegs dahin geht, wo man hingehen muß, immer tut, was zu tun ist, nichts so sehr verachtet wie Verwirrung oder Mißerfolg und nicht versteht, daß man worin auch immer zögern oder scheitern könnte. Sie ist immer so zielgenau und unbeirrbar gewesen wie ein Kriegsbeil.

„Ich schwör's dir. Ich schwör's dir, diesmal ist es wahr."

„Das schwörst du jedesmal", nörgelt Ariane. „Und jedesmal geht es schief."

Und doch ist es diesmal wahr. Ich bin auf mein Fahrrad gesprungen. Es war kein Mensch am Ufer des Kanals, nicht einmal ein Schleppkahn am Horizont. Nichts als das Schilf, das vom Wind bewegt wurde und ganz leise raschelte. Ich bin nach Hause gerast, als wäre der Teufel hinter mir her.

„Papa ist tot. Ich hab ihn gerade umgebracht."

„Ich glaube dir nicht", hat Ariane gesagt und dabei mit dem Daumen die Elastizität ihrer Bälle geprüft. „Wo ist er?"

„Im Kanal."

„Bist du SICHER?“

„Ja.“

„Warst du das?“

„Ja.“

Plötzlich hat Ariane gezögert: „Das müßte man vielleicht Mama sagen?“

Ich bin losgegangen, um es meiner Mutter zu sagen, die gefragt hat Wo denn, im Kanal?

„Im Kanal. Da, wo man angelt.“

„Ist er reingefallen?“

„Ja.“

„Und was hast du gemacht? Hast du um Hilfe gerufen?“

„Na ja, nichts ... Nee, hab ich nicht. Es war sowieso niemand da.“

„O weh!“ hat meine Mutter gesagt. „Er wird sich den Tod holen, wenn er so klatschnaß nach Hause kommt ... Ich ruf die Feuerwehr.“

„Aber er ist DRIN.“

„Ich will hoffen, daß er das nicht mehr ist“, hat meine Mutter gesagt. „Zum Glück kann er schwimmen. Aber man kann nie wissen, mit Kleidern und Stiefeln, und bei der Kälte heute ... Wenn er's schafft, holt er sich eine Lungenentzündung, ist dir das klar!“

„Sauber“, hat Ariane gesagt, als meine Mutter die Tür zuknallte. „Wieder schiefgegangen. Wußtest du nicht, daß er schwimmen kann?“

Nein. Das wußte ich nicht, nein. Ich sah ihn aus dem Schilf herauskommen wie ein Moorgespenst Außer daß ein Gespenst nicht schimpft nicht hustet nicht jammert Kleine Miststücke Alles kleine Miststücke! Vampire! Mörder! Das sind keine Kinder, die ich habe, sondern Wölfe ...

Am Anfang verwünschte meine Mutter immer den Zufall oder meine Ungeschicklichkeit, sie hielt die Gewißheiten meines Vaters für reine Zwangsvorstellungen. Aber an diesem Tag habe ich gesehen, daß sie sich nicht mehr so sicher war. Und mich hat eine plötzliche Müdigkeit gepackt, etwas wie eine Entmutigung aller Gliedmaßen. Ich wußte nicht einmal mehr, warum ich ihn unbedingt umbringen wollte. Er war nicht mal ein Dreckskerl, mein Vater. Nicht mal ein echter Tyrann. Nur jemand, der Angst und Schrecken einflößte und vor dem Abel sich vor Schiß in die Hose machte – Aber Abel hatte mit dieser ewigen Abrechnung, die mich meinen Vater bei jeder Gelegenheit abmurksen ließ, nichts zu tun, das war jedenfalls sicher. – Und ich wußte genau, wenn ich anfing nachzudenken, war ich geliefert.

In dem Moment ist Abel aus seinem Zimmer gekommen, wohin Ariane ihn gebracht hatte, um ihn „zu präparieren", wie sie sagte.

„Wo ist Mama?"

„Keine Ahnung. Bei der Feuerwehr."

„Ist es wahr, daß du ihn umbracht hast?"

„Ich bin mir nicht mehr sicher. Angeblich kann er schwimmen."

„Hast du ihn ins Wasser geschmissen?"

„Ja", sagt Ariane. „Aber wir sagen dir, er kommt wieder. Er ist ein Mann, der nie ganz und gar stirbt."

Abel hat geschwiegen. Dann hat er gesagt Er wird sauer über uns sein ... Automatisch korrigiere ich:

„AUF uns. Das heißt, auf mich ..."

„WIR kriegen einen Anschiß", beharrte Abel.

„Ob nun einen mehr oder weniger ...", hat Ariane gesagt. „Aber du kippst uns diesmal nicht wieder aus den Latschen, ja? Wo wir dich doch vorwarnen, jetzt, in aller Ruhe."

Abel hat nachgedacht, dann hat er gesagt, nein, wenn wir ihn in aller Ruhe vorwarnten ... Aber mein Vater wurde im Feuerwehrwagen (dessen Sirenengeheul die ganze Nachbarschaft an die Fenster holte) nach Hause gebracht, auf einer Trage liegend und mit einem großen weißen Leintuch bedeckt. Und Abel wurde vor Schreck steif wie ein Strommast, an dessen Spitze ein Kurzschluß knistert. Ich hatte gerade noch Zeit, mich in seine Fallbahn zu werfen, während Ariane mich vom Fenster aus auf dem laufenden hielt:

„Er lebt. Sie haben ihm das Leintuch nicht über den Kopf gezogen."

Mein Vater hat sich keine Lungenentzündung geholt. Gerade mal eine böse Bronchitis, von der er sich wetternd und fluchend erholte, ohne sich auch nur krankschreiben zu lassen.

„Er ist tapfer", hat meine Mutter gesagt, ohne jemanden anzusehen, als würde sie zu den Wänden sprechen.

Niemand hat geantwortet, da sie ja keine Antwort erwartete. Aber ich hatte es satt, meinen Vater umzubringen. Um so mehr, als er diesmal kein Wort gesagt hat, nur in eine verdächtige Reglosigkeit verfallen ist, als wäre er von einer Art Kummer erfüllt, die viel zu kompliziert für ihn war und vor der er sich durch Abwesenheit oder Erstarrung des Blicks zu schützen suchte, so wie man in Lawinengebieten seine Stimme dämpft.

Mir kam die plötzliche Erkenntnis, daß wir keine Gerechtigkeitsverfechter, sondern kleine Arschlöcher waren. Und ich sehe meinen Vater wieder vor mir, wie er einen Welpen auf dem Arm hält, kaum größer als seine Faust. Es ist eine Hündin, sie heißt Alaska. Mein Vater lächelt beinahe – oder strahlt zumindest diesen kaum wahrnehmbaren Schein von Helligkeit aus, der wie aus dem Nichts kommt und seine Züge geringfügig verwandelt. Wie an jenem Tag, an dem er den Gestiefelten Kater mitbrachte.

Und unmittelbar danach dieses andere Bild, das alles zerstört zerhackt zertrümmert und eine vollkommene Wüste hinterläßt. Die kleine Alaska ist im Hof angebunden, an eine riesengroße Hundehütte. Sie bellt ununterbrochen, wegen allem und nichts, bis meine Mutter hinuntergeht und sie im Arm wiegt wie ein Baby. Dann wird sie still, nuckelt am Kinn meiner Mutter oder an ihrem Ohrläppchen. Wir streicheln sie. Wir spüren ihre kleine Zunge auf den Händen auf den Lidern ... Sie riecht noch nach Welpe, die kleine Alaska. Sie gurrt und jault leise Wir erraten, daß ihre Hütte zu groß ist, ihre Kette zu kurz und zu schwer, und die verhärtete Erde des Hofes zu kalt für die rosige, zarte Unterseite ihrer Pfoten. Mein Vater will keinen Hund im Haus. Das ist ein Prinzip, sagt meine Mutter.

„Und was ist das, ein Prinzip?"

„Oh", sagt meine Mutter, „etwas, das nicht viel Sinn hat ... Aber was willst du machen, dein Vater ist eben dein Vater."

Da kommt er gerade nach Hause, in leichtem Zickzackkurs, wie es immer öfter passiert. Er ist finster, wie immer, die Wangen schwarz von den nachwachsenden Bartstoppeln. Alaska fängt bei seinem Anblick an zu bellen, als wäre er ein Einbrecher. Mein Vater hält sich den Kopf, preßt sich die Hände gegen die Ohren. Er hat Kopfschmerzen. Er hat immer Kopfschmerzen. Die Hündin bellt noch mehr, und mein Vater explodiert: „Wirst du wohl die Schnauze halten!" Und als Alaska daraufhin nur noch lauter bellt, so winzig sie auch ist, packt mein Vater sie am Hals und hebt sie hoch in die Luft, so weit die Länge ihrer Kette es erlaubt. Verzweifeltes Aufjaulen des kleinen Hundes. Meine Mutter kommt auf den Treppenabsatz herausgestürzt, von wo aus ich die Szene beobachte. Sie schreit „Was machst du denn! Robert, du bist wahnsinnig Hör auf! Hör auf!" und gleichzeitig schiebt sie mich ins Haus zurück, ihre Arme um meinen Kopf gelegt. Unten hat das Jaulen des Welpen mit einem Schlag aufgehört. Nie mehr werden wir die kleine Alaska wiedersehen, die mein Vater im Zorn erwürgt hat.

Später würde meine Mutter über meinen Vater sagen Er ist ein Irrer. Dabei liebte er seine Hündin, er hatte sie doch selbst mit heimgebracht ... Und noch später, als meine Mutter ihm einmal Alaskas Tod vorhielt – es ging um einen anderen Hund, den er gern adoptieren wollte –, stand mein Vater mit seinem Mördergesicht von seinem Stuhl auf und hieb mit seinen gewaltigen Fäusten auf den Tisch, als wäre er wieder drauf und dran zu töten: „Genug damit jetzt. Das sagst du mir nie wieder. NIE!“ Da schweigt meine Mutter, zieht mich und Abel in ihre Arme, kehrt meinem Vater den Rücken, wie um uns besser zu schützen vor seinem Blick voller Wut und Blut, der auf ihr und auf uns liegt. Und bis mein Vater türschlagend das Haus verläßt, warten wir alle drei mehr oder weniger auf den Tod.

Heute streichelt mein Vater die Hunde der anderen. Mit ihnen redet er ein bißchen. Für die Menschen unverständliche Dinge. Er redet geduldig und demütig mit ihnen. Er berührt sie mit Zartgefühl – wie er seine Kinder nie berührt hat, stellt meine Mutter mit einer gewissen Bitterkeit fest. Es ist allerdings wahr, daß wir uns ihm immer entzogen haben. Die Hunde nicht.

Ich sage zu Ariane, daß ich aufgebe. Daß unser Vater zu schwer umzubringen ist, daß ich es satt habe. Ariane sagt nur Du hast recht. Du bist so was von ungeschickt. Und sie rennt pfeifend die Treppe hinunter. Abel sagt nichts. Er sagt nie etwas. Man weiß nicht, was er denkt, mit seinem Ausdruck, als wäre er zwischen endlosen Mauern gefangen. Wenn Ariane und ich getrennte Wege gehen, dann zögert er ewig hin und her und weiß nicht, welcher er folgen soll. Er wirkt, als irrte er fortwährend durch ein gläsernes Labyrinth, von wo aus er alle Leute sehen, aber niemanden erreichen kann, wie durch Hexenwerk. Dann windet er sich, den ganzen Körper wie gevierteilt durch entgegengesetzte Kräfte, und meine Mutter befiehlt derjenigen, die noch nicht verschwunden ist: „Nimm deinen Bruder mit.“

Ja, aber diesmal ist Ariane nicht da, und ich gehe zum Zahnarzt, kommt nicht in Frage, mich von meinem kleinen Bruder begleiten zu lassen, wie würde das denn aussehen. Das sage ich meiner Mutter Ich bin fast sechzehn, Scheiße! Und er, er ist schließlich nicht mehr drei. Meine Mutter sieht es ein. Verspricht

Abel, eine Partie Karten mit ihm zu spielen, bis Ariane wiederkommt, die wohl wieder mal mit ihrer Strolchebande Murmeln spielt. Und sie wischt Abels Kummer trocken, der allumfassend und unverständlich ist. Sie hat ein großes Baby von dreizehn Jahren. Die Welt ist ein einziges Geflecht aus Absurditäten, deren Rätsel zu durchdringen meine Mutter aufgibt. Und ich, ich möchte manchmal schlafen, die ganze Zeit schlafen, bis ich mindestens fünfundzwanzig bin.

Ach! hat die Zahnarztfrau gesagt, als ich die Tür hinter mir zumachte, mir scheint, wir kennen uns ... oder?

Sie saß hinter der Mini-Theke, zwischen den Pflanzen, auf dem Platz der Sprechstundenhilfe (eine Blonde mit Löckchen, der ich regelmäßig einen baldigen Tod wünsche, oder die Ehe, irgend etwas jedenfalls, das sie uns ein für allemal vom Hals schafft. Sollte das Wunder geschehen sein?). Ich hatte ein bißchen heiße Backen wegen der Blume, aber das war eine so alte Geschichte – schon vier, fünf Jahre her? – und außerdem gab es sowieso keinen anderen Zahnarzt in unserem Viertel.

„Ist Annick krank?"

„Ja", hat die Zahnarztfrau gesagt, ohne ihren Blick von mir zu wenden.

„Äh ... Ist es was Schlimmes?"

„Nein nein, ich glaube nicht Eine Grippe ... Wolltest du zu ihr?"

Ich habe gesagt, nein nein gar nicht, im Gegenteil Na ja, nicht direkt im Gegenteil, aber ... Also ich meine ...

Sie lachte – es war eher ein Lachen als ein Lächeln, wenn auch völlig lautlos – mit ihren hübschen kleinen Grübchen auf jeder Seite, die ich seit Jahren nicht gesehen und doch nie vergessen hatte.

Du wirst eine Weile warten müssen, hat die Zahnarztfrau gesagt, mich immer noch aus ihren großen schwarzen Augen anschauend, als wüßte sie alles über mich und akzeptierte mich ohne jede Einschränkung, mein Mann ist beschäftigt, er hat einen schwierigen Fall – eine Vollnarkose. Hast du es eilig?

„Nein. Nein, Madame."

„Wie geht es Ariane?"

„Oh ... Sie erinnern sich an uns?"

Sie hat wieder gelacht, lautlos, wobei das Licht der Glühbirnen in ihren weiten schwarzen Augen tanzte.

„Na, was denkst du denn ... Meine erste Extraktion. Und mein Mann war fuchsteufelswild, Milchzahn hin oder her Er hat gesagt Ist dir klar, was du da getan hast! Als hätte ich ihm gerade eröffnet, daß eine Leiche unterm Teppich liegt oder so was in der Art ... Das war vielleicht ein Drama, der Zahn deiner kleinen Schwester Ariane! Wie alt ist sie denn jetzt?"

„Sie ist zwölf."

„Schon! Und du?"

„Bald sechzehn."

„Du bist ja groß geworden, und verändert hast du dich ... Aber du schaust immer noch so drein, als wüßtest du nicht, wohin mit dir. Ich hab dich erkannt, aber deinen Vornamen hab ich vergessen ..."

Sie beißt sich auf die Lippe: „Schlimm?"

Ich sage, nein. Daß ich Camille heiße. Sie sagt Camille, das gefällt mir ... Es klingt ... auf sehr sehr sehr brave Weise androgyn. Das steht dir gut. Weißt du, was das heißt, androgyn?

„Ja, Madame."

Ich habe den Moment nahen fühlen, da sie mir nichts mehr zu sagen haben würde, da sie verstummen, weggehen, mich mit den Blumen allein lassen würde, die noch immer am selben Platz auf ihrem Tischchen standen, unübersehbar. Quälend.

„Wissen Sie ... Ariane ist immer noch so geschwätzig. Viel geschwätziger als mein Bruder und ich."

„Ah! Du hättest sie mitbringen sollen, sie hätte für uns Konversation gemacht ... Spielt sie noch Murmeln?"

„Ja ... Sie jongliert auch mit kleinen Bällen. Sie hätte uns totgeredet, ja.“

Seltsame Sanftheit dieses Blickes, der allerdings beginnt, seitlich abzurutschen, als würde der meine zu fest dagegen drücken. Plötzlich erinnere ich mich an die ewigen Ermahnungen meiner Mutter:

„Hör auf, den Leuten so ins Gesicht zu starren. Das ist peinlich. Du bist doch kein Baby mehr!“

Ich senke die Augen, ein bißchen. Sie trägt ein blaues Kleid, mit viereckigem Ausschnitt und Ärmeln, die unter den Ellenbogen enden. Aber es ist genauso peinlich, Frauen auf die Brust zu schauen Oder auf den Bauchnabel Oder auf die Beine Ich frage mich wirklich, WO man den Blick gefahrlos hinlenken kann Also betrachte ich die Hände der Zahnarztfrau, die schön und kräftig sind und damit fortfahren, den Papierkram auf der Theke herumzuschieben.

„Ariane ist ein sehr konsequentes kleines Mädchen ... Eine starke Persönlichkeit, oder?“

„Das allerdings, ja.“

„Und du hast auch einen Bruder?“

„Ja.“

„Kenne ich ihn?“

„Ich weiß nicht, Madame. Er heißt Abel. Er ist sehr schön, vor allem seine Augen. Er ist dreizehn.“

Sie sagt, meine Augen seien auch nicht schlecht Daß sie es bei Ariane nicht mehr wisse, sie habe so viel geredet. Sogar mit der Zange im Mund redete sie noch! Sie schaut auf ihre Uhr Sie sagt, es könne gut sein, daß es noch eine Weile dauert, daß ich mich hinsetzen könnte ... Und ich habe das Gefühl, daß es völlig schiefgelaufen ist, daß ich unter allem Niveau war, daß sie die Nase voll hat von einem so stinklangweiligen Gespräch. Ich hebe die Augen wieder, und unsere Blicke prallen aufeinander. Ich muß wohl zu hart schauen. Ihre Wimpern haben unmerklich geflattert, aber nur ganz kurz. Wieder dieses lautlose Lachen, diese Grübchen, die kommen und gehen Und sie riecht auch gut, nicht wie die Mütter, deren billiges Eau de Cologne auf mehrere Meter die Luft verpestet, wenn sie auf die Idee kommen, sich damit zu begießen. Ich weigere mich, welches zu benutzen. Aber vielleicht stinke ich ja, wie soll man das wissen, trotz der Seife ...

Ich bin unvermittelt zu der Bank an der Wand hinübergegangen und habe mich gesetzt. Die Zahnarztfrau kommt hinter der Theke hervor, und ich sehe das ganze Kleid Die Zartheit der Taille die kleine Wölbung des Bauches Die glatten Beine, ohne das geringste Haar und sonnengebräunt ... Ich fühle mich überhaupt nicht wohl in meiner Haut. Als hätte eine von Annicks Bazillen, die noch auf der Theke herumhingen, mich angesprungen.

Unterdessen sagt sie zu mir, mit dieser erschütternden Sanftheit, die in ihrer Natur zu liegen scheint, daß es mindestens noch eine halbe Stunde dauert Daß ich die letzte bin, es steht kein weiterer Termin mehr an für heute, und ob ich Tee mag?

Dieses Lächeln – ein großes lautloses Lachen, von dem man überfallen wird, wie hervorgeschleudert, wie wenn man eine Kußhand wirft – es ist zu spät, ich werde es nie wieder loswerden können Es ist in meinen Körper eingedrungen, und ich weiß, daß ich es Tag und Nacht in mir tragen werde, wie ein ganz kleines Messer, ein winziges Brennen ...

„Ich ... Ich weiß nicht, Madame. Ich habe noch nie welchen getrunken."

„Ich heiße Clara", hat Clara gesagt. „Komm, wir werden schon sehen, ob du meinen Tee nicht magst. Es ist russischer Tee, er ist sehr gut."

Wir verlassen das Wartezimmer, ich schlurfe so fest wie möglich über den Teppichboden, für den Fall, daß meine Schuhsohlen nicht allzu sauber wären ... In meinem Schädel herrscht ein solcher Aufruhr, daß es mich taub und dumm macht Ich stoße mir die Schulter am Türrahmen, und es ist Clara, die sie mir reibt, als wäre es ihr Fehler, wie wenn sie verantwortlich wäre für die Enge der Tür, während mir nichts einfällt, was ich sagen könnte, aber auch wirklich überhaupt nichts, was ein bißchen Intelligenz vermuten lassen könnte unter dem Stumpfsinn, der mich gefangenhält, und ich mir von ganzem Herzen wünsche, wenigstens die Kraft aufzubringen, mich schleunigst aus dem Staub zu machen …

Endlich, ich weiß nicht wie, sitze ich. An einem hübschen Tisch mit einer Tischdecke und einem Anemonenstrauß darauf. Ich denke daran, mich zu vergewissern, daß ich nicht mit einer falschen Bewegung des Ellenbogens etwas hinunterstoßen könnte, dann höre ich auf zu denken. Ich betrachte die Einrichtung: viele Bücher, auf Regalen. Das beruhigt mich etwas. Clara macht sich derweil in der Küchenecke zu schaffen, in den Geräuschen des Gasherdes und der Tassen.

„Willst du Musik hören? Magst du Musik?"

Gott im Himmel! Was soll ich antworten? Es ist sicher klassische Musik, die sie mir da vorschlägt. In der Schule hat man uns ein oder zwei Stücke vorgespielt, die nicht schlecht waren, aber ich habe die Titel vergessen. Wenn ich nein sage, klingt es banausisch. Wenn ich ja sage, wird sie mich fragen, was. Und wenn ich die Klappe halte, wirkt es unhöflich.

„Ah, du schaust meine Bücher an … Du kannst sie dir ruhig aus der Nähe ansehen, weißt du … Liest du ab und zu?"

Sie ist wirklich eine Frau von überragender Intelligenz. Ich sage, daß ich lese, ja, ziemlich viel. Sie kann mich sogar fragen, was, auf dem Gebiet habe ich unendlich weniger Bammel. Aber eine Frage peinigt mich: Was für einen Geruch mag ich wohl am Leibe haben? Nach aufgekochtem Kaffee? Seife? Schweiß? Während Clara wieder geht, um die Teekanne zu holen, schnuppere ich verstohlen an meinen Achseln. Nichts. Nur die Wolle meiner Strickjacke. Aber sich selbst riecht man ja nicht, das ist bekannt. Daran denken, Distanz zu halten, für alle Fälle. Ich stehe vor den

Büchern, aber die Titel verschwimmen, so sehr ist nicht nur mein Hirn benebelt, sondern auch meine Sicht.

„Komm“, sagt Clara, „der Tee ist fertig. Ich kann dir welche leihen, wenn du willst. Du brauchst dir nachher nur was auszusuchen.“

Lächeln voll ins Gesicht. Grübchen. Matsch in meinem Hirn. Und vor mir Claras Arm, in blau bis unter den Ellenbogen, die Hand, die mir Tee einschenkt.

„Zitrone?“

Ich nicke. Sie schenkt sich ebenfalls ein. Zitrone für uns beide. Ich hasse Zitrone, aber anscheinend trinkt man Tee so.

„Wenn er dir nicht schmeckt“, sagt Clara, „trink ihn nicht. Dann mach ich dir einen Kakao. So, du liest also viel?“

Ich trinke. Ich verbrenne mich stoisch. Abgesehen davon, daß der Tee kochend heiß ist, ist der Geschmack erträglich, leicht übelkeiterregend. Na ja, ich mag den Geruch, immerhin.

„Und, Camille? Schmeckt er dir nun?“

„Ja, Madame.“

Sie sagt noch einmal, mit der gleichen lächelnden Geduld, als wäre es das erste Mal: Ich heiße Clara.

Und auf einmal kommt er hereingerauscht:

„Ah! Hier bist du. Ich habe gerade einen Krankenwagen gerufen, der Mann wacht nicht normal auf. Ich begleite ihn, es ist mir wohler dabei. Sagst du die Termine ab?“

Sie steht schnell auf, fragt, ob es schlimm sei.

„Nein … Ich glaube nicht. Aber ich fahre lieber mit … Also, wirst du …“

„Es steht gar kein Termin mehr an“, sagt Clara. „Nur Camille hier, der ich beim Warten Gesellschaft geleistet habe. Aber sie kann sicher wiederkommen. Kannst du wiederkommen?“

Ich sage, ja, natürlich. Der Zahnarzt verschwindet mit einem lauten Knallen der Tür, nachdem er mir im Vorbeigehen einen Blick zugeworfen und entschuldigend die Hände gehoben hat.

Der Tee ist ausgetrunken. Clara ist besorgt. Ich mache mich schnell davon, ohne mir Bücher ausgesucht zu haben, da ich ja morgen wiederkomme. Ich gebe dir den letzten Termin, sagt Clara, damit wir Zeit haben für die Bücher. Einverstanden? Ich bin jetzt ein bißchen nervös. Du bist mir doch nicht böse?

Beim Hinausgehen achte ich auf den Türrahmen, aber ich gehe der Fußmatte im Wartezimmer in die Falle. Clara fängt mich energisch am Kragen auf. Sie lacht, und ich würde am liebsten sterben, hier, auf der Stelle, während sie mir mit dem Handrücken über die Wange streicht, immer noch lachend:

„Ich glaube, jemand so Zerstreutes wie du ist mir noch nie begegnet! Auf Wiedersehen, Camille ... Bis morgen."

Sie hat meine Hand zwischen ihre Hände genommen, mit einem etwas undeutlichen Impuls des ganzen Körpers Sie hat mir ihr Lächeln ins Gesicht geworfen Und ihr Blick erschauerte unmerklich in dem meinen, der sich wieder nicht schnell genug abgewandt hatte.

Nachdem sie die Tür hinter mir geschlossen hatte, habe ich mich beim Gehen an den Wänden abgestützt, weil mir regelrecht übel war – der Tee? die Zitrone? oder dieses doch beinahe zärtliche Lächeln, das sich in meinem Fleisch umdrehte wie ein winzig kleines Messer?

„Ach, mein Gott!" hat meine Mutter gesagt. „Was machst denn du für ein Gesicht. Hat er dir weh getan?"

„Nein. Er hat sich nicht um mich kümmern können. Er hatte einen Patienten, dem es nicht gutging, er hat ihn ins Krankenhaus gebracht. Ich gehe morgen wieder hin."

„Was hatte er denn, dieser Patient?"

„Ich weiß nicht. Er ist im Krankenwagen weggebracht worden, und der Zahnarzt hat ihn begleitet."

„Wie man nur so empfindlich sein kann ...", sagt meine Mutter. „Willst du ein bißchen Melissengeist auf einem Stück Zucker?"

Ich habe gesagt, ich wolle gar nichts. Mein Zahn tue mir weh, saumäßig weh. Ich wolle auch nichts essen. Ich ginge sofort ins Bett.

Meine Mutter hat mir die Stirn befühlt, beschlossen, daß das tatsächlich vernünftiger wäre und daß sie mir eine Fleischbrühe machen würde. Ich habe mich hingelegt. Und bin wie der Blitz wieder aufgestanden, um den Tee mit Zitrone auszukotzen. Dann bin ich so fest eingeschlafen, daß meine Mutter es nach mehreren Versuchen aufgegeben hat, mich zu wecken.

In dieser Nacht, und auch am nächsten Tag, hat sich meine Mutter geduldig und gründlich Sorgen gemacht, als wäre ich in ferne Gefilde entschwunden. Mütter spüren diese Dinge, auch wenn sie sie falsch verstehen. Und meine, die nichts weiß, hat eines immer ganz genau gewußt: den präzisen Zeitpunkt, wann ihre Kinder sie eines nach dem anderen verlassen haben.

II

Ich verwechsle es mit dem anderen Wahn,
nämlich seine Missetat erkennen zu wollen,
sich daran erinnern zu wollen.
S. Beckett, *Der Namenlose*

Verlassen. Immer diese großen Worte. Sogar Ariane, hat sie sie „verlassen"? Auch wenn alles darauf hinzudeuten scheint, vermag ich es nicht zu glauben. Und Abel, der nie auf irgend jemandes Seite war, schien fest verwurzelt zu sein, wenn nicht mit meiner Mutter selbst, so doch mit dem geometrischen Raum, den sie eingrenzte und dessen Zerfall ihn zutiefst erschüttert hat. Und ich selbst, was tue ich hier, wenn nicht darauf warten, daß sie zurückkommt, sie, die unter allen Müttern, die sich nicht umbringen, heute Grund hätte, sich zu töten, oder mich zu töten, oder uns beide zusammen, da wir so oder so in einer Welt voller Schreie der Wut und Absurdität leben.

Eine Absurdität, die manchmal so offensichtlich ist, daß ich mich frage, ob die Gespräche der Mütter nicht vielleicht eine unterschwellige, von allen ungeahnte Funktion haben. Ob sie nicht diese spezielle Art von Nebel absondern, um jede besondere Unebenheit oder Brillanz zu ertränken auszuradieren wegzuzaubern, die möglicherweise den Blitz anziehen könnte. Wenn sie nicht sogar, ohne sich dessen bewußt zu sein, ein Tarnungsmanöver daraus machen … Sie haben ihre Folklore, bestehend aus zusammengelegten Erinnerungen, ihren schüchternen Ungewißheiten, ihrer gemeinsamen Unkenntnis vom Lauf der Welt, und sind zwanghaft darauf bedacht, mit der Landschaft zu verschmelzen, auf keinen Fall „aufzufallen“. Als lauere das in der Luft liegende Unglück nur auf die geringste Erhebung.

Dann käuen sie ihre Erinnerungen wieder, als bestünde das Leben nur aus aktuellen Pflichten und vergangenen guten Momenten, und kein Mensch findet sich mehr zurecht in ihren Geschichten vom Krieg oder der Zeit davor, so sehr widersprechen sich die Ausschmückungen und Auslassungen von einer Version zur nächsten. Man könnte meinen, daß sie es selbst nicht genau wissen, verloren wie sie sind in den verschlungenen Verwicklungen der Ereignisse, in dem, was da vor ihrer Nase passiert ist, als sie jung waren, wie sie sagen. Abgesehen von den Bombardierungen, dem Exodus, den illegalen Bällen, die sogar unter den Bomben noch stattfanden, ist ihre Geschichte für sie selbst fast so chinesisch wie für uns, ganz zu schweigen von Gertrud, die Deutsche gewesen ist ... Was dazu führte, daß bei der Befreiung ein paar Übereifrige behaupteten, sie sei eine Spionin und man müsse sie kahlscheren.

„Man hat sie kahlgeschoren?“ fragt Ariane entsetzt.

Aber nein aber nein, sagt Margot, das hätte gerade noch gefehlt! Gertrud habe zwar sicher mit mindestens einem Deutschen geschlafen, aber weil das vor dem Krieg und sie damals noch Deutsche war, zählte das nicht. Allgemeine Zustimmung der Mütter. Ganz abgesehen davon, bekräftigt die meine, daß welche dabei waren, die ein Interesse daran hatten, sich reinzuwaschen, wegen dem Schwarzmarkt. „Das muß schrecklich gewesen sein“, sagt Abel, dem vor allem graut, was schwarz ist „Darum haben die Männer aus unserer Straße, mein Vater voran, ihnen zu verstehen gegeben, daß sie woanders scheren gehen sollten, und überhaupt wüßte man doch im Grunde gar nicht, wer eigentlich geschoren werden sollte, wenn man denn unbedingt abrechnen müßte ... So hat Gertrud ihre schönen Haare behalten, wegen denen übrigens mehr als einer hinter ihr her war“, merkt Micheline mit leicht zusammengekniffenem Mund an, „und ihren Arbeitsplatz in der Fabrik.“

Dann hören wir Gertrud nahen und wechseln das Thema. Wir haben reichlich Zeit dazu, weil sie unterwegs noch bei irgendeinem Baby kille-kille macht, direkt unter Margots Fenster.

Trotz der anzüglichen Bemerkungen, mit denen sie schwangere Frauen überschüttet, betrachtet Gertrud die Babys der anderen mit einer Art Heißhunger. Sie nimmt sie in die Arme küßt sie knabbert daran Als würde sie sich davor zurückhalten hineinzubeißen die Haut abzulösen Knochen und Mark auszulutschen. Ihre Augen sind dann dunkler und schwerer und auf nichts Sichtbares mehr gerichtet. Und wenn zufällig Mylène bei einer dieser Verschlingungsszenen dabei ist, ausnahmsweise einmal frei von den Pflichten und Strafen, die ihre Tage prägen, wird sie steif wie eine kleine Tote, die man gegen eine Wand gelehnt vergessen hat.

Gertrud bekommt auch nostalgische Anwandlungen, wenn sie vom Schwarzwald erzählt. Dann fängt ihr dunkler Blick das erste Kind ein, das innerhalb der Grenzen ihres Gesichtsfeldes auftaucht, und sie verspricht mit ihrer sanften Menschenfresserstimme Eines Tages ... Eines Tages nehme ich dich mit in den Schwarzwald. Wenn ich im Lotto gewinne, nehme ich dich mit dorthin, ich schwör's dir. Du wirst sehen, wie schön es ist ...

„Nein!“ brüllt Abel, in dessen Augen sich schon der Ansatz eines Kurzschlusses abzeichnet „Nein ich komm nicht mit dir in deinen Schwarzwald Nein ich komm nicht mit, nein!“

„Der ist vielleicht dämlich, dieser Kleine“, beklagt sich Gertrud mit einem Ausdruck, als hätte man sie mit einem Schlag aus dem Schlaf gerissen „Mein Gott, ist der dämlich. Der Schwarzwald ist überhaupt nicht schwarz, wenn es das ist, was dir so Schiß macht. Er ist grün. Mit riesigen Bäumen, und einer Stille ... Eine Stille, die du dir nicht mal vorstellen kannst, vor allem wenn Schnee liegt. Dann atmet man sie geradezu, wie einen Geruch ...“

„Ich komm nicht mit!“ wiederholt Abel stur, gegen die Wand gedrückt, als versuche er, in sie hineinzuwachsen. „Ich komm nicht mit. Ich komm nicht mit.“

„Aber nein, das mußt du nicht", versichert meine Mutter. „Hab keine Angst ..."

Dann lehnt Gertruds Blick sich gegen meinen, mit einer Sanftheit, die einen Ort sucht, um sich niederzulassen Mit einer Art leiser Befürchtung oder etwas Bittendem:

„Und du, Camille? Würdest du auch nicht mitkommen?"

Ich empfinde etwas wie Mitleid mit diesem Blick auf der Suche nach irgendeiner zwiespältigen Zustimmung, irgendeinem dunklen Verständnis. Ich sage ja, ich würde mitkommen. Ich würde bestimmt mitkommen, doch, mit Gertrud die Stille ihres Schwarzwaldes atmen und durch den Schnee laufen. Und eine sehr flüchtige – und sehr vage – Ahnung geht durch mich hindurch, als wäre ich genötigt worden, etwas zu versprechen, das dem Teilen eines Todes ähnelt. Zum Glück gewinnen sie nie, mit ihren verflixten Lottoscheinen, höchstens bekommen sie an Glückstagen einmal ihren Einsatz zurück.

„Und wie wär's, wenn du deine eigene Tochter mitnehmen würdest?" schlägt meine Mutter wie von weit außerhalb vor, ohne dadurch diese hermetische Stille zu durchbrechen – wie ein Zauber, ein seltsamer, glatter, der Zeit enthobener Friede –, die sich seit meinem Versprechen über Gertrud und mich hinabgesenkt und uns in ein und dieselbe unsichtbare Luftblase eingeschlossen hat, inmitten des Geplappers der anderen des Geklappers der Tassen des Geruchs nach aufgekochtem Kaffee und des Qualms der Karamelzigaretten.

Als Gertruds Blick sich endlich von mir löst, sich herausreißt aus dem unmerklichen Versinken, in das er mich mit hinabzog, spüre ich etwas wie eine Kältehülle um meine Knochen herum, bin aber ungeheuer erleichtert.

Dann höre ich meine Mutter, die über die Schule und mein Zeugnis redet „Übersprudelnde Phantasie", hat der Französischlehrer am Rande angemerkt. Meine Mutter fragt sich, ob das wohl ein Lob oder ein Tadel ist, und sieht mich mit argwöhnischer Miene an. Nun? Was meinst du dazu?

Ich sage vorsichtig, ich wisse es nicht. Die zu Rate gezogenen anderen Mütter wissen es auch nicht, aber es erscheint ihnen nicht besonders schlimm, auch wenn es ein Tadel sein sollte. Die meine bleibt jedoch mißtrauisch:

„Soll das nicht vielleicht heißen, daß du WIEDER MAL Geschichten erzählst?"

Unglücklicherweise hat meine Mutter das Gedächtnis einer Elefantenkuh. Sie wird nie irgend etwas vergessen.

„Sehr gute Schülerin", hatte meine Lehrerin geschrieben, als ich acht war, „wenn auch etwas schüchtern im Mündlichen. Sollte eine Brille tragen. Fabuliert vielleicht ein bißchen?"

„Sie fabuliert", hatte meine Mutter zum Optiker gesagt und ihm zur Bestätigung das Zeugnis hingehalten. „Das müßte man in Ordnung bringen."

Gut erzogene Leute platzen nicht vor Lachen heraus Sie legen nur ein etwas gezwungenes Lächeln an den Tag Einen Blick, der einen umkreist, als wäre man ein leicht anrüchiger Gegenstand Und erklären mit derselben ausdruckslosen Stimme, in der sie die Höhe des Preises mitteilen, daß das nichts mit einer Brille zu tun habe.

„Ach so", hat meine Mutter gesagt, etwas überrumpelt aber nicht am Boden zerstört. „Ich bin nicht so gebildet, wissen Sie."

Und zu mir, wieder auf der Straße, nachdem sie das Abenteuer ein bißchen verdaut hatte: „Aber trotzdem ... Deine Lehrerin ist mir vielleicht eine. Wie kann man nur alles so durcheinanderwerfen. Und du, ist dir klar, daß du mich wie eine Idiotin dastehen läßt? Warum erzählst du denn Geschichten?"

Später habe ich dann meine Brille. Die ganze Szenerie ist wie blankgeputzt. Jedes Detail bohrt sich mir mit Gewalt ins Hirn, in erschreckender Schärfe, und bleibt darin stecken. Und gleichzeitig ist die Welt kalt Mit einemmal kühl gelackt steril Ich betrachte sie durch diese Scheibe hindurch Ich sehe sie weit weg, außer Reichweite Ich bin wie im Abseits, ausgeschlossen, oder zumindest GETRENNT.

Sehr viel später würde ich *Die entfremdeten Tiere* lesen – die aus der Natur herausgetreten sind und diese von außerhalb betrachten – und erkennen, daß auch ich eine ENTFREMDETE Form von irgend etwas bin Ein Element, das keinen Platz hat, keine stabile Form, weder Status noch Sicherheit.

Aber es geschah im Alter zwischen acht und neun Jahren, daß ich mich von der Welt ablöste – oder vielmehr, daß sie von mir abgelöst wurde, um mir als Schauspiel dargeboten zu werden –, und seither suche ich vergeblich nach einem Weg, wieder in sie einzutreten und darin aufzugehen, einen Weg zurück durch die Scheibe.

Die Mütter haben es gerade von den Rockern in den schwarzen Lederjacken, von denen es in unserem Viertel angeblich eine Bande gibt. – Das sind eher Möchtegern-Rocker, meint Ariane dazu, die schon mit ihnen aneinandergeraten ist, in Sachen Murmeln. – Tatsächlich weiß man nicht viel über sie, abgesehen von unüberprüfbaren Gerüchten, denen zufolge sie aus einer benachbarten Neubausiedlung ausgeschwärmt sein sollen, wo sie anfingen sich zu langweilen, nachdem sie Eingangstüren Treppengeländer Zäune und gerade erst angeschlossene Straßenlampen auseinandergenommen, alle zu ihrem Unglück dorthin gepflanzten Bäume Büsche und Sträucher umgeknickt ausgerissen zerhackt und schließlich verbrannt und alles bis zum winzigsten Grashalm mit ihren Stiefeln in die Erde zurückgerammt hatten, was sich anmaßte, um die Sandkästen herum wachsen zu wollen, welche in Kampfarenen verwandelt worden waren, bevor sie als Spucknäpfe und Scheißhaufen endeten.

„Oje", jammern die Mütter. „Kaum sind wir die Boches los ..."

Gertrud schweigt so laut, daß man sich schließlich daran erinnert, daß sie Deutsche gewesen ist und es sich nicht mehr gehört, von „Fritzen“ und „Boches“ zu sprechen, seit die Amerikaner, nachdem sie hier bei uns gelandet waren, über sie hergefallen sind und sie, mit Unterstützung der Russen von der anderen Seite der Welt, plattgemacht haben, zur Erleichterung aller übrigen Nationen. Schurken, gewiß, aber höflich. Wenn man sie so sah, hätte man gar nicht gedacht. Während diese da, Jesus Maria! Das letzte Gesindel. Und aus unserer Gegend – Na und, sagt Gertrud mit ihrer schleppenden Stimme, Gesindel gibt es überall – Das redet Argot wie du und ich und führt sich auf wie in Chicago ...

Die Mütter kennen Chicago wie ihre Schürzentasche, wegen der Filme. Die Rowdys wahrscheinlich genauso. Die größten unter ihnen fangen sogar an, sich das Gesicht mit Fahrradketten zu verunstalten, wie es gerade Mode wird. – Was Abel eine Todesangst vor den Rockern in den schwarzen Lederjacken einflößt, zumal er schwarz sowieso noch nie mochte. – Bald wird es hier bei uns sein wie in Amerika ...

Aber dieses Amerika, das ist uns scheißegal, versteift sich Ariane, die sich nicht gern von den Überzeugungen Dritter beeinflussen läßt, das ist nicht unser Amerika. Und sie klammert sich an ihr Lasso. Was wiederum meine Mutter zu nerven beginnt, denn Ariane ist ziemlich gewachsen.

Ah! Und weißt du schon, was sie sich haben einfallen lassen, sagt Margot zu Gertrud, es ist kaum zu glauben! Drei Tage lang habe ich unter meinem Fenster eine Riege von Pissern gehabt. Stellt euch vor, sie machten Wettbewerbe im Hochpissen. Und je mehr Wasser ich über sie goß, desto mehr kamen sie pissen. Und mit Beschimpfungen dazu, die ich gar nicht zu wiederholen wage!

Meine Mutter wendet sich ab, aber Gertrud krümmt sich offen vor Lachen. Micheline ist wie immer, unbewegt und betrübt. Margots Wangen, zerknittert wie altes Seidenpapier, zittern noch vor Empörung. Zum Glück hatte Michelines Larbi durch ein Wunder, wie es sie manchmal gibt, einen Unfall gehabt und dadurch einen Arm in Gips und die Muße, einen Mittagsschlaf zu halten. Durch das Wiehern der Pisser und Margots Geschrei aus dem Schlaf gerissen, in einer Saulaune wegen des Armes, der viermal schwerer wog als sonst, war er in zwei Sätzen die Treppe hinuntergestürzt, seinen Arm festhaltend wie ein Wickelkind, und verteilte unaufgefordert einen Hagel von Stiefeltritten in die Allerwertesten, die wie zum Fahnenappell aufgereiht waren. Die Rowdys, die übereinanderpurzelten und durch diese Wendung ganz entgeistert waren, suchten ihre Glieder zusammen, einschließlich des wichtigsten, und verschwanden wie ein Schwarm Heuschrecken in einer großen Staubwolke. Seither wurden sie nicht mehr gesehen.

„Hoffen wir, daß es endgültig ist", sagt Gertrud und trocknet sich die Augen.

„Ach!" sagt Micheline und fängt ihre ewigen Tropfen mit dem zusammengeknüllten Taschentuch auf. „Heutzutage ist man mit Mädchen besser dran als mit Jungen. Was für Sorgen!"

Na ja, sagt Ariane zu mir und zieht an ihrer Karamelstange wie Margot an ihrer Gauloise, aber die Mädchen leben gefährlich ...

„Man braucht sie nur im Haus zu behalten", meint Abel, dem unsere „Papagei-Sitzungen", wie Ariane und ich sie nennen, Spaß machen.

„Sonst", sagt Ariane mit düsterer Miene, „landen sie doch irgendwann auf dem Strich ... Was ist das eigentlich, der Strich?"

„Keine Ahnung."

„Du willst es mir nicht sagen, das ist es. Wie geht das denn?"

„Ich sag dir doch, ich hab keine Ahnung."

„Gut", sagt Ariane in versöhnlichem Ton. „Ich werd mich erkundigen, dann sag ich's dir."

Kurze Zeit später hat Ariane mich eines Nachts geweckt, um mir zu sagen, was sie über den Strich herausgefunden hatte. Man mache es auf der Straße – daher die Gefährlichkeit der Straße, wo die Mütter immer fürchteten ihre Töchter enden zu sehen –, und zwar nachts. Das war alles, was Ariane hatte herausfinden können, außer daß es „sich lohne“ und es einem sogar ersparen könne, arbeiten zu gehen. Ich habe geknurrt, daß ich erstens müde sei und daß zweitens alles, was einem erspare zu arbeiten, entweder gefährlich oder unanständig sei, frag Mama, du wirst sehen. Dann habe ich meinen laufenden Traum wieder aufgenommen, denn die Warnung war klar. Der kleine Mann in Schwarz war immer derselbe oder sich selbst merkwürdig ähnlich: meistens stumm und reglos, immer neutral, unbeteiligt, und ich könnte außerdem schwören, ohne eigene Meinung. Ein unerschütterlicher und vielleicht unaufmerksamer Zuschauer, vor dem ich ein Wirrwarr von Erklärungen ausschütte, eine absurder und nebulöser als die andere, Rechtfertigungen oder Entschuldigungen gleich, in denen ich mich verheddere, weil ich genau merke, daß ich besser daran täte, still zu sein, das wäre intelligenter und würdiger Wozu brauche ich denn seine Bestätigung Im übrigen gibt er sie mir nie, genausowenig wie seine Mißbilligung …

„Schläfst du?“ fragt Ariane und schüttelt mich.

„Ja, verdammt.“

… Aber es macht nichts, ich setze noch eins drauf, auch wenn ich in Zeitlupentempo ins Lächerliche verfalle, als würde ich darin einsacken versinken untergehen Ohne daß ich deswegen aufhören würde (aufhören könnte), weiter in den Sumpf vorzudringen – im unseligen und vergeblichen Versuch, ihn von meinem guten Willen zu überzeugen, an den er nicht einmal zu glauben vorgibt, ebensowenig übrigens wie daran zu zweifeln Er hat da seine eigene kleine Vorstellung, ich weiß nicht welche, die nichts erschüttern wird …

„Blöde Kuh!“ brummt Ariane aus der Tiefe eines sehr dunklen Trichters, durch den ich undeutlich höre, wie sie sich umdreht.

… Und weil ich mich ständig für irgendeinen möglichen, um nicht zu sagen eingebildeten Fehler oder eine böse Absicht oder eine Ungeschicklichkeit rechtfertige Weil ich mich ständig einschmeichle, das Herzchen und das Engelchen spiele und was weiß ich noch alles, fange ich schließlich an, mich selbst anzuwidern mich zu verdächtigen mich zu schämen und mir ein schlechtes Gewissen zu holen, so wie man sich einen Ausschlag holt, indem man sich grundlos kratzt, aus bloßer Verlegenheit ...

Ich erzähle meine Träume Ariane, die morgens nie zuhört, weil sie da noch völlig im Tran ist, was für die Art meiner Ergüsse genau richtig ist Bei denen es sich nämlich eher um eine Art Fixierung durch das Wort als um wirkliche Vertraulichkeiten handelt.

Ich erinnere mich, früher gab es keinen kleinen schwarzen Mann, mit seinem Ausdruck, als würde er mich in- und auswendig kennen, egal was ich tue, und als wäre es ihm schnurzegal Früher gab es einen oder mehrere Polizisten, die mir überallhin folgten, und sie konnten rennen wie sie wollten, ich würde nicht reden und außerdem war ich sowieso unschuldig, ich wußte nicht einmal, was genau sie von mir wollten Aber für alle Fälle verwischte ich meine Spuren ließ ich Indizien verschwinden, und sie konnten mir ruhig nachspionieren, sie würden nichts herausfinden. Natürlich war das kein Leben und ich hätte gern meine Ruhe gehabt und daß das mal aufhörte mit der Beschattung aber ich war klein und man gewöhnt sich an alles ...

„Mir wird ganz schwindelig von deinem Gequassel“, sagt Ariane und reibt sich den Kopf und die Augen, „hör auf ...“

... Ich weiß nicht mehr, zu welchem Zeitpunkt meines Lebens die Polizisten von der Bildfläche verschwunden sind Ich habe nicht darauf geachtet, es ist mir nicht aufgefallen, fast als hätten sie sich sang- und klanglos in Luft aufgelöst ...

„Scheiße“, sagt Ariane in wehleidigem Ton, „hör auf.“

... Und dann ist er aufgetaucht, der kleine schwarze Mann Nicht immer, aber von Zeit zu Zeit, und das Lustigste ist, daß ich ihm immer entgegenkomme und rede und erkläre und auf haarspalterische Details eingehe, um Gott weiß was zu erhellen, um eine Unschuld zu beweisen, die alles andere als den Glanz des

Neuen besitzt ... Ich versuche ihn mit lauter verdrehten Höflichkeiten mit erbärmlich „vernünftigen" Grimassen und anderen Unterwürfigkeitsbekundungen zu ködern, damit er mir antwortet oder mich zumindest ansieht oder zumindest so tut als ob, alles umsonst. Er schweigt Schaut mit demütigender Beharrlichkeit woanders hin, durchschaut alles, ergreift nicht Partei, hat es nie getan und wird es niemals tun. Weder pro noch kontra.

Die Warnung war klar. Mit dieser Gewißheit wache ich immer auf. Aber klar für wen?

Oh! Du kannst vielleicht nerven mit deinen Träumen, explodiert Ariane. Laß mich meinen Kaffee trinken, verdammt, ich bin noch nicht wach ...

Und sie reißt das Fenster auf, während unten Marie-mit-den-beiden-Geschlechtern, diese Riesin, unter lautem Knirschen ihren Besen durch den Rinnstein schiebt.

Aus den frischgeputzten Rinnsteinen steigt ein Geruch nach Schlamm auf, nach ausgewalzter, geriffelter, in den Beton eingesickerter Dreckpampe, die trocknet. Es ist Sommer.

Jetzt haben wir Oktober. Die Blätter in den Rinnsteinen machen vielleicht ein ganz leises Raschelgeräusch, sehr langsam, sehr geduldig – wenn ich das nicht erfinde. Aber an jenem Tag war Sommer.

„Es ist sonnenklar, du bist verliebt", hatte meine kleine Schwester Ariane festgestellt. „Au weia! Das wird wieder mal eine komplizierte Geschichte, das spür ich. Machst du es eigentlich mit Absicht oder was? Warum in sie und nicht in einen Jungen wie alle anderen? Oder wenigstens in eine Frau, die nicht verheiratet ist, Scheiße ..."

„Und sie?" hat meine kleine Schwester Ariane schließlich gefragt, nachdem sie sich lange am Kopf gekratzt hatte.

Ich habe die Schultern gezuckt.

„Du müßtest schon wissen, was du willst", hat Ariane in ihrem unerbittlichen, wasserfallartigen Redefluß gesagt, von dem man auf die Dauer Migräne bekommt „Weil entweder bist du verliebt oder du bist nicht verliebt und wenn du verliebt bist dann läßt du dich durch nichts entmutigen oder wozu sonst sollte die Liebe gut sein Und was ist das schon, nicht wahr, wenn es bei der erstbesten Soll-Bruchstelle kracht ... Im übrigen“, sagte Ariane, „war es ein bißchen vorauszusehen, du hattest ihr die Blume geklaut, weißt du noch? Solche Dinge sind nie unschuldig Und das alles für eine blöde Kuh, die sie noch nicht mal gewollt hat Man hätte sie ihr zurückgeben müssen, das war ein Zeichen, jetzt ist alles zu spät Nun laß dich doch nicht so hängen, Herrgott! Was machen wir jetzt?“

„Bist du dir wenigstens sicher?“ bohrte Ariane mit argwöhnischem Blick weiter. „Immerhin, sie ist alt, diese Frau, sie ist mindestens fünfundzwanzig sechsundzwanzig ... Vielleicht sogar dreißig, inzwischen. Ist dir das klar?“

Ich hatte nicht die geringste Lust, mit Ariane herumzudiskutieren. Ich habe noch einmal die Schultern gezuckt. Aber irgendwo verschwommen im Hintergrund war ich doch ganz froh, daß jemand Bescheid wußte, mein Leiden zur Kenntnis nahm und es unter Umständen bekämpfen würde.

Ariane hat in ihrer Tasche herumgewühlt, mir ein Karamelbonbon gegeben, sich selbst eines in die Backe gestopft und mich dann an der Hand genommen, wie um mich irgendwohin zu führen – Na komm, ich laß dich nicht fallen. Aber du kannst vielleicht kompliziert sein, meine arme Camille, das muß man gesehen haben ...

„Bei mir“, sagte Ariane, „ist es ganz einfach: Ich werd 'nen Typ mit 'nem Haufen Kohle heiraten und in einem Haus wie im Kino wohnen, mit einem schön gemähten Rasen und einem Brunnen mit Goldfischen und Wendeltreppen Und ich werde den ganzen Tag keinen Finger krumm machen, außer neue Klamotten anprobieren den Kindern Geschichten erzählen und vielleicht tanzen gehen … Warum machst du das nicht auch? Frauen haben doch nie einen guten Beruf. Ist ja bei den Männern schon selten genug …"

„Und wirst du ihn lieben, deinen Macker mit dem Haufen Kohle?"

„Schon möglich", sagt Ariane nach einer Denkpause. „Glaubst du, daß Reichtum das verhindert? Und außerdem ist es doch so", hat Ariane mit einer großartigen Geste gesagt, „Frauen, die ihren Mann nicht mehr lieben, haben einen Liebhaber, das ist kein Problem."

Und da ich sprachlos war, hat Ariane geschlossen: „Du solltest ihr ein Geschenk machen. Das hilft. Aber ich frage mich echt was, wir sind völlig pleite."

Dann hat sich meine kleine Schwester Ariane an den Abwasch gemacht und dazu mit derselben Energie, die sie aufs Scheuern der Kochtöpfe verwendete, geschmettert:

Die Liebenden von Le Haaavre
Die brauchen kei-hein Meeer …

Unterdessen tauche ich in ein neues Buch ein, ohne mich um die vorhersehbare Saulaune meiner Mutter zu kümmern, die mich bei ihrer Rückkehr zum Haarewaschen ins Bad schicken würde, und zwar dalli, weil wenn das so weitergeht, kommen wir noch zu spät, wo doch dein Vater einmal entschlossen war auszugehen Und kannst du mir mal sagen, was du die ganze Zeit gemacht hast Und Abel, hat der sich wenigstens gewaschen? Was habe ich dem lieben Gott bloß angetan, daß ich mit so tranigen Kindern geschlagen bin.

Ich weiß nicht, ob ich „tranig" bin oder nur halb offen, auf irgendein Paralleluniversum hin geöffnet, wie eine schlagende Tür, die endlos zögert zwischen Sich-Öffnen und Schließen.

Claras Bücher eröffnen mir wie auf Schleichwegen Räume, die ich nicht vollständig erkennen kann Als fehlte mir eine bestimmte Art von Licht, ohne daß ich genau sagen könnte, worin der Mangel besteht – in der Quantität? oder in der Qualität? – Als würde ich durch eine enge Schießscharte in Räume blicken, die von Halbschatten erfüllt sind. Und das, was sich dort bewegt, erhebt, in einem Mehr oder Weniger von Helligkeit vorbeihuscht, bevor es wieder verschwindet wie ein Trugbild, DAS lockt und fasziniert mich, es kehrt in meinen Träumen wieder, erhebt sich, versinkt, während ich es mit jenem seltsamen Blick verfolge, der mir im Schlaf erwächst, als hätte ich keine Lider.

Von diesen Büchern – die sehr wahrscheinlich „nichts für mein Alter" sind – erzähle ich niemandem etwas. Wer sollte sich auch dafür interessieren: Für meine Mutter, Gertrud, Margot und Co. ist ein Buch ein Buch Ein ehrwürdiger und überflüssiger Gegenstand, mit dem es sich nicht gehört seine Zeit zu vertrödeln, wenn man Erwachsenenpflichten hat, der aber den Vorzug hat, allzu zappelige Kinder ruhigzustellen und die Mädchen im Haus zu halten, wenn sie in dem Alter sind, „sich herumzutreiben". Sie fragen mich zerstreut, „ist es gut?", sofort abgeschreckt von den vielen Seiten ohne jede Illustration. Meine Mutter wird nur dann und wann ungeduldig, wenn ihre Anordnungen oder Fragen mich mit zuviel Verspätung erreichen – He! Ich red mit dir. Manchmal fragt man sich, ob du noch von dieser Welt bist, mit deinen verflixten Büchern. Camille, hörst du mir zu oder nicht?

Ich bringe Clara ihre Bücher zurück. Ich leihe mir neue aus, ohne mich zu sehr um ihre ohnehin schüchternen Ratschläge zu kümmern. Wenn das eine oder andere ihr besonders schwierig oder vielleicht zu deftig erscheint, zögert sie, ihr schwarzer, tiefer Blick steigt in mich hinab, zwecks einer Art Abtastung oder eines so intimen Lauschens, daß ich mich vollkommen nackt, ausgeliefert, aufgelöst fühle …

Manchmal gibt sie nach, als würde sie sich auf die Robustheit meiner Konstitution verlassen. Manchmal versucht sie, mir im voraus etwas zu erklären.

„Bitte … Ich mag es nicht, wenn man mir Sachen erklärt.“

Sie drängt nicht weiter, ihre großen dunklen Augen weiten sich in einer Art strauchelnder Achtung noch mehr Als würde ihr Blick in mir gegen irgendeine unvorhersehbare Unebenheit oder eine steile Wand prallen Mauer Felsen Klippe Man weiß es nicht Als würde sie einen neuen Umstand prüfen, verunsichernd, weil unbestimmter Natur, der sie jedoch seltsam auf Distanz hält, während ihr Lächeln stärker wird, als fortwährender Garant dafür, daß nichts von all dem unvereinbar ist Daß wir uns schließlich verstehen werden, jenseits all dieser Windwechsel Daß wir uns auf irgendeinem friedlichen Boden treffen werden, wenn ich weniger hart geworden bin, abgeschliffen und poliert von den Dingen des Geistes, gelockert durch ihre unwandelbare Geduld.

Manchmal macht sie einen zweiten Anlauf, wenn ich ihr die Bücher zurückbringe, und schlägt vor, „darüber zu reden“. Aber wir können noch nicht miteinander reden Es ist, als hätten wir nicht dasselbe Buch gelesen Und das Licht, das sie darauf richtet, wenn ich sie einmal gewähren lasse, putzt die Dinge blank, bis sie völlig verschwinden, bis zur unerträglichen Transparenz von Glas gegen Glas gegen noch mehr Glas, hinter dem nichts ist … Clara liest, wie Ariane früher die Augen zugekniffen hat: um die Welt verschwinden zu lassen.

Denn Ariane behauptete, sie könne die Wände oder jeden beliebigen Gegenstand zum Verschwinden bringen, allein dadurch, daß sie sie aus einem bestimmten Blickwinkel ansieht. Sie sagte, die Dinge würden dann durchsichtig und lösten sich in Luft auf.

„Wenn es durchsichtig ist, dann sag mir, was dahinter ist.“

„Nichts natürlich!“ sagte Ariane ungeduldig und betrachtete mich gereizt, als wäre ich hoffnungslos zerstreut oder borniert. „Gar nichts Es ist durchsichtig-durchsichtig.“

„Aber hinter dem, was durchsichtig ist …“

„Man sieht überhaupt nichts“, beharrte Ariane und stampfte

mit dem Fuß auf. „Alles ist durchsichtig, alles. Es ist die Leere. Bist du bescheuert oder was?“

Ariane log nicht. Ich weiß, wann sie lügt. Ich sah die Steine der Wand an, weiß und grau und ocker   Diese fürchterliche Festigkeit der Dinge, die Ariane mit einem einfachen Zusammenkneifen der Augen auflösen konnte   Ich bekam leichte Schweißausbrüche davon, eine undeutlich lokalisierte Übelkeit, die zwischen meinen Schultern und meinen Knien hin und her rollte und schwankte ...

„Hör auf! Hör sofort auf. Wenn du das mit mir machst, verhau ich dich.“

Ariane hörte auf. Ihr Blick auf meiner Haut wurde wieder normal leicht harmlos. Ich fühlte mich nicht mehr sinnlos bedroht, durchsichtig zu werden mich aufzulösen ... Ariane sagte nur Arme Camille, was du für einen Schiß vor allem hast, es ist unglaublich.

Clara liest, wie Ariane die Augen zusammenkniff: um die quälende Gegenwart der Dinge zu besiegen, deren absurde Konsistenz zu leugnen, sie nötigenfalls durch ein Übermaß an Klarheit aufzulösen. Sie liest, gewappnet mit Erklärungen, die der Lektüre den Garaus machen. Sie rückt dem Buch zu Leibe, indem sie mit einem Scheinwerfer darüberfährt, wie man einer hartnäckigen Staubschicht zu Leibe rückt, indem man sich mit den entsprechenden Hilfsmitteln über sie hermacht   Siehst du, hier ist es sehr klar ... Ich verschließe mich gegenüber Claras Gedankengängen ebenso hermetisch wie gegenüber dem Ordnungsfimmel meiner Mutter, der unser Zimmer in regelmäßigen Abständen in einen von kleinen Toten zurückgelassenen Raum verwandelt   Siehst du, so ist es doch ein bißchen sauberer ... Ist es denn wirklich notwendig, daß alles „klar“ und „sauber“ ist, daß jeder Schatten jedes Stäubchen jeder Zettel, jede Spur von Leben endgültig ausgemerzt werden?

So viele Menschen können nicht die kleinste dunkle Stelle,

nicht die geringste Uneindeutigkeit ertragen: Sie brauchen unbedingt eine Putzaktion, eine sofortige Erklärung steht ihnen zu – und wenn sie sich die ganz allein basteln müssen, hastig und kopflos, oder schlimmer noch: sich ohne Überprüfung auf die erstbeste stürzen, die ihnen angeboten wird.

Ganz schnell kehre ich zu dieser Schießscharte zurück, durch die, von Buch zu Buch, dieses einzelne und wie lidlose Auge zusieht, wie sich in mir Formen erheben bewegen zurücksinken, zugleich verschwommen und mit einem rätselhaften Sinn beladen – noch unentzifferbar, aber, ich spüre es, ständig an der Schwelle nicht etwa zu ihrer Offenbarung, sondern zu einer sehr langsamen Annäherung.

Und weil ich zusehe, wie die Dinge sich bewegen und unmerklich ihre Gestalt wechseln, gelte ich als „Tranfunzel" und ein bißchen bescheuert. Wenn meine Mutter guter Laune ist, sagt sie nur, ich hätte „die Ruhe weg!" Dabei bin ich überhaupt nicht ruhig, ich werde ständig von Wolken irgendwelcher Teilchen durchquert, in blitzartiger Geschwindigkeit. Es ist eben diese Geschwindigkeit, mit der die Dinge mir durch und durch gehen, unterscheidbar wenn auch sturzbachartig, die mich verlangsamt: Ich muß ständig deren Bestand aufnehmen und sie einzeln erfassen, ohne Pause „auf dem laufenden" von ich weiß nicht welcher intimen Bilanz sein, die ich dem Chaos zu entreißen habe. Und diese Art Maschine, die in mir ununterbrochen aufnimmt analysiert überprüft und einordnet, läßt sich durch unbedeutende Ereignisse nicht aufhalten.

Insofern ist es sicherlich wahr, daß ich mehr Zeit zu „verlieren" habe als der Durchschnitt der Leute um mich herum. – Sogar Ariane hat immer in der Furcht gelebt, etwas „einholen" zu müssen: den Gesprächspartner, den sie im Verdacht hat, sich davonmachen zu wollen, bevor sie mit ihrem Satz fertig ist, die Bälle, die sie in der Gegend herumwirft, den anfahrenden Bus (obwohl der nächste schon in fünf oder zehn Minuten kommt), eine fallengelassene Masche oder sogar Unbekannte, die vor ihr gehen, einfach alles, was sich „einholen“ oder „verpassen“ läßt, als wäre das ganze Leben nichts als ewiger Wettlauf ewige Verfolgung …

Ich dagegen habe, unerklärlicherweise, Zeit. Ich fühle sie in mir anschwellen und überlaufen, unerschöpflich. Ich verschenke sie Ich verliere sie Ich nehme sie mir Und wenn ich einmal zu wenig habe, wegen irgendeiner belanglosen Verpflichtung, finde ich sie etwas weiter wieder – eine Frage des Rhythmus.

„Die Zeit zum Sterben wirst du dir schon nehmen!“ sagt Gertrud zu meiner Mutter, mit einem philosophischen Gleichmut, den sie selbst mal in die Praxis umsetzen sollte.

Denn sie plappern, als hätten sie Feuer unter den Röcken, nur auf einer Pobacke sitzend und sich am Kaffee, der wieder einmal aufgekocht ist, den Mund verbrennend, bis eine noch dringendere Notwendigkeit sie auffahren und auseinanderstieben läßt, um irgendwelche Vorbereitungen für die bevorstehende Katastrophe zu treffen: die Heimkehr der Männer, die zwar geregelt ist wie ein elektrisches Uhrwerk, aber doch ewig unvorhersehbar erscheint.

An diesem Tag war es sowieso sinnlos, sich abzustrampeln, damit alles schneller ging: Mein Vater ist mit Kopfschmerzen aufgestanden, und wir sind nicht ausgegangen. Macht keinen Krach, hat meine Mutter gesagt, während sie ein paar Tabletten in einem Glas Wasser auflöste, euer Vater hat Kopfschmerzen.

Er hat schon immer Kopfschmerzen gehabt Er arbeitet den ganzen Tag (und manchmal die Nacht dazu) im Getöse der Blechplatten, die man schüttelt zusammenschweißt hämmert und tiefzieht. Er kriecht durch die Heizkessel der Schiffe, klettert die Kräne hinauf Die Hitze die Kälte das Meerwasser kleben ihm auf der Haut.

Danach, in den Bistros, in Gesellschaft anderer bärtiger Gespenster, trinkt er eine Illusion von Wärme Und er hat immer Kopfschmerzen, immer.

Deshalb ist auch damals, als die kleine Hündin anfing zu bellen und man sie nicht mehr zum Schweigen bringen konnte, etwas Gewaltiges in ihm explodiert Er ist wahnsinnig geworden Er hätte genauso ein Kind umbringen können – eines von uns –, nur damit es aufhörte, in seinem Schädel zu dröhnen, ihm Geräusche ins Hirn zu bohren wie Nadeln.

Die anständigen Leute hätten voller Entsetzen seine von Handschellen gefesselten Hände auf der ersten Zeitungsseite betrachtet – riesige Hände, hart wie Zangen, mit tief unter der Haut sitzendem Dreck, der sogar reiner Chlorbleiche widersteht – Alle Männer wie mein Vater haben Mörderhände. Deshalb verstecken sie sie an den Ruhetagen auch in ihren Taschen, abgesehen davon, daß sie sowieso nicht wissen, was sie damit anfangen sollen, wie sie eine zu empfindliche oder zu saubere Umgebung, in der sie keinen rechten Platz haben, vor ihnen schützen sollen.

Abel hatte die gleichen Hände bekommen, genau die gleichen, auf diesen Baustellen, wo er mit seinen vierzehn Jahren weinte, weil es so kalt war. Die anderen haben sich über ihn lustig gemacht, haben ihm Wein angeboten. Abel mochte weder Wein noch diese rohen Männer, die ihm zum Zeichen guter Kameradschaft in die Rippen stießen. Noch den Stein und den Mörtel, die ihm die Finger blutig schürften. Noch sonst irgendwas. Und jetzt ist Abel tot.

„Und wie ist das, wenn man tot ist?“ hatte meine kleine Schwester Ariane gefragt.

„Es ist, wie wenn du schläfst“, sagte meine Mutter. „Außer daß du nicht mehr aufwachst.“

„Das ist ja nicht so schrecklich“, hatte Ariane gemeint, mit einer doch etwas unsicheren Stimme. „Überhaupt gar nicht mehr?“

„Nein. Überhaupt nicht mehr.“

Danach wollte Ariane nicht mehr schlafen. Wollte nicht, daß ich das Licht ausmachte Oder nur, wenn ich ihre Hand hielte.

„Halt mich fester, du läßt mich gleich los. Ich SPÜRE, daß du mich gleich losläßt."

„Aber hör mal! Ich krieg schon Krämpfe. Und ich bin müde. Schlaf."

„Dann schau mich an", sagte Ariane im Dunkeln. „Schaust du mich an?"

„Ja. Ja, ich schau dich an. Schlaf."

Ich verrenkte mir solange den Kopf, daß ich einen steifen Nacken bekam.

„Du schaust mich nicht mehr an!"

„Ja doch, ich schau dich an."

„Lügnerin!"

Ariane schluchzte. Ich mußte das Licht wieder anmachen. Wieder ihre Hand halten. Schwören, daß wir wieder aufwachen würden, ja, das sei sicher, verdammt! Einzuschlafen wurde zu einer Synchronisationsübung, die vom geringsten Wimpernschlag gefährdet, vom leisesten Hüsteln ruiniert werden konnte.

Nach einigen Wochen, in denen Ariane hatte feststellen können, daß sie ganz normal aufwachte, nahm das Drama von selbst ein Ende, in aller Ruhe. In aller Vernunft.

Im Grunde hat Ariane immer schon zur Gattung der Mütter gehört, wenn man das als einen Trost ansehen kann. Zumindest zeigte sie gewisse Vorzeichen. Die Mütter schauen zitternd dem Unglück ins Auge, das den Horizont versperrt. Ariane sah voller Schrecken ihrem eigenen, fernen Tod ins Auge. Aber der Tod, der sich nicht rührt, ist im Grunde ein undeutlicher Schatten. Das Unglück, das stillhält, kann auf den nächsten Tag verschoben werden. Der Horizont ist versperrt, so oder so, aber fern. Hier, in dem winzigen Winkel, in dem man sich aufhält, ist alles ruhig. Es genügt, brav zu sein. Mineralisch. Es genügt, sich nicht zu rühren oder so wenig wie möglich. Es genügt, taub und stumm zu sein, schon begraben, kaum lebendig. Vernünftig.

Auch ich hätte vernünftig sein sollen Zwischen die Schienen

zielen Nie ein Buch oder eine Tür öffnen Nie an den Rändern vorbei noch durch die Spalten schauen. Oder mich umbringen, wie Ariane, wie die Mütter, Stückchen für Stückchen, damit es schon erledigt ist.

Bei uns sind es nur die gefährlichen Irren, die herausragen, die sich im offenen Gelände aufrichten. Abel war ein gefährlicher Irrer. Er ist tot. Und ich werde weiter und weiter und weiter sterben, ohne je die Augen schließen zu können, bis zum Ende aller Zeiten.

„Wie ist es passiert?“ fragte Ariane schließlich, nach einem endlos langen Schweigen.

Und dann Arianes Schreie, die durch meinen Kopf hindurchjagen und dort explodieren wie Raketen wie Geschosse:

„O nein!“ sagte Ariane. „Das wird doch nicht wieder losgehen.“

„Hör zuuuu!“ brüllte Ariane ins Telefon.

Sie redete in Salven zu mir, wie ein Maschinengewehr Hör zuuuu! Mach dir ein für allemal klar, daß wir keine Kinder mehr sind Wie oft hast du Papa umgebracht, na? Wie oft, ehe du beschlossen hast, daß er genausogut allein sterben kann Wie oft hast du … Also nee, es ist nicht zu glauben, du …

„Ich sage dir, ich habe Abel umgebracht.“

„Hör auf!“ brüllte Ariane. „Du treibst mich noch in den Wahnsinn. Nicht ein Wort, hörst du, nicht ein Wort glaube ich dir!… Im übrigen wirst du nie irgend jemanden umbringen, meine arme Camille Das ist ein Phantasma Ein Ding, das in deinem Kopf herumwandert … Hör zu, ich hab keine Zeit ich hab's eilig ich … Hör zu, Camille …“

Hör zu, Camille, du hast keine Zeit mehr, es ist soweit, jetzt entscheid dich, verdammt!

Ariane stößt mich zieht mich dreht mich in die richtige Richtung, für den Fall, daß ich unterwegs umschwenke, nach all der Mühe, die wir uns gemacht haben Die richtige Straße, das richtige Trottoir ... Als wir uns dem Ziel nähern, wehre ich mich: „So, jetzt laß mich los. Ich werd mich schon nicht verlaufen! Stell dir vor, sie sieht uns, wie würde ich denn dastehen?"

„Wie das, was du bist", seufzt Ariane und zieht mütterlich am Saum meines Dufflecoats, damit er mir nicht den Rücken hochrutscht. „Halt dich gerade. Wie ein großes Trampel. Und zieh bloß nicht den Schwanz ein, ja", droht sie noch, wobei sie mir den Zeigefinger zwischen die Rippen stößt wie einen Revolverlauf. „Sonst geh ich hin und sag's ihr, DEINER Clara Jetzt reicht's nämlich langsam ..."

Bestimmt führt Ariane ihren schädelerweichenden Monolog für sich allein weiter, aber da sie weggeht, ohne sich umzudrehen, höre ich sie zum Glück nicht mehr. Ich bin siebzehn Jahre alt, und alle Welt findet mich „spät dran", von den Müttern, die mich mit einem Gesicht, wie man es aufsetzt, um eine Behinderung zu verharmlosen, für meinen „Ernst" beglückwünschen, bis hin zu meiner kleinen Schwester Ariane, die an meinem Status quo mit Clara schier erstickt, bei ihrer Neigung, mit Gewalt aus festgefahrenen Situationen auszubrechen.

Clara hat ihre großen schwarzen Augen und ihr Lächeln erweitert, hat mich mit so viel Leichtigkeit umarmt, daß ich absolut nichts gespürt habe Hat gesagt Oh ... Ist das für mich? Aber warum denn ...

„Weil ich Sie liiiebe!" blökte Ariane, raufte sich theatralisch die Haare und stampfte mit dem Fuß auf. „Das war die einmalige Gelegenheit Verdammt, auf was schaust du denn nur, wenn wir ins Kino gehen? Ich-liebe-Sie. Das ist doch keine lange Rede, das hättest du rausbringen können ohne Stottern und mit Gefühl. Ich liebe Sie", sagt Ariane in tragischem Ton, um es mir zu zeigen. „So. Und danach, wenn sie es schlecht aufgenommen hätte, hättest du immer noch weinen würdevoll weggehen auf die Knie oder in Ohnmacht fallen können, was weiß ich. Aber es wenigstens SAGEN. Daß das mal ein ENDE hat. Hasenfuß! Waschlappen! Und was hast du denn nun gemacht?"

Nichts. Rein gar nichts. Ich habe schließlich ein Gespür für Lächerlichkeit. Und überhaupt, Scheiße.

„Lä-cher-lich-keit", hat Ariane verächtlich gesagt (darin meine Mutter nachahmend), „hat noch niemanden umgebracht. Und sie, was hat sie gemacht?"

Nichts Besonderes. Sie hat es ausgepackt Sie hat es hübsch gefunden Sie hat es irgendwo hingestellt Sie war sanft und aufmerksam, wie immer. Wenn Ariane sich einbildet, daß es einfach ist, mit einer so hoffnungslos HÖFLICHEN Frau ...

„Ich hab's dir ja gesagt", hat Ariane aufgetrumpft. „Wenn du dir nichts vergeben willst, hättest du dich eben in einen Jungen verlieben müssen Mit denen braucht man wenigstens nur zu warten, weil sie ja anfangen müssen, da gibt's kein Problem."

„Während wir hier", ereifert sich Ariane, nachdem sie eine Menge Steine weggekickt hat, „in einer beispiellosen Situation sind Noch nie dagewesen Eine von euch beiden muß sich doch mal entschließen, Herrgott noch mal!"

„Ein Schlag ins Wasser!" hat Ariane schließlich geseufzt, nachdem sie zum Zeichen des Nachdenkens schweigend an der Innenseite ihrer Backen herumgenagt hatte. „Und wir sind wieder pleite. Was machen wir jetzt?"

Ich habe zu Ariane gesagt, WIR machen überhaupt nichts mehr Clara sei nicht bescheuert, und sie liebe mich nicht, das sei doch wohl offensichtlich. Und selbst wenn ich noch Zweifel hätte, dann würde ich eben allein Mittel und Wege finden, um sie auszuräumen.

„Oh, bestimmt", hat Ariane schulterzuckend gesagt. „Man kann sich auf dich verlassen ..."

„Außerdem, ob sie mich liebt oder nicht, schließlich wird sie schon SEHEN ..."

„Meiner Meinung nach“, sagt Ariane, „wird sie überhaupt nichts sehen: Sie ist eine professionelle Blinde.“

Am Ende habe ich, müde und benebelt wie ich war, Ariane zu verstehen gegeben, sie solle sich künftig um ihre eigenen Angelegenheiten kümmern.

„Wie du willst“, hat Ariane gesagt und angefangen, mit ihren kleinen Bällen zu jonglieren, von denen sie sich nicht mehr trennte, seit sie das Lasso aufgegeben hatte. „Wie du willst. Aber an deiner Stelle würde ich mir das zweimal überlegen Weil du dann ganz allein sein wirst, meine Gute Und das ist nicht lustig, wenn man traurig ist …“

Nachdem Ariane weg war, bin ich in unser Zimmer hinaufgegangen, um die neuen Bücher einzuräumen Ich habe mich hingelegt, ohne sie aufgeschlagen zu haben, mit dem Gesicht unterm Kopfkissen. Mir brannten die Augen Der ganze Körper brannte mir, wie von innen verkohlt Meine Kräfte reichten nicht einmal mehr für die schmerzliche Beobachtung dieser seltsamen Formen, die im Halbschatten herumgeistern.

Wenn ich auch das Wesen dessen, was durch die Schießscharte zu mir dringt, noch immer nicht kenne, weiß ich doch zumindest, daß ich keinerlei Sicherheit oder Ruhe davon erwarten darf: Es ist keine Abfolge von Räumen, wie ich es anfangs geglaubt hatte, sondern von Abgründen.

Abel befindet sich in einer anderen Art von Abgrund, er, der gerade vierzehn geworden ist. Er ist so groß wie eines dieser Bäumchen, die neuerdings in unserem Viertel gepflanzt werden, mit Drahtkäfigen drumherum, und ebenso dürr. In der Schule hat er nichts zustande gebracht, außer brav und geduldig und stumm zu sein, ohne daß man genau sagen konnte, ob er dem Lehrer zuhörte oder nicht, ob das alles für ihn einen Anfang und ein Ende und Ränder hatte oder ob es nichts als Nebel mit ein paar Befehlen darin war Aufstehen Setzen Ruhe Schlagt das Buch auf Seite x auf Soundso vor die Tür Befehle, denen gehorcht werden mußte, weil Kinder das eben müssen, bis sie endlich zu den Großen gehören.

Abel ist ein Großer. Er wird nicht mehr zur Schule gehen. Er ist froh. Über die Schulter bekommt er einen Beutel gehängt, mit seinem Mittagessen und Kakao darin. Er geht pfeifend los, er hat neue Stiefel bekommen, genau die, die er wollte. Es ist noch fast Sommer, draußen zu arbeiten ist nicht unangenehm. Abel hat es immer davor gegraut, eingesperrt zu sein.

Er bringt seinen ersten Lohn nach Hause. Ein unglaublicher Haufen Geld. Meine Mutter nimmt alles und sagt, was soll ich dir kaufen? Du brauchst eine Hose, ein paar Hemden, du hast nichts mehr anzuziehen. Abel will nur eine Schrotflinte haben.

„Wozu denn das!“ regt sich meine Mutter auf. „Du willst doch wohl nicht auf Vögel schießen ...“

Abel sagt, maßlos erstaunt Natürlich nicht. Warum auf Vögel, ob sie spinne? Er werde auf Pappzielscheiben schießen, wie auf dem Jahrmarkt Aber es würde für ihn ganz allein sein, er könne dann schießen, wann er wolle, sooft er wolle ...

„Nein“, sagt meine Mutter „Das ist gefährlich. Du wirst jemanden verletzen.“

Abel schweigt. Wird rot. Wieder einmal beginnt ihm das Wasser aus allen Ritzen zu laufen. Dann aber nur im Hof, sagt meine Mutter, und paß gut auf, daß niemand da ist Weder deine kleine Schwester noch eine Katze noch sonst was. Hast du gehört?

„Von wegen“, flüstert mir Ariane zu. „Da halt ich mich schon selber fern! Ich bin ja nicht bescheuert.“

Bis zum Herbst ist Abel ein Mann – ein kleiner Mann, zart wie ein Sproß, in seinen Stiefeln schwimmend und mit dem Hintern auf dem Sattel seines zu großen Fahrrads herumrutschend. Dann kommt der Winter, und Abel weint. Auf den Baustellen ist es bitterkalt. Die Betonblöcke sind eisig, reißen die Finger auf, die man nicht mehr spürt Das Werkzeug rutscht aus den Händen Die kondensierte Atemluft verschleiert die Sicht Überall ragen Metallstäbe heraus, verbogen, rostig, und stellen den vor Kälte steifen Beinen Fallen. Die anderen machen sich lustig Sie sagen Trink einen Schluck, Lehrling, dann fühlst du dich besser … Ich will da nicht mehr hingehen, sagt Abel. Ich hab die Nase voll, ich will nicht mehr.

„Wie komme ich nur zu einem solchen Hosenscheißer!" brummt mein Vater, der darauf sofort wieder verstummt, als wäre er überrascht von seiner eigenen Einmischung, und sich wieder in die Betrachtung seiner Suppe vertieft.

Er war schon mit elf Jahren auf der Baustelle. Das wissen wir alle. Wir schweigen. Und ich gehe sowieso aufs Gymnasium, was habe ich da zu sagen?

„Na ja", erklärt meine Mutter dem weinenden Abel „Deine Schwester, die hat eben was im Kopf. Wohingegen wir … Was willst du, mein armer Kleiner, wenn du in der Schule besser gelernt hättest, wärst du auch noch dort … Aber wenn man noch nicht mal den Hauptschulabschluß hat, kann man nur auf seine Arme zählen … Schau dir deinen Vater an."

Abel schaut nichts und niemanden an. Ich sehe meinem Vater zu, der seine Suppe ißt, die kleinen Adern auf seinen Schläfen treten hervor, als würden sie gleich platzen. Vielleicht ist es nichts als die plötzliche Hitze nach der Kälte des Tages, aber vielleicht ist es auch eine dieser unbestimmten und ziellosen Zornesanwandlungen, die ganz von allein anschwellen, ohne recht zu wissen, auf wen sie niedergehen sollen, um sich am Ende gegen die Einrichtung das Geschirr die Fensterscheiben zu richten, gegen alles, was stellvertretend für irgendwelche ungreifbaren Ungerechtigkeits- und Absurditätsstifter zerschmettert werden kann.

„Arbeiten gehen", sagt meine Mutter, „das ist am Anfang ein bißchen hart, man muß sich schinden. Aber dann gewöhnt man sich dran, man denkt nicht mehr drüber nach, du wirst sehen …

Da, schau, ich hab dir Handschuhe gekauft Sie sind gefüttert Probier sie an."

Abel weint noch ein bißchen und greift dann nach den Handschuhen. Er findet sie ziemlich klasse, steckt seine Finger hinein, die ganz rot sind Geschwollen Schwielig Grau an den Gelenken. Die Fingernägel sind kaputt, dreckig. Einer von ihnen ist blutunterlaufen. Wenn man nur die Hände ansieht, könnte man meinen, daß ihm ein Unfall passiert ist. Daß es ihm mit der bloßen Kraft seiner Finger gelungen ist, sich aus einem Tunnel oder einer Höhle zu befreien, die über ihm zusammengekracht wären. Wegen der Handschuhe, die ihm wie angegossen passen und nach neuem Leder riechen, wird Abel wieder ein ganz klein bißchen froh. Auch er ißt nun seine Suppe, bevor sie kalt wird. Und obwohl er sie ißt, ohne seine Handschuhe ausgezogen zu haben, traut sich niemand etwas zu sagen, nicht einmal Ariane, die schon lange fertig ist und an der Innenseite ihrer Backen herumnagt.

Hör auf damit, sagte meine Mutter, wenn sie sie dabei erwischte. So eine Marotte, wie kann man nur Manche kauen sich die Fingernägel ab, aber meine Tochter frißt sich das Fleisch aus den Backen, hat man so was schon gesehen? Hör auf, dich zu beißen, Dussel, sonst blutest du wieder. Je größer, desto dümmer werden sie, ehrlich wahr.

„Das stimmt allerdings", sagte Micheline und wischt sich niedergeschlagen den Tropfen von der Nase. „Bei meinen ist es genauso. Dabei hatte ich es so eilig, daß sie größer werden."

„Iß lieber einen Keks", empfahl Margot Ariane. „Ist dir langweilig?"

„Es ist das Alter, wo man nicht weiß, was man mit sich anfangen soll", sagte Gertrud. „Wir beschäftigen sie nicht genug, sie verblöden ..."

„Ich denke nach", protestierte Ariane.

„Du denkst zuviel", zog Gertrud sie auf. „Ich sag's dir. Schau Camille an. Sie liest wenigstens ... Was liest du denn, meine Schöne?"

„Wir reden mit dir", sagt meine Mutter.

Ich habe mein Buch hochgehoben, damit sie den Titel lesen konnten, und bin wieder abgetaucht, ohne mir etwas zu denken. Ich hatte so viele Bücher gelesen, ohne Aufmerksamkeit zu erregen, von der *Claudine*-Reihe, die man für harmlose Kindereien hielt, bis zu *Der Fremde* – ein absolut neutraler Titel –, über *Jesus-la-Caille*, was wahrscheinlich nach einem frommen Schinken klang, *Der Idiot* und *Die schmutzigen Hände*, die die Mütter für unbekanntere Werke der Comtesse de Ségur hielten ... Ich hatte jede Vorsicht fahren lassen.

Gleichzeitig mit meiner Mutter haben sie alle den Titel gelesen. Plötzlich lastet eine Stille auf meiner Lektüre. Schweigen der Mütter, die sich, da sie nicht meine sind, keinen Kommentar erlauben, aber deshalb nicht weniger darauf lauern, was die meine in dieser heiklen Situation sagen wird.

Ich bin sicher, ohne all diese Blicke ringsum würde meine Mutter mich in Ruhe lassen und ihr vages Unbehagen einfach beiseite schieben: Schließlich bin ich wirklich schon groß, ich weiß eine Menge Dinge, von denen sie keine Ahnung hat, und in allen unseren Diskussionen zieht sie mangels Argumenten unweigerlich den kürzeren – Meine Mutter ist rational, sich ihrer Schwächen bewußt und nicht übermäßig besessen von Macht und Disziplin.

Aber sie ist in die Ecke gedrängt durch den Blick ihrer Freundinnen, vor allem derer, die Prinzipien haben wie Micheline oder Erfahrung wie Gertrud. Sie muß etwas sagen, irgend etwas, das beweist, daß sie das Sagen hat, sonst werden sie ihr eine Moralpredigt halten, sobald ich ihnen den Rücken gekehrt habe Du solltest Du solltest nicht Paß auf Ich an deiner Stelle Wir sagen dir nur ... Ich kenne sie so gut, daß ich sie am liebsten anbellen in die Waden beißen wie Federvieh auseinanderjagen würde, um eine freie Zone zu schaffen, wo meine Mutter und ich allein wären in unserer wechselseitigen Toleranz.

Aber es ist Ariane, die explodiert, sie, die niemand etwas gefragt hatte, abgesehen von den Scherzen über ihre nagenden Gedanken, und die den weisen Entschluß gefaßt hatte, mit Abel, der samstags nachmittags nicht arbeitet, eine Partie Dame zu spielen:

„Das ist bestimmt ein Liebesroman. *Chéri*, da weiß man doch schon alles, oder? Na und? Hat sie nicht das Recht, einen armseligen Liebesroman zu lesen, in ihrem Alter? Was glaubt ihr denn, was wir sehen, wenn wir ins Kino gehen? Und was meint ihr, was wir so Schreckliches darin finden könnten, in den Liebesgeschichten? Es ist sowieso immer dasselbe, Leute, die sich an der Hand halten wie die Kinder, die sich auf den Mund küssen, und das alles, um am Ende zusammen ins Bett zu gehen, also ich persönlich weiß nicht, was daran so interessant sein soll, schließlich laufen alle Geschichten bloß darauf raus: am Schluß nach jeder Menge Ärger für alle Ewigkeit miteinander ins Bett zu können ... Das wissen wir   Das weiß jeder   Warum macht ihr denn so große Augen   Und außerdem ...“

„Das reicht!“ sagt meine Mutter zu Ariane, gerade als keine mehr weiß, woran sie ist. „Hör auf, uns zu belämmern. Geh mal frische Luft schnappen, es regnet auch gerade nicht, damit du lernst, dich um deinen eigenen Kram zu kümmern. Los, raus!“

„Armes Schätzchen“, sagt Gertrud. „Nicht nur, daß sie denkt, sie denkt auch noch laut ... In dem Alter kennt man keine Vorsicht ...“

Ariane geht schulterzuckend davon.

„Ich komm mit dir“, sagt Abel eilig.

Abel läuft vor jedem Streit davon, wie man von einem Schlachtfeld davonlaufen würde   Mit der gleichen Bestürzung, den schlotternden Knien, dem abdriftenden Blick wie jemand, der nicht mehr weiß, wohin er gehen, ob er davonrennen oder sich schlafen legen soll. Die Repliken, die sich über seinem Kopf kreuzen, verfolgt er wie tödliche Kugeln, die ihn streifen. Und wenn zu allem Unglück eine der Kriegsparteien noch Anstalten macht, ihn anzusprechen, noch nicht einmal in Erwartung einer Teilnahme am Wortgefecht oder einer eindeutigen Parteinahme, sondern nur eines Beitrags oder einer Meinung, dreht Abel an Ort und Stelle durch, als würde er sich physisch auflösen, er bekommt Risse unter den Blicken, seine Gesichtszüge geraten in Unordnung und außer Kontrolle und aus allen Ritzen läuft ihm das Wasser heraus: Augen, Nasenlöcher, Mundwinkel, die ganz schlaff und undicht geworden sind ...

Ich weiß nicht, woher das kommen mag, auch nicht, warum er sich derart verflüssigt. Schon als er ganz klein war, wenn meine Eltern herumbrüllten, oder mein Vater allein, zitterte Abel so sehr, daß er sich im Stehen in die Hose pißte Bis er schließlich stocksteif wurde, wie wenn man einen Stromschlag bekommt, und das Licht in seinen Augen explodierte unter seinem Schädel wie die Funken beim Zusammenschweißen von Eisenstücken. Am Ende fiel er um, im Krampf, und Ariane und ich bremsten seinen Fall, ließen ihn mechanisch bis in die Horizontale hinab, während meine Mutter schrie, man weiß nicht recht, an wessen Adresse: „Er wird ihn mir umbringen!"

Als die Kleinen endlich verschwunden sind, lachen die Mütter los, außer meiner, die noch immer nicht weiß, ob sie soll. Arianes Reden erregen am Ende immer Heiterkeit, wenn die erste Verblüffung einmal vorbei ist. Margot sagt Es stimmt, daß sie schon groß ist ... Wahrscheinlich hat sie inzwischen Gewissensbisse bekommen, durch eine Art Gedächtnisrückblende in die Zeit ihrer eigenen, weit turbulenteren siebzehn Jahre. Selbst wenn es „eine andere Zeit" war und sie sich inzwischen vom Dämon der Erziehung hat beißen lassen, der die verrückten kleinen Mädchen in anständige Frauen verwandelt. Aber um daran zu glauben, hätte ich ihre Gespräche nicht hören dürfen.

„So?" sagt Gertrud und zündet sich eine ihrer nach Karamel

riechenden Zigaretten an. „Dann träumst du also vom Märchenprinz?“

Vielleicht sollte das ein geheimes Einverständnis herstellen oder eine besondere Aufgeschlossenheit beweisen, aber in meinem Kopf sind mehrere Teufel hochgeschnellt, als wären sie auf Federn montiert.

„Prinzen gibt es nicht mehr. Und wenn doch, kann sie haben, wer auch immer sie will.“

„Du bist ja sehr großzügig“, sagt Gertrud. „Aber das sagt man so ...“

Sie hat ihre wissende Miene aufgesetzt, die besagt, wie viel sie mit ihrer „Lebenserfahrung“ einer Göre meines Alters voraus hat. Und sie beharrt: „Das sagt man so, und dann rennt man direkt in die Falle ... Du wirst es machen wie deine Freundinnen, Kratzbürste, aber du müßtest ein bißchen koketter werden ... Du benutzt ja immerhin schon ein Eau de Toilette, das hab ich bemerkt. He he! Aber ansonsten ...“

„Also, ich bitte dich!“ sagt meine Mutter. „Jetzt bring sie auch noch auf Ideen. Sie wird früh genug einen finden, der sie rumschubst.“

Da stimmen sie alle energisch zu Ach! Ja, das wird noch früh genug kommen! Meine Teufel zappeln herum, reizen meine Nerven. Ich sage, ICH würde mich nicht rumschubsen lassen. Totenstille, in der undeutliche Schatten in der Luft hängen. Ich höre, wie meine Mutter lauter oder tiefer nachdenkt als die anderen Ich höre ihre Angst flattern, unsicher, gespalten, meine vergangenen Mordversuche streifend, von denen sie mit einem fast wahrnehmbaren Zucken abrückt Ich höre ihre Verwirrung flach wie ein Ruder aufsetzen und abdriften: Wer ist sie, die da aus ihrem Bauch gekommen zu „allem“ fähig, nichts und niemandem ähnlich ist, und vor allem nicht ihr, der Mutter Wer ist sie, die da behauptet, aus einem anderen Holz geschnitzt, von einer anderen Gattung zu sein, und warum sollte das auch nicht stimmen Ich höre sie gegen diese unerwartete Mauer prallen Dieses Anderssein, das ich laut und deutlich vertrete, das sie leugnet, sie als Modell und meinesgleichen, ja das sie sogar anklagt, das sie verurteilt zu einer Art Verachtung ... O Mama, die du so viel kleiner bist als ich und schlecht ins Leben hineingewachsen, die du schreist, daß man dir dein Kind umbringen wird, und unfähig bist, es zu verteidigen, ich richte nicht über dich, aber ich will nicht enden wie du und mich mit einer Handvoll anderer armer Frauen, die inmitten von Qualm und dem Dampf von x-mal aufgekochtem Kaffee plappern, wieder „aufmuntern". Ich will nicht, das ist alles. Ich ...

„Nun wein doch nicht", sagt Margot. „Jetzt hast du sie zum Weinen gebracht, mit deinem Blödsinn. Ist nicht schlimm, Mäuschen, nimm dir einen Keks ..."

„Echt wahr", sagt Margot noch zu Gertrud. „Du bist nicht witzig mit deinen Spitzen, du merkst das gar nicht."

„Aber warum weinst du denn?" sagt meine Mutter, zum Glück durch meinen kindlichen Ausbruch von ihren abdriftenden Gedanken abgelenkt und bereit, ihr Taschentuch hervorzuziehen, falls ich keins haben sollte.

„Ach!" sagt Gertrud, immer noch belehrend, wenn auch ein wenig geknickt. „Das ist das Alter der grundlosen Heulanfälle, sonst nichts ... Lies ihn, deinen *Chéri*, kein Mensch will ihn dir wegnehmen, stimmt's, Odette?"

„Natürlich", sagt meine Mutter, die diese Komplikationen ebenso schrecklich findet wie ich, das spüre ich, und ihren Freundinnen dieses ganze Drama irgendwie übelnimmt.

„Und wenn du einmal einem schönen jungen Mann begegnest", sagt Gertrud, „dann weißt du wenigstens auf Anhieb, wie du ihn nennen kannst."

Sie lachen alle, außer meiner Mutter, die noch immer Fragen hin- und herwälzt. Micheline sagt, so sei eben das Leben, die Kinder würden heranwachsen, es sei ein ewiger Kreislauf ... Sie selbst, als sie ihren Larbi kennengelernt habe ...

Ich sollte mich verdrücken, wie Ariane und Abel. Aber die Teufel klammern sich fest, mit ausgefahrenen Hörnern. Und als mich Gertrud, in der nostalgischen Rührung der Anfänge schwelgend, wieder einbezieht „Siehst du! Eines Tages wirst du deiner Mutter einen großen schönen jungen Mann nach Hause bringen, so ist das Leben ...", da grinsen die Teufel alle miteinander, und von ihren Hufen sprühen die Funken: „Und warum nicht eine große schöne junge Frau? Vielleicht ist das ja meine Vorstellung?"

Ich sehe die Aussage einschlagen wie ein Stein ins Wasser, der versinkt und in der Stille endlose konzentrische Kreise bildet.

„Dummkopf!" sagt schließlich meine Mutter, um die Verblüffung abzuschütteln. „Du hältst dich wohl für geistreich?"

„Es sind wirklich die Flegeljahre", sagt Micheline. „Da ist nichts zu machen ..."

„Aha!" sagt Gertrud nur und zündet sich eine neue Zigarette an. „Soso ..."

Ihr dunkler Blick ist mir buchstäblich ins Gesicht gesprungen, plötzlich frei von dieser spöttischen Nachsicht, die wie Wohlwollen aussah. Ich hätte mich vor ihr in acht nehmen sollen, mit ihrer ganzen „Lebenserfahrung". Jetzt betrachtet sie mich von gleich zu gleich, als würde sie in meinen Augen die Konsistenz dieser flapsigen Bemerkung abtasten, das genaue Verhältnis von Aufrichtigkeit und Provokation darin prüfen.

Ich werde nicht ausweichen. Ich bin nicht ausgewichen.

„Beachte sie einfach gar nicht", sagt meine Mutter. „Du siehst doch, daß sie sonst was sagt, um sich interessant zu machen. Micheline hat recht, es sind die Flegeljahre."

Gertruds Blick hat sich ohne Gewißheit von mir zurückgezogen.

„Wie spät ist es?" fragt meine Mutter besorgt, die dieser Maschinerie, die irgendwie in Gang gekommen ist und nichts Gutes verspricht, gern entkommen möchte.

„Halb fünf“, sagt Margot. „Du hast noch Zeit. Wollt ihr Kaffee?“

„Ich“, sagt Gertrud und probiert dabei, Rauchringe zu blasen, „ich habe in meiner Jugend mit einer Frau zusammengelebt ...“

Die Mütter zucken zusammen.

„Du?“ sagt Micheline und wehrt Margots Kaffeekanne ab: „Nein danke, der ist totgekocht, dein Kaffee. Ist das ein Witz?“

„Nein nein“, sagt Gertrud. „Kein Witz. Eine Hölle, kann ich euch sagen – eine Hölle!“

„Hat sie dich geschlagen?“ fragt Margot besorgt.

Allgemeines Gelächter: In Anbetracht von Gertruds Statur, selbst wenn man die seit jener Zeit zugelegten Kilos abzieht, ist es eine abwegige Vorstellung, daß eine andere Frau sie je vermöbeln könnte, da es schon für einen Mann ziemlich gefährlich sein dürfte. Die Mütter suhlen sich um so ausgiebiger in ihrem Lachanfall, als sie nicht recht wissen, wie sie sich abseilen sollen, bevor Gertrud ihre unerwartete und nach Schwefel riechende „Erfahrung“ auspackt, von der alle sich belästigt fühlen wie von einem Mückenkommando, das durchs Fenster einfällt. Meine Mutter kratzt sich die Schulter, fängt an, von meinen Hausaufgaben zu reden. Ich sage ruhig, daß sie erledigt sind. Pech für sie. Ein Milieu ..., sagt Gertrud, ach, Kinder! Sie schaut den Aschenbecher an, als würden auf einmal Kakerlaken oder sonstige Krabbeltiere darin wimmeln. Und zu mir, mit vielsagender Niedergeschlagenheit:

„Eines Tages werde ich dir erzählen ...“

„Erlaube mal!“ protestiert meine Mutter plötzlich. „Du wirst ihr gar nichts erzählen. Daß ihr eine Dummheit rausgerutscht ist, ist noch lange kein Grund, ihr die Details deiner ... Na ja, du verstehst mich schon.“

„Du hast recht“, gibt Gertrud mit einem noch immer genauso dunklen, schweren und schnüfflerischen Blick in meine Richtung zu. „Ich rede Unsinn.“

Um meine Mutter von all dem zu befreien, was sie an ihren Stuhl fesselt, erinnere ich mich plötzlich an eine zu überarbeitende Übersetzung.

„Ah“, atmet meine Mutter auf, als würde ich ihr den Sauerstoffhahn wieder aufdrehen. „Siehst du, wenn du richtig nachdenkst ... Na los, ruf deinen Bruder und deine Schwester und geht schon mal nach Hause, ich komme gleich.“

Ich verabschiede mich höflich von allen, einschließlich Gertrud, deren Blick den meinen mit einer Eindringlichkeit ansaugt, die mich plötzlich abstößt. Aber ich begegne ihm und wünsche mir dabei, daß sie in dem meinen lesen möge, wie scheißegal mir ihr kleiner privater Ungezieferhaufen ist. Wie wenig das mit mir zu tun hat. Und wie neu und fest und frei von verdächtigem Gewimmel mein eigenes Leben ist. Schließlich hat jede das eklige Getier, das sie verdient, eine Frage des Blickes. Aber als Gertrud mir zulächelt, mit dieser Art Traurigkeit, die sie immer bekommt, wenn sie in die Ferne schaut, begreife ich, daß ich mich getäuscht habe: Ihr Blick ist nicht feindselig, nicht einmal mißbilligend, und plötzlich gleite ich daran ab. Es ist – sonderbarerweise – ihr Schwarzwaldblick Dieser Blick, der ruft und fleht und sich vielleicht gerade noch vor dem Sprung zurückhält. Der mich, wenn er mich wieder freigibt, mit einer Kälte um den Körper zurückläßt, ohne daß ich entscheiden könnte, ob ich nun verdammt oder gerettet bin.

Wie auch immer, die Ungewißheit war – und bleibt? – mein Naturzustand. Oder wenn nicht die Ungewißheit, so doch zumindest die Ambivalenz, denn ich sehe immer mindestens zwei mögliche Interpretationen von jeder Tatsache, jedem Wort oder Blick. Und wenn mein künftiger Beruf mich auch der totalen Objektivität verpflichtet, führt er mir doch zugleich vor, daß diese nicht existiert und daß die Wahrheit an sich eine brüchige und unsichere Materie ist. Letzten Endes und um der Genauigkeit willen speichere ich meine Erinnerungen im Modus der Bedingung ab.

Wenn Liebe tatsächlich dieser Raub ist, diese augenblickliche Entführung aus allem, was bisher das natürliche Umfeld war, dieses Hals-über-Kopf-Katapultiertwerden in ein Paralleluniversum, das nicht unbedingt bewohnbar, jedoch von prunkvoller Harmonie ist, ja, dann war ich in Clara verliebt.

Aber wer, ich? Da ich doch beim Überschreiten der Linie pulverisiert worden war Da meine freischwebenden Bruchstücke sich nach anderen Gesetzen oder Zufällen neu zusammensetzten Da ich EINE ANDERE geworden war, bevor ich Zeit hatte festzustellen, WER ich ursprünglich gewesen war (wenn ich überhaupt eine eigene Existenz gehabt hatte, wenn ich mich nicht begnügt hatte, der Kreuzungspunkt unbestimmter Kräfte zu sein) oder wer ich hätte sein können ohne diese Art von Unfall, von geistiger Karambolage ...

Während ich darauf warte, daß sich alles wieder zusammenfügt und auf die eine oder andere Art funktionsfähig wird, schlafe ich. Ich schlafe ungeheuer viel. Ich habe blutige Träume, in denen ich Leichen wegschaffe, sie verstecke, sie versenke und ständig Spuren verwische – weniger, um nicht verdächtigt oder bestraft zu werden, als um in meinen eigenen Augen eine Art Unschuld zurückzuerlangen. – Aber es sind widerspenstige Leichen, sie steigen wieder an die Wasseroberfläche ragen aus Koffern hervor fallen aus Wandschränken heraus kommen wieder aus den Teppichen hervor, in die sie eingerollt waren, mit der ruhigen Sturheit von schweren, leblosen, unbeweglichen Dingen. Ich schwitze. Ich bin erschöpft. Ich schlafe um so mehr. Es gibt keinen Anfang und kein Ende, und keine Lösung in Sicht.

Donnerstags gehe ich Clara besuchen. Sie hat sich gerade einen Motorroller gekauft – eine hübsche kleine perlgraue Maschine mit blitzenden Chromteilen, auf der sie herumrast, mit ihren Haaren, die wie eine Fahne im Wind flattern. Aus einer

Umhängetasche ragt der Griff eines Tennisschlägers hervor.

„Hättest du Lust, spielen zu lernen?“ fragt Clara.

Aber im letzten Moment mache ich einen Rückzieher, wegen des lächerlichen kurzen Röckchens, das ich anziehen müßte. Ich begnüge mich damit zuzusehen, wie Clara läuft, elegant danebenschlägt und schließlich aufgibt, mit viel Würde nach Luft schnappend.

„Haushoch geschlagen“, stellt Clara fest. „Ich spiele schon zu lange nicht mehr. Du hättest mit mir spielen sollen, dann hätte ich vielleicht eine Chance gehabt … Puh! Ich bin völlig erledigt.“

Der Schweiß rinnt ihr von überall herab, sogar aus den Haaren. Ich lege ein Handtuch um sie Ich streiche über sie Ich trockne sie ab Ich würde sie ablecken, wenn ich könnte. Oh! Clara, sogar ihr Schweiß zieht mich an und wühlt mich auf … Diese Leute riechen nie schlecht, niemals Man könnte meinen, daß jede Pore bis zur Wurzel jedes Härchens geschrubbt gereinigt aromatisiert ist, bis sie nur noch ein glasklares Wasser absondert, das nach sonnenwarmer Pflanze duftet.

„Woran denkst du, Camille?“

„An nichts.“

„Du bist außerordentlich erholsam“, sagte Clara, lächelte mir zu und nahm mir das Handtuch ab, um sich energischer trockenzureiben. „Wenn du nicht eher außerordentlich, äh … vorsichtig bist … Gehen wir?“

Ich habe ein Haus auf der Klippe, hatte Clara mir erzählt. Es gehört mir – Jean-Jacques ist nicht gern auf dem Land, wir setzen fast nie einen Fuß dorthin. Würde es dir gefallen, wenn ich dich mal mitnähme?

Mein Vater hat es gebaut, sagte Clara. Mein Vater war ein Avantgarde-Architekt, er arbeitete viel mit Amerikanern zusammen … Jean-Jacques kann Amerikaner nicht leiden Die moderne Architektur auch nicht Meinen Vater mochte er auch nicht Ich frage mich, ob er irgend etwas oder jemanden mag … Dann schweigt sie, vielleicht weil sie merkt, daß ich beträchtlich geschrumpft bin in meiner Haut, eingeklemmt wie eine Mücke zwischen dem Zahnarzt und dem Architekten, ich, die ich überhaupt nichts bin unter meinem schlecht sitzenden Dufflecoat.

„Woran denkst du?“ fragt Clara mit diesem aufmerksamen Lächeln, in dessen Licht ich mich plötzlich weniger grau in grau fühle. „Sag?“

„Warum haben Sie ihn geheiratet?“

„Aus Liebe“, sagt Clara und streicht mir brüsk meine Ponyfransen vor die Augen. „Man heiratet immer aus Liebe, wußtest du das nicht? Selbst wenn es aus Liebe zum Widerspruch ist. Komm, steig auf! Wir gehen auf Spinnenjagd, das verschafft uns etwas Bewegung. Und halt dich gut an mir fest.“

Ich schlinge meine Arme um Claras Taille wie um den Hals eines Fabelpferdes, Pegasus oder Einhorn oder irgend etwas, das so schön ist, daß es nicht wirklich existiert Ich bin mit dem Leder ihrer Jacke verwachsen Mit dem Körper, den ich darunter erahne Mit ihrer Wärme eines Sonnentieres Mit ihrem Duft einer exotischen Pflanze, die am anderen Ende der Welt gewachsen ist. Ihre schwarzen, im Wind flatternden Haare schlagen mir gegen die Stirn wie eine Mähne.

Das Haus steht auf einem Absatz des Plateaus gegen den Fels gelehnt, einem Meer zugewandt, das man am Horizont kaum mehr erkennen kann, eine dünne graue Linie unter dem Grau des Himmels. Überall das Geschrei der Möwen. Überall der riesige Himmel. Das kurze Gras des Plateaus ... Ein Gefühl, als glitte nicht der Wind über uns hinweg, sondern als glitten wir im Wind dahin, als trüge er uns unversehens auf den Abgrund zu.

„Atme“, hat Clara gesagt und ihre Jacke aufgeknöpft.

Und dann, als würde das eine das andere erklären: „Hier sind wir bei mir.“

Sie sagte das demütig, als erwarte sie von mir eine Art Vergebung oder Einverständnis, irgend etwas Verbindendes jedenfalls, eine gemeinsame Sache, die uns, auch unausgesprochen, zusammenhalten würde. Aber ich traute mich nicht mehr, mit ihr zu sprechen. Noch weniger sie zu berühren. Wir hinterließen zwei parallele Spuren im Wind, über denen sich nach und nach das Gras wieder schloß.

Du hast schon ein verdammtes Glück, kommentiert Ariane. Warum hast du denn nicht Tennis spielen wollen? Das muß bestimmt Spaß machen … Und warum willst du mich nicht mal mitnehmen in die Hütte da oben, nur ein einziges Mal?

Ich erinnere sie mit einer gewissen Ungeduld daran, daß es auf einem Motorroller nur zwei Plätze gibt.

„Natürlich“, sagt Ariane in diesem rätselhaften Ton, der in meinen harmlosesten Äußerungen hintergründige Andeutungen zu entdecken scheint. „Natürlich natürlich … Und – liebt sie dich?“

Ich sage, ich wisse es nicht, Scheiße, und schließlich sei das nicht der Punkt.

„Was ist denn dann der Punkt?“ versteift sich Ariane und verfehlt mit einem ihrer verflixten Bälle nur knapp die Fensterscheibe. „Wirklich, das frage ich mich. Mir würde das keine Ruhe lassen, nicht Bescheid zu wissen. Ich würde alles kaputtmachen, die Vorhänge anzünden, ich würde … So eine Scheiße!“

Entweder – oder, folgert Ariane: Entweder du hast eine Engelsgeduld oder du hast eine Heidenangst. Armes Ding.

Aber zwischendrin, sagt Ariane noch mit einer glatten und gleichmäßigen Stimme, die darum nur um so drohender klingt, könntest du mir schon was erzählen, ab und zu mal, ohne daß ich dir die Würmer aus der Nase ziehen muß. Nur so, ich weiß auch nicht … Zur Abwechslung. Ja? Ich bin nämlich auch noch da, falls du das nicht gemerkt haben solltest.

Um Ariane zum Schweigen zu bringen, um diesen schwindelerregenden Wirbelwind von Wörtern auszuschalten, der mir durch den Schädel fegt, erzähle ich von dem Haus aus Glas, Stein und Beton Die schweren Fensterläden auf Schienen, die es blind machen, wie Augenbinden Die Clara aufschiebt, mit so lachhaften Anstrengungen, daß ich gezwungen bin, ihr zu helfen Die quietschen Man müßte sie ölen. Ich erzähle von den riesigen Glasfronten Wie der ganze Himmel ins Haus dringt Von den drei kleinen Salons, und wie man von einem in den anderen gelangt, indem man ein paar Stufen hoch oder runter geht Ja, genau, ohne Türen und Wände – einfach nur Niveauunterschiede, und so hast du gleichzeitig einen großen Raum und klar abgegrenzte Ecken Die Bibliotheksecke Die Salonecke Die Kaminecke …

„Ein Kamin!“ ruft Ariane, die mich bisher noch nicht unterbrochen hatte, aber plötzlich ungeduldig wird ob der Unschärfe meiner Beschreibungen. „Ist er groß?“

„Ziemlich, ja.“

„Wie groß?“

„Etwa so.“

„Könnte man einen Baumstamm darin verbrennen?“

„Äh … Einen halben, ja. Einen dicken.“

„Wie dick?“

„So, etwa.“

Ariane bewundert den Durchmesser des Baumes und nagt dabei an der Innenseite ihrer Backen.

„Hör auf, dich anzufressen.“

„Weiter“, sagt Ariane.

Ich erzähle von der Küche, die aussieht wie ein Laboratorium Von der Eßecke, die über eine Galerie auf das riesige Wohnzimmer mit den Glasfronten hinausgeht Und all die Zimmer, zu denen man über eine weitere Galerie gelangt, die ebenfalls über dem Wohnzimmer entlangläuft … Und jedes Zimmer hat sein eigenes Bad, doppelt so groß wie unseres zu Hause, jedes in einer anderen Farbe mit zu den Kacheln passenden Waschbecken und Badewannen …

„Ein Bad pro Zimmer“, sagt Ariane plötzlich mißtrauisch. „Übertreibst du nicht vielleicht ein bißchen?“

„Nein, ich schwör’s dir. Aber das Schönste …“

„Was ist das Schönste?“ drängt mich Ariane, die von meinen zögerlichen Pausen genervt ist und sich sichtlich zurückhält, mich zu schütteln, um echte schöne Bilder aus mir herauszubekommen statt der farblosen Brühe, die ich ihr da vorsetze. „Komm schon, was denn?“

„Das Stück Klippe, das in den Salon hereinragt.“

„Hör auf mich zu verarschen“, sagt Ariane, „oder ich verhau dich. Verkauf mich nicht für blöd, ja!“

Ich erkläre Ariane, daß es ein Haus ist, das in die Landschaft integriert ist Eines, wie man es nur in Amerika oder in Filmen sieht Ehrenwort Ich sag dir, die Klippe ragt in einen der kleinen Salons hinein Ein großes Stück, wie abgebeizt, ganz sauber, in einer Ecke Sieht aus wie ein Felsen bei Ebbe Und wenn es regnet, plätschert das Wasser in kleinen Kaskaden darüber hinab und wird unter den Dielen durch einen speziellen Abfluß fortgeleitet … Und wenn du mir nicht glaubst, ist es dein Pech.

„Ich glaube dir“, sagt Ariane nach kurzer Prüfung. Und sie wiederholt, irgendwie erschüttert „Ich glaube dir Ich glaube dir … Und habt ihr wenigstens ein Feuer gemacht?“

Ich sage, nein, es sei Frühling, wenn Ariane mal nachdenken würde.

„Na und?“ sagt Ariane. „Ein so verregneter Frühling … Und ein Haus, das nie bewohnt wird … Es hätte niemandem weh getan.“

Der gesunde Menschenverstand meiner kleinen Schwester Ariane schmettert mich nieder wie eine offenkundige Tatsache. Keine von uns beiden hatte daran gedacht. Und dabei war es nicht gerade warm gewesen in dem Haus auf der Klippe. Clara hatte ihre Jacke wieder zugeknöpft und in der Küche herumgestöbert, auf der Suche nach etwas, das sie mir zu trinken anbieten könnte. Sie hatte schließlich ein paar Krümel Tee in einer Blechdose gefunden, und ein paar Würfel Zucker in einer anderen. Keine Zitrone, natürlich, und die kleinen Löffel blieben unauffindbar.

„Trink“, sagte Clara und rührte ihren Tee mit einem Messergriff um. „Beim nächsten Mal wird es besser sein Wir werden uns einrichten Schmeckt ziemlich eklig, oder? Aber es ist was Warmes. Trink, Camille, du siehst völlig durchgefroren aus …“ Sie hat eine Bewegung in Richtung meiner Wange angedeutet – oder vielleicht meines Kragens, der offenstand –, aber sofort wieder abgebrochen. Sie berührte mich nie, außer an den Schultern, um mir beim Gehen eine Richtung anzugeben, und für die Begrüßungs- oder Abschiedsküßchen. Aber in der Kälte dieses leeren Hauses, mit ihrem Blick, der sich um mich legte wie ein Schutz oder wie in Erwartung irgendeines Stolperns, hat sie gesagt, ich könnte sie doch duzen, nach all der Zeit.

Beim Aufbruch, nachdem wir wieder Fensterläden geschoben und schlecht schließende Schlösser betätigt hatten, hat Clara vorgeschlagen:

„Willst du fahren? Es ist ganz einfach, schau her.“

Ich schaue hin, aber ich lehne ab: Heute habe ich eiskalte Hände. An Claras Rücken geschmiegt, mit ihren Haaren, die mir gegen die Stirn schlagen, schließe ich die Augen über verrückten Bildern, die nach und nach vom Winde verweht werden. An den Wänden hingen echte Gemälde So schön, wie ich es nicht für möglich gehalten hätte.

„Interessierst du dich für Malerei?“

Ich wußte es nicht. Es war das erste Mal, daß ich echte Bilder sah und nicht bloß Reproduktionen. Wir müssen mal ins Museum gehen, hatte Clara gesagt Wir müssen … Wir müssen … Der Wind heult mir in den Ohren Meine Wange liegt auf dem Leder der Jacke, das sich langsam aufwärmt Zwischen meinen Armen spüre ich Claras Oberkörper, der atmet Und ich stelle mir das

Hindernis vor und den Unfall und mich für immer mit ihr zusammengewachsen, auf ewig verschmolzenes Fleisch   Ineinander aufgelöst   Untrennbar.

So bin ich denn auch an jenem Tag, als ich die Mütter herausforderte, schnurstracks zu Clara gelaufen, nachdem ich eine Weile so getan hatte, als würde ich an dieser Übersetzung herumbasteln, auf die ich ohnehin schon mein ganzes Können verwandt hatte.

„Wohin gehst du noch, um die Uhrzeit?“ hatte meine Mutter gefragt.

„Ich brauche eine Auskunft. Ich gehe zu Clara.“

„Hör mal“, sagte meine Mutter. „Es gefällt mir nicht, daß du diese Frau alle naslang störst. Schließlich ...“

Schließlich gar nichts. Alle trampeln auf mir herum. Das ist vielleicht das erste Mal, daß ich mir erlaube, die Tür zuzuknallen, aber ich bezweifle sehr, daß es das letzte Mal sein wird   Und wenn es jemandem nicht gefällt, daß ..., dann mache ich ganz einfach alles kaputt   Ich bin sauer zornig wütend fuchsteufelswild   Neben mir galoppiert eine ganze Herde von Dämonen her Und brüllt, daß das alles lange genug so gelaufen ist   Daß ich aus allen Nähten platze   Daß ich will, daß man mir sofort den Gnadenstoß gibt oder mich aufnimmt   Daß ...

„Ist dir klar, was das bedeutet?“

Ja, ich kann dich duzen   Als Besiegelung der Freundschaft, nicht wahr   Na gut, dann duzen wir uns mal   Jetzt oder nie Auch wenn der Begriff Freundschaft alle nur möglichen Zweideutigkeiten beinhaltet, während ich doch die Klarheit liebe   Das werden wir später klären   Es wird sich von selbst klären   Clara, mit ihrer üblichen Sanftheit, die ich langsam im Verdacht habe, nur zu Ablenkungszwecken zu dienen, wird nicht ewig lachend ausweichen können – was mir auch noch verbietet, sauer zu werden – Was ich darunter verstehe? Aber ... O Camille, du bist unerbittlich mit deinen Forderungen nach Definitionen. Glaub mir, die Freundschaft zwischen zwei Menschen ist etwas, das man feststellt und dann LEBT. Sie läßt sich nicht definieren. Haben wir es nicht gut miteinander? Doch. Eben. Ich renne drauflos, die Teufel auf meinen Fersen, das Messer zwischen den Zähnen und eine Bombe in jeder Hand. Jetzt oder nie: „Ist dir klar, was das bedeutet?"

Claras dunkler Blick, der zuerst mit der gleichen überwachen Aufmerksamkeit auf dem meinen lag, die sie allen meinen Seelenzuständen entgegenbringt, scheint von mir abzugleiten wie ein zu leichter Stoff. Einer von denen, die keinem Lüftchen widerstehen.

Ich versuche, ihn auf mich zurückzulenken, indem ich sie bei den Schultern fasse: „Sagst du nichts?"

Ich habe sie noch nie berührt, außer auf dem Motorroller durch die Jacke hindurch. Die Form ihrer Schultern unter dem dünnen Gewebe ihres Kleides, ihre Wärme, ihre Nähe bringen mich noch mehr aus der Fassung. Dann nehme ich wahr, wie sie sich unmerklich zusammenziehen, als würden sie an Ort und Stelle schmelzen, und ebenfalls weggleiten, wie durch einen Reflex zur Flucht oder zumindest zum vorsichtigen Sich-Entziehen vor dem aufgenötigten Kontakt, den man weder abwehren noch dulden will ... Am Ende ist sie mir entkommen, mit einer Drehbewegung, die offiziell dazu diente, irgendeinen Lichtschalter zu betätigen, der nicht länger warten konnte.

„Aber ja, ich sage etwas. Natürlich. Aber ... Hör mal, Camille, du bist noch so jung ... All diese Fragen können doch auf später verschoben werden, meinst du nicht?"

„Nein."

Hör zu, hat Clara gesagt, mit ihrem weiten dunklen Blick, der vor mir lag wie eine Leinwand oder ein Spiegel, wie irgend etwas Verschlossenes jedenfalls, und mit ihrem verflüchtigten Lächeln, an dessen Stelle eine leichte Anspannung der Unterlippe getreten war Hör zu, es tut mir leid, ich kann dir nicht antworten. Ich weiß es nicht.

Dann habe ich etwas Idiotisches gesagt: daß ich wiederkäme, wenn sie es wüßte. Das hat sie zum Lächeln gebracht, in einer seltsamen Mischung aus Belustigung und Betrübnis.

Später habe ich mich in mein Bett verkrochen. Mit beiden Fäusten auf den Augen, um all diese Bilder, die nunmehr tot sind oder als tot angesehen werden müssen, tief hineinzudrücken Clara, wie sie im Wartezimmer des Zahnarztes vor mir steht Oh, du bist hier? Komm rein, wir unterhalten uns fünf Minuten. Clara fragt mich nach Neuigkeiten von meiner kleinen Schwester Ariane – Spielt sie immer noch Murmeln? Wieder und wieder sehe ich ihre weiten schwarzen Augen, die sich überrascht abwenden Die zurückkehren und sich in meinem Blick verfangen, als gäbe es im Zimmer keine andere Stelle, auf die sie sich dauerhaft richten könnten. Die anderen sagen immer zu mir Warum siehst du mich so an? Clara sagt nichts, nie. Sie reicht mir Gegenstände, Bücher, wie um meine Aufmerksamkeit woanders hinzulenken Hast du dies gelesen? Hast du das gemerkt? Ich habe es gelesen oder nicht. Ich habe immer alles gemerkt. Eine Art flüchtiger Verzweiflung breitet sich über ihrem Gesicht aus, das auf einmal nackt erscheint, wehrlos, wie am Rande der Auflösung. Dann würde ich am liebsten den Blumendiebstahl gestehen, aber ich traue mich noch immer nicht. Clara, wie sie sich zu mir umdreht, während ich hinter ihr auf dem Motorroller sitze, und mir im Flug zulächelt. Clara, wie sie im Wind auf der Klippe steht und unmerklich in ihrer niedergetretenen Grasspur dahingleitet, parallel zu der meinen Clara, wie sie ihre Jacke um sich zieht, um weniger zu frieren, und ihren Blick um mich legt wie einen Schutz oder einen Zweifel, man weiß es nicht, wie sie sagt Du könntest mich doch endlich duzen, nach all der Zeit, oder?

Es ist gelaufen. Es ist zu spät. Ich werde Ariane bitten, ihr die Bücher zurückzubringen, oder ich gebe sie bei der Sprechstundenhilfe ab. Und das Ende der Welt möge uns alle unter sich begraben, Abel, Ariane und mich und diese stinkende Gasse und

Margots Bude und alle Baustellen dieser Erde und die Häuser für Untermenschen wo es noch nicht mal Toiletten gibt und alle Bücher die Schwindelgefühle stiften und alles was nicht einmal Zeit hatte erkannt und eingeordnet zu werden in diesem zufällig einen Spalt weit geöffneten Raum meines Kopfes wo nur noch Chaos Schrott Blut und freiliegende Innereien sind weil ich in die Luft geflogen und zermatscht gestorben bin.

Ein anderer Tag, ich weiß nicht mehr welcher. In einem Anfall geistiger Umnachtung steige ich die Treppen zu Gertrud hinauf. Ausnahmsweise einmal ist es so richtig Frühling Ein strahlender, lauwarmer Tag, und ich gehe im Dunkeln hoch, weil ich den Lichtschalter nicht gefunden habe Von den Wänden, an denen ich mich halte, um nicht zu stolpern, hallt das Rauschen meines Blutes in meinen Handflächen wider Es ist früher Nachmittag Gertrud schläft, ich werde einen Anschiß kriegen Die Wände entlangtasten Hinaufgehen Ich werde sie wecken Nicht stolpern Sich an der Wand festhalten Hinauf Was werde ich zu ihr sagen Weiter hinauf Hinauf Ich war noch nie bei Gertrud in der Wohnung, nie, ich habe nur einmal angeklopft, um nach Salz zu fragen, habe aber auf dem Treppenabsatz gewartet Was werde ich nur zu ihr sagen Daß meine Uhr stehengeblieben ist Daß ich die Zeit vergessen habe Total bescheuert Daß ich Mylène besuchen will, warum nicht Aber wozu Und außerdem ist Mylène gar nicht da, sie arbeitet, das wissen alle Das werde ich vergessen haben Sie wird schon sehen, daß ich … Wir werden sehen, Scheiße! Weiter hinauf Daß ich Durst habe Ich werde ihr sagen, daß ich Durst habe, irgend etwas.

Was machst du denn hier? hat Gertrud gesagt und mit einer verschlafenen Bewegung ihren Morgenmantel zugezogen. Was willst du? Ist was passiert?

Die irgendwie orientalischen Vorhänge riechen nach Staub, filtern das Tageslicht, zersetzen es. Ich stammele Mylènes Namen –

Ja, spinnst du oder was? sagt Gertrud mit ihrer schleppenden Stimme und macht die Tür hinter mir zu   Mylène arbeitet doch schon seit drei Wochen. Und was willst du überhaupt von ihr?

Ich scharre mit der Schuhspitze auf dem Boden herum, gebe mir Mühe, mich mehr oder weniger aufrecht zu halten, mich nicht auf den glänzenden Morgenmantel fallen zu lassen, zumindest nicht gleich, nicht völlig zu verstummen, nach einem Glas Wasser fragen, irgendwas erklären   Ich hätte Mylène etwas geliehen ... Das ich gerade jetzt dringend bräuchte ...

„Wie? Was?"

Gertrud hat eine Zigarette gefunden – eine ihrer Karamelzigaretten – und eine Bürste, mit der sie sich langsam durchs Haar fährt. Weißt du, wie spät es ist? Nein, weil ... Uhr stehengeblieben ... Ich stottere so kläglich herum, daß Gertrud mich etwas aufmerksamer anschaut. Ein Sonnenstrahl leuchtet kurz im Wasserglas auf und verflüchtigt sich darin   „Trink, dann geht's dir besser." Knistern der Bürste in dem schwarzen Haarschopf, in dem in plötzlicher Schärfe silbrige Fäden aufblitzen. Sie ist eine alte Frau. Älter als meine Mutter. „Was willst du, außer Wasser? Na?"

Mein Blick wird von dem seidigen Rankenmuster des Morgenmantels in kaum spürbare Gleitbewegungen Drehungen Überlagerungen hineingezogen. Gertruds immer noch schöne Zähne im Lichtschein   Das Feuer des Ringes an ihrem Finger   Zwischen ihren plötzlich reglosen Lidern   Am Ende der Zigarette, die sie im Aschenbecher ausdrückt, nachdem sie gerade erst dreimal daran gezogen hat. Ein tückisches Abdriften meines Geistes läßt mich gelähmt zurück   Leer   Übelkeit überkommt mich Überall im Raum flackern dumpfe Glanzlichter auf   Lametta in einem dunklen Zimmer   Rasierklingenglanz in einem Tageslichtstrahl   Winziges Kristallgeglitzer am Rande des Abgrunds ... „Was willst du?" drängt Gertrud, als hätte ich noch nicht (oder nicht wirklich) geantwortet. Ihre seltsam gedämpfte Stimme schwingt in der Luft weiter, nachdem sie wieder still ist.

Die Nacht ihrer Augen liegt auf mir Schwere und bis an den Rand des Zerberstens zurückgehaltene Nacht Die sich ergießen sich ausbreiten alle Ausgänge verschütten wird … Sie schaut mir brutal auf die Brust, auf den Mund, und ich fühle mich wie angesaugt Entleert Umgestülpt wie ein Handschuh vom Inneren meines Körpers her …

„Hau ab …", hat Gertrud geflüstert, mit einer Art grimmiger Zärtlichkeit und als hielte sie sich zurück, sich mir zu nähern. „Na los. Geh. Keine Diskussion. Hau ab zu deiner Mutter."

Ich habe mich in der Dunkelheit des Treppenhauses wiedergefunden wie in einer Nacht, in der ich endlos würde herumirren müssen. Ich weiß nicht, wie lange ich dort geblieben sein mag, stumpf und an nichts mehr leidend, darauf lauschend, wie meine Angst und die flaue Sehnsucht meines Bauches erloschen.

Als ich endlich wieder an die Sonne hinaustreten konnte – diese staubige Sonne unserer Gegend, immer irgendwie getrübt vom Gestank nach Abwasser und Gosse –, ergriff mich ein kurzes, übelkeiterregendes Gefühl, als würde ich mir selbst begegnen, ohne mich wiederzuerkennen. Empfindung eines „Ich", das auf ewig fiktiv, auf ewig verhindert wäre und ziellos irgendeinem Fluch entgegen irrte …

„Wo kommst du her?" fragte Ariane nur, die auf dem Trottoir hockte und kaum den Kopf zu mir umdrehte. „Hm? Schau mal."

Mit der Spitze eines Zweiges neckte sie wieder mal ein Krabbeltier: Schau, wie schön.

Ariane spielt gleichgültig, neugierig oder voller Sympathie mit Insekten herum, je nachdem, und ist jedesmal überrascht von dem Grauen, das sie mir einflößen. Sie versucht immer wieder, an mein Wohlwollen, an meine Objektivität zu appellieren: „Aber schau doch mal. Er tut dir doch nichts. Er ist schön, oder?"

Ich sage Wenn du meinst … Aber ich ekle mich davor.

Diesmal ist es ein blauer Käfer. Hellblau, elektrisch.

„Genau der Farbton von Abels Augen“, sagt Ariane, deren Blick mir ins Gesicht springt wie ein diabolischer Funke. „Sind die nicht schön, Abels Augen?“

Sie hat den Käfer auf den Rücken gedreht, nur zum Spaß. Um zu spielen. Um ihm angst zu machen. In der Regel stellt sie die Insekten sehr schnell wieder auf die Beine, aus Ordnungs- oder Gerechtigkeitssinn, das weiß man nicht genau.

Ja. Natürlich sind Abels Augen schön. Ich weiß nicht, warum diese Bemerkung mir eine Bedrohung zu enthalten scheint. Ich kann meinen Blick nicht von dem strampelnden Käfer lösen, von dem schwarzen beweglichen Panzer seines Bauches, von diesem Gewimmel von Beinchen – viel zu viele Beinchen für ein Tier, das fliegt –, das mir den Magen umdreht vor lauter blödsinniger und jeder rationalen Überlegung unzugänglichen Panik, vor ununterdrückbarem Ekel: „Hast du diese Unterseite gesehen? SCHAU doch mal hin. Es ist schrecklich. Es ekelt mich an. Was soll ich denn dagegen tun? Laß das sein.“

„Hast du Angst?“ hat Ariane noch einmal gefragt, steif und aufrecht vor dem umgedrehten und sich noch immer vergeblich windenden Käfer stehend. „Meine große Schwester Camille hat Angst vor dem kleinen Käfer. Meine große Schwester Camille hat Schiß …“

„Oje!“ hat Ariane in einem seltsam nachsichtigen Ton geseufzt. „Na dann, zack!“

Und mit einem schnellen Fersentritt hat sie das Tier zermatscht. Hat es zu schwarzen Bruchstücken zertreten, noch durchzuckt von himmelblauen Blitzen und unmerklichen Bewegungen. Diese ineinander verkeilten Überreste, verdreht, zermalmt, zerfetzt und noch schwach zuckend, lassen mir endgültig schlecht werden. Ich würde Ariane am liebsten ohrfeigen.

„Warum hast du das getan?“

„Du hattest Angst“, sagte Ariane mit ihrer harten, hämmernden, unerbittlichen Stimme. „Du müßtest schon wissen, was du willst.“

Und darauf hat sie dem Käfer den Gnadenstoß gegeben, indem sie ihn mit der Ferse tief in den Staub stampfte, das Gesicht verschlossen, als würde sie voller Zorn irgendeine schmutzige Pflicht erfüllen, die ihr auferlegt worden war.

Abel hat seine Schrotflinte bekommen. Er jagt nicht, wie versprochen. Die einzige Beute, die er je erlegt hat, abgesehen von den Nylonfederbüschen auf dem Jahrmarkt, sind ein Haufen kleiner Pappzielscheiben, die er an eine Mauer des Hauses pinnt und deren konzentrische Kreise gleichmäßig von Löchern durchsiebt sind. Weil darüber hinaus die ganze Mauer fast durchgängig mit Schrotkugeln gespickt ist, kann man nicht wissen, ob Abel ein guter Schütze ist oder nicht.

Manchmal geht er durchs Viertel spazieren, die Flinte über die Schulter gehängt, seine buschgrünen Gummistiefel an den Füßen und auf dem Kopf einen Regenhut, wie ihn die Fischer tragen, in der gleichen Farbe wie die Stiefel.

Marie-mit-den-beiden-Geschlechtern nennt ihn den „Forschungsreisenden". Sie hört auf, ihren Besen durch den Rinnstein zu schieben, um ihn vorübergehen zu sehen. Sie hat noch immer ihre grauen, borstigen Haare, einen Bürstenschnitt wie früher die Fallschirmjäger, und ihre hellen, ein bißchen starren und ewig ratlosen Augen. Sie nickt nicht mit dem Kopf Wackelt nicht mit dem Kinn wie die Freundinnen meiner Mutter Sie sagt nur, mit ihrer dröhnenden Stimme, die klingt wie aus einem leeren Faß Salut, Forschungsreisender! Und Abel antwortet, salut, Marie, und geht weiter Und nach einer kurzen Denkpause nimmt Marie-mit-den-beiden-Geschlechtern ihren Besen mit den harten Borsten wieder auf und schrubbt weiter ihren Rinnstein, da der liebe Gott in einem seiner unergründlichen Wege sie nun mal zu diesem Zweck auf die Welt gesetzt hat.

Aber trotz der gefütterten Handschuhe, trotz der Stiefel und

hatte, wie sie plötzlich rundum hart und zu einem kleinen Fels Granitbrocken Kieselstein geworden war, der einen Abgrund hinabstürzte, habe ich Ariane geohrfeigt.

„Wie oft hat man dir schon gesagt, du sollst dich nicht die ganze Zeit so herumwinden? Ist doch echt wahr. Man könnte meinen, du hättest ein Tier in der Unterhose."

Miststück! fauchte Ariane zwischen ihren Zähnen hervor, die noch ein bißchen zu groß waren für ihr kleines Mäulchen Miststück Miststück Miststück sagte Ariane weiter, in den Augen Tränen so hart wie Murmeln Versuch noch einmal, mich anzurühren Wenn du das noch mal tust, mach ich dich fertig zertrampel ich dich schlitz ich dich auf Miststück Miststück Miststück, wiederholte Ariane später in unserem Zimmer immer noch und schlug die Zähne in ihr Kopfkissen Also nee, so ein Miststück, also so ein ... Sie hat erst aufgehört, als das Kopfkissen völlig durchnäßt und der Bezug in Fetzen war und die Federkiele überall herausragten wie Nägel.

Dann habe ich meine Hände aus den Taschen nehmen und auflesen können, was von meiner kleinen Schwester Ariane übrig war Ohne zu versuchen, einen Sinn darin zu finden Ohne mich damit aufzuhalten, den Kopf von den Knien zu unterscheiden. Ich habe das Gewirr ihrer Haare ihrer Nägel ihrer Zähne ihrer hervortretenden Knochen in meinen Armen gewiegt, bis das Ganze sich beruhigte und wieder zusammenfügte und seufzte, im abgehackten Rhythmus ihres Schluchzens: Hast du ... Hast du das nie gehabt, ein Tier in der Unterhose?

Im Türrahmen waren Abels Augen aufgetaucht Wie zwei Feuerschneisen unter seinem Schädel. Ich habe gesagt Ich warne dich, wenn du Mama irgend etwas erzählst, kommst du nicht lebend davon.

„Ich hab nichts getan ...", protestierte Abel, der sich bereits aufzulösen begann. Ich habe gesagt, nein. Niemand habe irgendwas getan. Genau deswegen gebe es ja nichts zu erzählen.

„Ariane hat das Kopfkissen gefressen“, hat Abel dann doch noch gesagt.

„Weil sie Zahnschmerzen hatte.“

Abel hat wortlos über diese Erklärung meditiert, den Blick auf seine Füße gerichtet. Dann hat er demütig gefragt, ob er hereinkommen könne. Anschließend bin ich dann mit allen beiden zum Kegeln gegangen.

Man kann nie wissen, was Abel von den Dingen versteht, was er durcheinanderbringt oder zerfasert, während er seine Stiefel durch den Staub schleift, mit diesem Ausdruck, als käme er von nirgendwoher, als erkenne er nichts wieder, als irre er zwischen endlosen Mauern umher, ohne je eine Tür darin zu finden.

Der Frühling in diesem Jahr war völlig reglos. Klebrig wie feuchte Asche. Unvergänglich wie eine gigantische Ruine. Und jeden Tag kehrten die gleichen Litaneien wieder Abel, geh dich rasieren, du siehst aus wie ein Räuber. Abel, hörst du mich? Geh …

Abels Rücken rührt sich nicht Langsam kratzen die Finger in den Haaren, unter den Nägeln setzt sich deren Dreck fest. Abgesehen vom langsamen Kratzen seiner Nägel ist Abel absolut reglos, mit rundem Rücken über sein Buch gebeugt.

Ariane durchquert mit ihren kleinen Bällen jonglierend das Zimmer „Du wirst noch einen in die Lampe schießen“, sagt meine Mutter. „Herrgott, habe ich denn nur schwachsinnige Kinder?“ Daraufhin fängt Ariane alle ihre Bälle mit einer Hand auf und betrachtet Abels Rücken.

„Abel, hörst du, was ich dir sage?“ wiederholt meine Mutter, deren Stimme sich kaum merklich anzuspannen beginnt. „Geh dich rasieren. Und wenn du schon dabei bist, wasch dir auch gleich deine verdreckten Haare. Sonst scher ich dir den Kopf.“

Abel rührt sich noch immer nicht. Sein regloser, runder Rükken scheint anzuschwellen, den ganzen Raum auszufüllen. Es gehen Vibrationen einer so intensiven Feindseligkeit von ihm aus, daß Ariane und ich uns nicht einmal mehr anzusehen wagen.

Mit einer entnervten Bewegung hat meine Mutter das Buch vom Tisch gefegt. Der abgerissene Umschlag segelt schwerfällig durch die Luft wie ein großer schwarzer Vogel mit roten Flecken, schlägt mir gegen die Stirn und landet schließlich zu meinen Füßen. Da zieht Ariane mich nach hinten, als wäre es noch Zeit, mich vor irgend etwas zu schützen Während Abel sich endlich aufrichtet, seine Augen wie zwei helle Löcher zwischen Bart und Haaren, schwerfällig und als würde er ein Geheul zurückhalten, das jenseits des hörbaren Schalls läge.

Meine Mutter seufzt und läßt die Schultern sinken, als hätte sie gerade ein außerordentliches Gewicht gehoben. Ariane fängt an, vor sich hin zu pfeifen. Und ich, ich schaue den ersten Fliegen der Saison zu und habe plötzlich Lust, alles hinter mir zu lassen, fortzugehen an einen Ort, wo mir nichts mehr an der Haut kleben würde, wenn es das gibt Eine Art vollkommenen Todes ohne Begräbnis, ohne Leiche Ein so radikales Verschwinden, als hätte ich nie existiert Eine grimmige Weigerung, geboren zu sein. Es war es nicht wert Es war nicht fair Irgend etwas ist am Anfang vermurkst worden, und diese ungestalte Welt, in der sogar Clara mich einfach so hat gehen lassen und mich nicht zurückruft, interessiert mich nicht.

„Keine Sorge“, sagt Ariane, die meine Zusammenbrüche jedesmal spürt, sogar die allerkleinsten. „Keine Sorge, eines Tages gehen wir fort in ein anderes Land Mit einer echten Sonne Mit baumgesäumten Alleen Mit, ich weiß doch auch nicht, lauter Leuten, die tanzen und lachen. Du wirst sehen.“

Aber in der Zwischenzeit habe ich mich nicht getraut, sie zu bitten, an meiner Stelle Claras Bücher zurückzubringen – weiß Gott, welcher Kommentare sie fähig gewesen wäre. Und da es noch blöder gewesen wäre, sie mit der Post zu schicken oder bei der Sprechstundenhilfe abzuliefern, bin ich selbst hingegangen, nach ein paar Wochen.

„Hier. Ich hätte sie IHNEN gleich zurückbringen sollen. Gelesen hab ich sie sowieso nicht."

„Warum?" hat Clara gefragt, als hätte sie das Gedächtnis verloren.

„Darum. Weil ich fürs Abitur büffeln muß."

„Ach ja, stimmt", sagte Clara, deren Lächeln wieder auftauchte, unversenkbar und beinahe fröhlich. „Aber warum bringen SIE sie mir dann zurück, SIE Dussel?"

Sie hat mich am Kragen gepackt: „Komm rein, wir müssen reden. Ich nehme an, du kannst eine halbe Stunde Pause machen beim Büffeln?"

Clara. Clara ich liebe Sie. Clara ich liege dir zu Füßen   Du kannst auf mir herumtrampeln mir die Haut vom Bauch und von den Handgelenken schälen   Du kannst mich ertränken mich verbrennen mich durchbohren mich verbiegen mir die Haut und die Nerven abhobeln mich gegen die Wände schmettern und mich zu feinem Pulver zermahlen ... Aber nicht mich so leicht umarmen, als hätte ich dich erst gestern verlassen, mit dem gleichen Lächeln wie immer   Nicht mir einen Tee mit Zitrone anbieten und mich freundlich anschubsen, wie jemanden, der unartig gewesen ist und dem man vergibt   Nicht das. Nicht dieses Erwachsenentheater. Nicht dieses widerwärtige falsche Spiel einer Zuneigung, die ihren Platz noch nicht gefunden hat, die man noch hier oder dort würde einordnen müssen, und warte warte wir werden schon eine Lösung finden ...

„Nein. Ich will keinen Tee. Ich liebe dich. Entweder so oder gar nicht."

„Ich weiß", hat Clara gesagt, diesmal ohne zu lächeln. „Ich bin ja nicht blöd. Nicht nötig, mit dem Kopf gegen die Wand zu rennen. Aber ich, ich ... Ich meine, verstehst du, ich bin verheiratet ..."

Ich mag dich sehr, hat Clara ernst gesagt, und das Ganze bringt mich ... in große Verlegenheit. Glaubst du wirklich, daß es so schlimm ist?

Dann hat sie die Augen wieder gehoben, ihr weiter dunkler Blick umhüllte mich endlich mit einer Art zögernden und wie lauernden Friedens, ihr ununterdrückbares Lächeln stieg wieder zu ihren Lippen auf, unmerklich bebend: „Ich weiß wirklich nicht, was ich tun soll, Camille … Ich … Ich habe nicht gewollt, daß das passiert. Ich möchte, daß kein Drama daraus wird. Ich bin deine Freundin. Nur deine Freundin … Verstehst du? Nein? Willst du wirklich keinen Tee?…“

In den folgenden Wochen habe ich gearbeitet wie verrückt. Arbeiten und schlafen. Schlafen. Die Situation fuhr sich nach und nach fest, Clara tat, als hätte sich überhaupt nichts verändert. Als hätte ich nichts gesagt Als hätte sie keine Ahnung von meinen Gefühlen Oder vielmehr, als wären sie dadurch, daß sie ein für allemal festgestellt und ausgesprochen waren, irgendwie gebannt Weit von uns weg vertrieben In einer Art Fegefeuer-Zeit versunken, aus der sie früher oder später wieder auftauchen würden, verändert abgekühlt entschärft harmlos Endlich den für eine anständige Beziehung geforderten Normen entsprechend. Als genügte es, sie in einem Geduldsbad einzuweichen, damit sie ihre Aggressivität verlören und langsam verblichen …

Oft wachte ich mit dem letzten Bild eines furchtbaren oder unheimlichen oder trostlosen Traumes auf: ein unbestimmbares Wesen, wie ein Tier brüllend, das Maul weit aufgerissen über seiner abgeschnittenen Zunge. Oder endlose Straßenfluchten zwischen grauen Mauern, ohne Fenster und Türen. Oder, immer und immer wieder, der kleine Mann in Schwarz, auf den ich mit eilfertigem Eifer einrede und der mir nie zuhört.

„Das ist eigenartig“, hatte Clara gesagt. „Hör zu:
Da kam und setzte sich neben mich
Ein Fremder im schwarzen Kleid,
Der mir wie ein Bruder glich.“

Ich habe gesagt, ja, ich würde es kennen. Aber der in meinem

Traum gliche mir überhaupt nicht, und ganz sicher wäre er nicht mein Bruder.

Bis zu den ersten Tagen des Sommers hat Clara nicht mehr von ihrem Haus auf der Klippe gesprochen. Aber eines strahlenden Mittwochs, der das Grau-in-Grau aufriß wie durch ein Wunder, kam sie mich von der Schule abholen, ließ mich den Motorroller fahren, und im Wind, der nach neuem Grün und trocknender Regennässe roch, schrie sie mir zu: „Wie wär's, wenn wir heute abend dort hoch fahren, ob deine Eltern wohl …"

„Was?"

„Wir würden ein bißchen aufräumen und saubermachen … Und morgen würden wir ganz früh aufstehen, wir hätten einen ganzen langen Tag …"

„Was sagst du?"

„… Das Wetter ist schön. SCHÖN … Was hältst du davon?"

Ich, sagte meine Mutter, was ich davon halte … Verstehst du, diese Leute und wir, das ist nicht die gleiche Welt … Aber wenn sie deine Freundin ist … Hör zu, mein Mädchen, du kannst machen, was du willst, ich weiß es nicht. Dort schlafen, warum nicht. Vielleicht langweilt sie sich, diese Frau … Weiß man's. Vielleicht hat sie dich liebgewonnen, weil du intelligenter bist als die Leute von hier, kann man ja verstehen …

Ich würde sie ja mal zu uns einladen, sagte meine Mutter, du gehst schon so lange immer zu ihr, das würde sich so gehören. Aber … Aber ich fürchte, ich hätte nicht soviel zu sagen … Na gut. Gut. Du wirst's schon wissen.

Auf dem Weg zur Klippe fahre wieder ich den Motorroller. Der Zahnarzt ist weggegangen, nachdem er irgend etwas über diese Hütte gemurmelt hat, die man doch endlich mal verkaufen sollte. Bevor sie in sich zusammenstürzt. Clara hat nichts gesagt. Jedenfalls nicht in meiner Gegenwart. Ich bin mir nicht sicher, ob er weiß, daß ich mit von der Partie bin.

Ich fühle Claras Arme um meinen Oberkörper, ihren Bauch fest gegen mein Kreuz, ihre Brust an meinem Rücken. Da es ein bißchen frisch ist in der untergehenden Sonne, fühle ich die Spitzen ihrer Brüste durch die Wolle der Strickjacken hart werden. Und wenn ich ein bißchen zu schnell fahre, hält sie mich mit einem leichten Druck ihrer Finger in meine Seiten zur Vernunft an.

Wenn ich so sterben würde, mitten in der Dämmerung mitten im Rausch mitten im Delirium explodierend, ich glaube, ich wäre zufrieden mit meinem Leben. Ich bremse dennoch, weil die ach so vernünftigen Finger Claras es so wollen. Und ich denke, daß Ariane im Grunde ganz recht hat, wenn sie mich mit ihrer Verachtung überhäuft.

Später, während Clara die mit Vorräten vollgestopften Taschen auspackt, suche ich das Nötige für ein Feuer zusammen, um diesen Eiskeller ein bißchen aufzutauen. In einem Schuppen liegt etwas trockenes Holz, das nur auf uns gewartet hat. Es ist mindestens fünf Jahre her, sagt Clara und hilft mir, kleine Zweige abzubrechen.

„Bist du sicher, daß es nicht sieben sind?"

„Wie? Warum? Nein ... Ich glaube nicht. Nein. Nein, so viele doch nicht. Ich habe auch die Heizkörper aufgedreht, dann wird es schneller und gründlicher warm. Warum sieben Jahre?"

„Wäre mir lieber gewesen."

„Du mußt mehr drauflegen", sagt Clara, „sonst gibt es nur eine mickrige Flamme, die gleich wieder ausgeht ... Warum gerade sieben? Nein, doch nicht so. Hast du schon mal ein Feuer angezündet?"

„Noch nie. Weil es in den Märchen immer so ist, daß nach sieben Jahren Dinge passieren."

„Was für Dinge?" fragt Clara gedankenlos.

Dann ist sie still und zeigt mir, wie man ein Feuer anzündet. So. Mit einem einzigen Streichholz.

„Warum kommt ihr nie her?"

„Hab ich dir doch gesagt", sagte Clara. „Jean-Jacques ist nicht gern auf dem Land. Er kann dieses Haus nicht ausstehen. Diesen Ort."

„Aber in den Ferien, mit Freunden ... Freunden von ihm ... Oder Kollegen, ich weiß auch nicht ..."

Ich mag die Kollegen meines Mannes nicht, sagt Clara. Es sind Schwachköpfe. Ich mag auch die Freunde meiner Familie nicht, fügt sie nach einem leichten Zögern hinzu.

„Auch Schwachköpfe?"

„Nicht alle", lächelt Clara, „zum Glück. Aber ich mag ihre politischen Ideen nicht."

Und meine eigenen Freunde, spricht Clara weiter, starr ins Feuer blickend, die von früher ... Die haben sich in alle Winde zerstreut ... Manchmal kommen sie zurück. Nicht oft. Nie für lange. Wir kennen uns fast nicht mehr. Na ja, so ist das. Dieses Haus stand fast immer leer, von Anfang an ...

Und das steht ihm nicht, sagt Clara mit einer bedauernden oder entschuldigenden Geste. Findest du nicht auch?

Ich betrachte diesen tatsächlich unbelebten Raum, in dem man Frieden findet wie in einer Kirche In dem man nicht einmal zu schreien wagen würde. Auf dem Stück Klippe erinnern glitzernde Rinnsale daran, daß es die ganzen letzten Tage geregnet hat.

Ich sage, ich hätte so etwas ähnliches in einem Film gesehen. Es war Tristan und Isolde, glaube ich. Ein Bach lief durch ein Zimmer. Eines Tages brachte er ein Liebesbriefchen mit ...

Clara lächelt, wie aufs Geratewohl. Dann redet sie zu laut, erdrückt das aufkeimende Feuer fast unter einem großen Holzscheit. Sie sagt, dieser hier habe noch nie etwas mitgebracht.

Ich sage, daß sie das Feuer ersticken würde. Daß sie bestimmt nicht richtig hingeschaut hätte, und sie wendet die Augen ab, als fürchte sie, etwas zu sehen, wenn sie gerade jetzt hinschaute.

Sie sagt Kümmer dich um deinen eigenen Kram, und sie wisse noch, wie man ein Feuer mache, ich würde schon sehen ...

Ich sage, was sie bräuchte, wäre kein Briefchen, sondern mindestens ein Ozeandampfer, in ihrem Bach. Und dann sage ich überhaupt nichts mehr, weil Clara so vollständig verschwunden ist hinter derjenigen, die da Holzscheite aufschichtet Holzscheite aufschichtet Holzscheite Und weil ich meinem eigenen Leben plötzlich so ratlos und voller Zweifel gegenüberstehe.

„Ich hab Durst", sagt Clara endlich, so angestrengt, als müßte sie ihr Stück Klippe hochstemmen. „Willst du was trinken?"

Ich hab Hunger, sagt Clara weiter, willst du was essen? Oder auch Mir ist warm, wollen wir das Fenster aufmachen? Sie erkundigt sich nie nach meinen Bedürfnissen, sondern beschränkt sich hartnäckig darauf, mir anzubieten, die ihren zu teilen. Als hätte ich kein eigenes Leben – Aber habe ich denn eines, letzten Endes? – Als wäre ich zu ihrem natürlichen Anhängsel geworden, zu einem äußersten Zipfel von sich, um den man sich gewöhnlich kümmert, wenn man es nicht versehentlich vergißt.

Während sie Gläser holen geht, beuge ich mich über den Abgrund des Wohnzimmers, dessen Ausmaße unwiderstehlich schreien nach umherwirbelnden Kleidern nach Musik nach Gläsergeklirr nach Licht nach Unterhaltungen unter vier Augen unter der Treppe nach Liebschaften im Entstehen oder in Auflösung begriffen, alles voller Sanftheit voller Nostalgie voller Leichtigkeit ... Mir dreht sich der Kopf ein bißchen. Ich hebe ihn wieder, um die Flucht der kleinen Salons zu betrachten, zwischen denen man ein oder zwei Stufen hochsteigen, um die Ecke biegen, hinuntergehen muß. Das gigantische Feuer, das jetzt im Kamin prasselt, wirft seinen Schein auf ringsum auf Sofas ausgestreckte Gestalten, die sprechen schweigen vielleicht ausweichen, aber immer mit einer solchen Mühelosigkeit ... Die der reichen Leute Der Leute, die man gutsituiert nennt, wahrscheinlich wegen ihrer Ungemessenen Bewegungen, denen jede Verlegenheit oder Ungeschicklichkeit fernliegt, die nie befangen oder deplaziert sind, die Sicherheit selbst. Oh, diese Anmut Claras, die sich in der Küche bewegt Diese Leichtigkeit wie aus einem anderen Reich Diese – ja – diese Schönheit, diese Eleganz der Haltung, die nie übersprudelt, nie übertreibt, die ihr Maß ihre Harmonie ihre richtige Note kennt.

Von schleichender Verzweiflung erfüllt, kehre ich zu dem Stück Klippe zurück, das in den mittleren Salon hereinragt, sauber wie ein frischgewaschener Felsen, mit seinen quellklaren Rinnsalen, aufgefangen und wie durch Zauberei unter den Dielen abfließend, mit seinen Schichten von Grau von Weiß von Blaugrau, von Ocker gelegentlich. Mit seinen Glimmerpailletten seinen Vertiefungen und seinen Kanten ... Ein echter Miniaturberg, wie durch die Mauer hereingebrochen. Und direkt hinter den Fensterscheiben dieselbe Klippe, die weitergeht, aber diesmal im Naturzustand, mit Gras und Büschen und dem Wind, der hindurchfährt.

Ich weiß, wenn ich den Kopf noch mehr anheben würde, bekäme ich die Galerie in den Blick, die zu den Zimmern führt, ein jedes mit seinem Bad seinen bunten Kacheln seinen Nischen für die Seife seinen Chromarmaturen seinem unerträglichen Glanz des immerwährend Neuen und Sauberen, unwandelbar, für Menschen mit ewig weicher, gerade richtig gebräunter und elastischer Haut, für die jeden Tag Hunderte von Litern Wasser benötigt werden und Himalajas aus Schaum und diese feinen Essenzen, die man nur in Spezialgeschäften findet und die natürlich unbezahlbar sind, die nicht stinken, die tückisch bis in die Seele vordringen und Menschen in humanoide Mutanten verwandeln, durch deren Berührung man wie ätherisch wie betrunken wie losgelöst wird von der Welt – von der wirklichen Welt, mit ihren groben Gerüchen nach Schweiß heißem Fett aufgekochtem Kaffee Chlorbleiche und Pisse.

Komm, sagt Clara, deren Stimme die Stille nie zerschmettert, sondern sich im Vertrauen, in geheimem Einvernehmen auf sie stützt. Komm, wir braten uns wenigstens ein paar Eier. Ich habe

Hunger, du nicht? Und deinen Tomatensaft, trinkst du den nicht? Ich rieche an dem Tomatensaft und dränge eine aufsteigende Welle von Übelkeit zurück. Laß, sagt Clara, ich werde ihn trinken. Was willst du dann, Wasser? Sprudel oder stilles Wasser?

Ich lache los, wegen Ariane, die mich neulich gefragt hat, ob ich schon mal lautes Wasser getrunken hätte und wie das wohl aussehen könnte.

Die Küche ist ein „Laboratorium". Rational. Eisig. Chirurgisch. Aber immerhin, es ist eine Küche – mit einer Theke, wie im Bistro, aber weniger gewöhnlich –, und ich bewege mich einigermaßen unbefangen darin. Ich finde eine Art Stimme wieder – ganz vorsichtig, denn wenn ich sie loslasse, meine plebejische Stimme, meine Stimme der Straße, wird hier drin alles explodieren, das ist sicher. Angefangen mit den riesigen Fensterfronten des Wohnzimmers, die auf den Klippenabsatz hinausgehen und weiter auf das Meer.

Warum hast du mich hierher mitgenommen?

Weil es mein Haus ist, sagt Clara und wendet das Omelett. Weil ich mir wünsche, daß du es magst, ich meine, das hätte ich gern. Und weil ich hoffe, Dinge zu sehen, wenn ich zuschaue, wie du dich in meinem Haus bewegst ...

Ich frage nicht Was für Dinge? Zumal Clara in eine Art Besorgnis oder Wachsamkeit verfallen ist, einen ungewissen und unbequemen Zustand jedenfalls, zu dem das Braten der Eier vielleicht beiträgt, aber das ist nicht sicher. Und als sie das Gas unter der Pfanne ausdreht, murmelt sie wie zu einem nicht vorhandenen Zeugen: „Es kommt nie jemand hierher. Fast niemand. Fast nie ... Ich frage mich letztendlich, ob dieser Ort überhaupt existiert. Willst du normales Brot oder Vollkorn?"

Danach haben wir geputzt. Überall in den Badewannen waren tote Insekten – die habe ich Clara überlassen –, ein paar ekelhaft vertrocknete Mäuse in den Fallen, Mäusedreck überall, und die ganze Bettwäsche war zerfressen, ebenso wie ein Großteil der

Decken. Ich habe gedacht, wir würden in Tränen ausbrechen und beschließen, unten schlafen zu gehen, in die Teppiche eingerollt. Es tut mir leid, hat Clara gesagt, es war mir nicht klar ... Laß, Jean-Jacques hat recht, dieses Haus ist tot. Tot.

Da habe ich gespürt, wie mir herkulische Kräfte zuwuchsen, die mein Rückgrat aufrichteten, meine Schultern breiter werden ließen bis zum vierfachen Format. Es kam aus einem Zorn heraus, aus einem unbesiegbaren Widerspruchsgeist und auch aus einer Art leidenschaftlicher Begeisterung, wie in den Filmen, wenn alles verloren ist und der Held ausruft Vorwärts!

Als erstes bin ich das Feuer füttern gegangen, das Clara vergessen hatte. Ich habe Holzscheite nachgelegt, ordentlich, über Kreuz und nicht zu weit auseinander, so wie sie es mir am frühen Abend beigebracht hatte. Dann habe ich Clara versprochen, daß wir in sauberen Zimmern schlafen würden. In Betten. Zwischen Bettlaken, es wären sicher ein paar benutzbare übrig. Und ich habe alles ausgeschüttelt geschrubbt gesaugt, was sich auf meinem Weg fand, einschließlich Spinnweben, igitt, und Clara mitgerissen, die überall die von den Mäusen angenagten Stoffetzen abtrennte. Am Ende hatten wir genug übrig, um zwei Betten zu machen, ein großes und ein kleines. Es war zwei Uhr morgens, überall herrschte wohlige Wärme, und es glänzte nur so.

Ich kann mir kaum vorstellen, hat Clara gesagt, daß man noch mehr arbeiten kann, nicht mal in einem Pionierlager! Was für ein Abend ... Wirst du ihn mir eines Tages verzeihen? Sie lag in meinen Armen Ich wiegte sie Ich deckte sie zu, sie war ganz benommen vor Müdigkeit. Wenn ich mich zu ihr in das große Bett hätte gleiten lassen, hätte sie mich nicht zurückgestoßen, das weiß ich. Aber ich wollte nicht, daß es so passierte, in der Bedrängnis und der Erschöpfung. Ich habe mich in das kleine Bett im anderen Zimmer fallenlassen und bin dort sofort eingeschlafen, wie ein Klotz ohne Gefühl noch Seele.

Als ich aus meinem Zimmer kam, ging Clara gerade die Treppe hinunter, und es sah aus, als wüchse ihr Oberkörper aus einem riesigen schwarzen Rock hervor, der ihr bis zu den Knöcheln ging und über die Kanten der Stufen schleifte.

„Guten Morgen. Wie ist das Wetter?"

„Fang nicht schon an, Fragen zu stellen", hat Clara gesagt und sich auf eine Stufe gesetzt, die ganze Weite des Rockes zwischen die Knie zusammengerafft. „Ich sag dir gleich, ich hab keine Lust, irgendeine zu beantworten."

Im übrigen genügte ein Blick zu den riesigen Fenstern: Es regnete. Ich sagte, vor lauter Regen würde dieses Stück Klippe mit der Zeit ins Meer stürzen, mitsamt dem Haus.

„Stimmt", hat Clara gesagt und ihre Handgelenke zwischen den Knien gewiegt. „Das wird sicher passieren ..."

Und dann, so wie man eine Entschuldigung anbietet, ohne zu wissen, ob es die richtige ist:

„Aber da werden alle schon lange tot sein ..."

Ich habe mich zu Claras Füßen gesetzt, auf die Stufe darunter. Sie hat meinen Kopf auf ihren Schoß gezogen. Die Regenwirbel schlugen wie aufgeschreckt gegen die Glasfront. Schon sehr lange ... hat Clara noch einmal geseufzt und langsam die Finger einer Hand um meinen Nacken geschlossen. Woran denkst du?

„An nichts."

„Ich auch nicht", hat Clara gesagt. „Ich denke an nichts. Absolut nichts. Es ist großartig."

Mein Gesicht liegt im Stoff des zwischen ihren Schenkeln zusammengeknäulten Rockes, der nach Zitronenverbene riecht Ein trockener Duft Ein Duft nach Süden, den ich nicht kenne Claras Finger lasten mit nachdrücklicher Sanftheit auf meinem Nacken Als würden sie ganz langsam tiefer dringen bis unter die Haut unter die Muskeln bis auf das bloße Skelett Und ich höre den Regen da oben wie eine entfesselte aber ferne Welt, die uns nicht mehr erreichen kann. Dann denke ich an die Klippe, an das

Meer, das von unten daran nagt. Und ich möchte Jahrhunderte lang so warten, bis die Erde sich auftut und uns derart zusammengeschweißt derart zusammengewachsen verschlingt, nachdem wir vor lauter Stillhalten eine Haut und ein Fleisch geworden sind.

Auch wenn ich noch so sehr grüble, es fällt mir schwer, mich zu erinnern, was wir an diesem Tag gemacht haben, abgesehen von ein bißchen Kochen und sehr braver Konversation. Vielleicht haben wir tatsächlich nichts anderes gemacht, da es in heftigen Schüben auf die Klippe regnete. Ich sehe das Feuer wieder vor mir. Claras Hände vor dem Feuer, der Umriß ihrer durchscheinend gewordenen Finger. Claras Blick, weit und dunkel und gespannt wie ein Stoff, den der Wind abwechselnd aufbläht und flattern läßt. Was war hinter diesem Schwarz, in dem sich die wechselnden Winde abzeichneten? Hinter diesem Lächeln, das sich ausbreitete und dann in unmerklichen Schauern erstarb? Ich glaube, ich bin immer ein bißchen zu klein gewesen mit Clara. Ich hätte die Schultern straffen und drauflosgehen sollen, wie ich am Abend zuvor auf diese verdreckten Zimmer losgegangen war. Statt ihr zu antworten wie eine gute kleine Schülerin.

„Weißt du schon, was du nach dem Abi machen wirst?"

„Ja. Mich an der Uni für Geschichte einschreiben. Ich suche auch einen Job, den ich nebenher machen kann ... Ich denke, man wird mich als Aufsicht im Internat des Gymnasiums nehmen."

„Aber ... Warum denn nicht in Literatur, wo du doch ..."

„Nein. Gerade nicht. Ich will niemandem erklären, was in den Büchern steht. Verstehst du? Niemand kann für andere entscheiden, was in einem Buch steht."

„Ich verstehe", hat Clara gesagt und mich angelächelt Und in allerletzter Sekunde ihre Hand zurückgehalten, die unterwegs zu meinem Knie war. „Geschichte, das ist keine schlechte Idee ... Da gehört Geographie dazu, oder?"

„Ja. Das ist dann in Erinnerung an Ariane. Sie will immer sehr weit weg ... Nach Amerika ... Nach Timbuktu ... Sie hat immer den Kopf voller exotischer Namen gehabt, Ariane."

„Es ist merkwürdig, dich in der Vergangenheitsform von Ariane reden zu hören", hat Clara gesagt. „Als ob ... Als ob sie oder du schon weg wärt ..."

Ich bin böse geworden. Ich habe gesagt, ich hätte überhaupt nicht in der Vergangenheitsform gesprochen. Wieso in der Vergangenheitsform?

„Tut mir leid", hat Clara gesagt. „Das habe ich wohl falsch verstanden. Es ist wegen diesem ‚in Erinnerung an' ... Nein, jetzt ist es zu spät, noch Holz nachzulegen. Wir müssen das Feuer jetzt ausgehen lassen."

All das klang wie eine Verurteilung. Ich habe Claras Hände gesucht, um weniger allein zu sein. Sie hat sie mir so widerstrebend überlassen, daß ich sie sofort wieder losließ. Dann war sie es, die die meinen wieder genommen hat, wie um etwas auszulöschen.

„Clara. Ich möchte, daß du mir sagst, was du GESEHEN hast seit gestern abend ... Das heißt, ob ..."

Ohne mich anzusehen, hat Clara die Schultern hochgezogen, mit einem schuldigen oder ohnmächtigen Ausdruck, und gestanden, daß sie noch immer nicht wisse, was für Gefühle sie mir entgegenbringe. Dann hat sie mir ihren Blick wiedergegeben, wie ein schwarzes, glattes, vom Wind gespanntes Segel.

Sie hat in etwa gesagt, sie wisse es nicht, sie könne sich die Natur dieser Sache nicht erklären. Es sei vielleicht ... vielleicht eine Art unglücklicher Nicht-Liebe, die in Symmetrie zu dem, was man wohl mein Unglück nennen müsse, zunehme, wobei das eine das andere verschlimmere und nichts sich löse, aber müsse das Ganze denn wirklich gelöst werden?

Ich frage mich, wer, der auf so sonderbare Weise abgewiesen wird, wohl den Mut hat, sich das Herz aus dem Leib zu reißen – einen harten Schnitt zu setzen, wie man sagt. Tatsache ist, daß ich nicht die Kraft dazu hatte, so beschäftigt war ich damit, den

Sinn dieser „unglücklichen Nicht-Liebe“ zu entwirren – ein Ausdruck, der übrigens nicht verfehlte, Ariane zur Weißglut zu bringen, als ich mich neben sie auf das Trottoir setzte.

„Ja, spinnt die denn?“ schrie sie. „Was heißt das denn, logisch betrachtet? Das heißt, daß sie dich gern lieben würde, aber nicht kann, und deshalb ist sie traurig Nee, also die hat Nerven! Darf man so was zu jemandem sagen? Los, sag schon! Wirst du das auch noch wegstecken können?“

Ich glaube, niemand kann wirklich wissen, was er wegstecken kann oder nicht. Das habe ich begriffen, als ich Ariane schimpfen hörte. Als ich sie verstummen und mich mustern sah, als hätte ich plötzlich die Gattung gewechselt oder vielleicht sogar das Reich.

Und was wirst du jetzt machen? hatte meine kleine Schwester Ariane gesagt, einen Ton leiser und wie zu Tode erschrocken, aber trotzdem noch kämpfend wie eine tapfere kleine Kriegerin. Du siehst doch, daß du ihr scheißegal bist Du wirst doch nicht wie angewurzelt stehenbleiben und sie bis in alle Ewigkeit anbeten Ich frage mich, wie man sich so darauf versteifen kann, jemanden zu lieben, dem das dermaßen scheißegal ist …

Ich habe zu Ariane gesagt, sie solle sich bitte um ihren eigenen Kram kümmern Ich habe gesagt, ich würde wahrscheinlich fortgehen.

„Fortgehen? Wohin denn?“ hat Ariane gefragt und ist in einem plötzlichen Anflug von Hoffnung zu mir herübergerückt.

„Ich weiß nicht. Anderswohin. Weit weg.“

Ah! sagte Ariane, als sähe sie mich wieder menschliche Gestalt annehmen, ah, ich wußte es doch! Ich werde mit dir gehen, wir werden ein großartiges Leben haben … Schließlich ist deine Clara bloß eine gewöhnliche Zahnarztfrau. Sie war es nicht wert, meiner Meinung nach. Also, wohin sollen wir gehen, sag? Nach Marseille? Nach Amsterdam? Oder nach Maracaibo? Mich bringen die zum Träumen, diese Namen! Wir werden Züge nehmen, und Schiffe – Flugzeuge sind zu teuer –, na ja, wir machen's wie du willst, aber wenn du keine Idee hast …

Als ich endlich zu Wort gekommen bin, habe ich zu Ariane gesagt, wir würden nirgends hingehen. Jedenfalls nicht zusammen. Daß man seine kleine Schwester nicht sein Leben lang mit sich rumschleppe, das müsse sie verstehen …

„Oh!" hat Ariane gesagt, wobei ihr Hosenboden auf dem Trottoir zurückrutschte. „Oh, gib dir keine Mühe, ich hab schon verstanden."

Darauf ist sie aufgestanden, hat sich den Hintern abgeklopft und mich von oben herab angeschaut, kalt.

„Rumschleppen! Keine Sorge, ich werd mich schon allein rumschleppen, du Flasche! Und vielleicht noch früher als du. Aber laß es dir bloß nicht einfallen, eines Tages wiederzukommen, um mich zu holen, das sag ich dir."

Ich hätte diese Warnung Arianes vielleicht ernst nehmen sollen. Ariane, die mit durchdringender Stimme überall herumschmetterte:

Ich fahre bis nach Eeeng-land
Die großen Schiffe zu seeehn
Die reisen um die Wää-hält
Wie die kleinen Vögelcheeen …

… und die mich mit der Schulter anstieß, wie um mich wieder aufzurichten, wenn ich vor Claras Gefühllosigkeit in Trübsal versank:

Ich lieb dich du liebst mich wir liiieben uns
Bis ans Ende der Wää-hält
Solange die Erde sich weiter dreeeht
Unsere Liebe hääält
Unsere Liebe …

Ich dachte, daß sie mich plump aufzog, daß sie zu klein war, um zu verstehen. Und ich war völlig entnervt von diesem Refrain, der mich im Haus auf der Straße im Bus pausenlos pausenlos umkreiste, wie ein ständiges Spottlied auf mein so einzigartiges Unglück.

„Könntest du nicht mal die Platte wechseln?"

„Warum?" sagte Ariane. „Die paßt doch gut. Du solltest auch singen, das hilft. Ich fahre bis nach Eeeng-land, tralla lalla... la la!... Kommst du, Abel? Das ist ein Walzer Lalla la... di-deldum, lalla la... lalala! Du tanzt Walzer wie ein Bärchen, mein Süßer!"

„Ich dachte, du fährst nach Amerika", wunderte sich Abel, den seine Stiefel behinderten und der sowieso nicht gern tanzte.

„Ist doch egal", erklärte Ariane Abel, während sie ihn herumschleifte und -schubste „Amerika England oder Timbuktu, scheißegal, wenn es nur anderswo ist!"

Ariane hatte recht. Wir hätten weggehen sollen. Alle. Solange es noch Zeit war. Solange wir noch daran glauben konnten, nicht wie meine Mutter mit ihrem Australien, von dem sie fast nie mehr redet. Wenn wir sie damit necken, begnügt sie sich jetzt damit, mit einer Schulter zu zucken, immer derselben – Wechsel doch mal ab, rät Ariane, sonst wirst du noch ganz schief.

Anderswo, unter einem anderen Licht, an wechselnden, immer neuen vorläufigen Orten, wäre es vielleicht möglich gewesen, unsere Leben besser einzurichten. Wie soll man das wissen? Wir hätten vielleicht sogar, wer weiß, meine Mutter mitnehmen können – meinen Vater nicht. Ganz bestimmt nicht. Er ist ein unbeweglicher Mann, der, sobald er sich rührt, alles kaputtmacht, ohne jede Absicht. – Aber meine Mutter, vielleicht, nach einer kräftigen, sorgfältig arrangierten Australienkur. Zumindest hätten wir es probieren können. Aber wir waren zu klein. Wir sind immer zu klein gewesen, angefangen mit mir, der Ältesten. Und ich bin die erste gewesen, die die anderen im Stich gelassen hat,

III

Wesentlich ist, bis zum Ende am Ende seiner Leine zu zappeln, solange es Gewässer, Gestade und im Himmel tobend einen sportlichen Gott gibt, der durch liederliche Mittelsmänner seine Kreatur angeln läßt.
S. Beckett, *Der Namenlose*

Denn danach haben die Ereignisse sich plötzlich überschlagen. Bei Margot tauchten wir nur noch zu kurzen Höflichkeitsbesuchen auf: Ich hatte zuviel Arbeit, Ariane verbrachte ihre gesamte Freizeit mit ihrer nicht enden wollenden Schönheitspflege, und Abel opferte die Seinen dem Perfekten Verbrechen in Comic-Form.

Manchmal packte mich die Revolte und ich wagte es, Clara anzugreifen, um des traurigen Vergnügens willen, kleine Membranen zu zerstören – diese wallenden, ungreifbaren Fasern, die die Menschen miteinander verbinden, dieses zarte Gewebe aus Blicken aus angedeuteten Lächeln aus Anflügen von Hingabe, lauter winzige und verletzliche Dinge, die man niemals den Verheerungen der Sprache aussetzen sollte.

„Warum hast du dich für mich interessiert? War dir langweilig?"

„Genau", hatte Clara mit dieser lächelnden Schroffheit gesagt, die ihr gewöhnlich dazu dient, Aufdringlinge abblitzen zu lassen. „Was willst du, ich brauchte eben Zerstreuung ..."

Und etwas später, ohne jeden Zusammenhang für jemanden, der die Unterströmungen ihrer Äußerungen nicht kennt: „Ja bildest du dir denn ein, daß du witzig bist?"

Es ist Donnerstag. Kein Zahnarzt. Ich habe mein Abi bestanden und habe jetzt Ferien. Das werden wir feiern, hatte Clara in einem dieser Begeisterungsschübe gesagt, die manchmal ihre sonstige Zurückhaltung aufbrechen. Wenn es nicht vielmehr eine Art Starre ist, in die meine bloße Anwesenheit sie versetzt, aus einer unguten Vorahnung heraus, aus versteckter Vorsicht, ich weiß nicht recht.

„Feiern“, hatte Clara gesagt. „Ich wette, du hast noch nie echten Champagner getrunken. Jetzt oder nie ist der Moment, um fröhlich zu sein, vor dir liegt ein großartiges Leben, das hab ich im Gefühl!“

In einem Anfall von Euphorie, wie sie ihn ab und zu hat, hatte meine Mutter mir gerade zum Abitur und zum Geburtstag zusammen achtzehn weiße Rosen geschenkt: eine grandiose Geste, die zur Folge hat, daß wir bis zum Monatsende jeden Tag würden Makrele essen müssen.

Ich tanze mit meiner Mutter zu Radiomusik einen Walzer. „Ich tanze so gern“, sagt meine Mutter. „Ach ja Und dein Vater hatte natürlich nie Spaß daran... Ganz zu schweigen von Abel, diesem Klotz. Tra lalla, la lalla ... Zum Glück habe ich Töchter ... Warum gehen wir eigentlich nicht ab und zu tanzen, wir drei? Oh, ich würde euch schon in Ruhe lassen. Ich reserviere mir nur die Walzer, davon gibt's nicht so viele ...“

„Du meinst wohl gar keine!“ kichert Ariane. „Du bist überhaupt nicht mehr auf dem laufenden, Mama.“

„Der Walzer“, behauptet meine Mutter, „hält doch allen Moden stand, erzähl mir keine Märchen, ich war lange vor dir in deinem Alter.“

Nachtigall, ich hör dir trapsen, sagte meine Mutter zu Ariane, die nicht einmal mehr diskutieren konnte vor lauter Lachen. Ich durchschau dich, sagte meine Mutter zu Ariane und wirkte, als fände sie sich endlich wieder zurecht in unserer Mitte, als schlüge sie wieder Wurzeln und bekäme einen Sonnenstrahl ab und etwas Farbe im Gesicht. Keine Sorge, mein Mädchen, ich hör dir trapsen, mit deinen kleinen Schühchen!

Ariane verändert sich von Tag zu Tag. Begraben, die Geschichten von Seefahrern und Trappern, ausrangiert, die abgetragenen, zerfetzten, unsäglichen Klamotten. Zerstreut in alle Winde, die Bälle die Murmeln die phantastischen Abenteuer, die sie im Kopf hatte ... Ariane entwickelt sich zurück. Ariane liest gleich stapelweise Photoromane, lümmelt sich auf einer Ecke des Bettes und zwirbelt mit einem trägen Finger ihre Haare.

„Lutsch doch auch noch am Daumen, wenn du schon dabei bist!"

„ ... mich in Ruhe", gähnt Ariane.

„Ich hab deinen alten Schnuller wiedergefunden. Angeblich unterstützt das die geistige Leistung ... Willst du ihn haben?"

Schweigen.

„Ariane, hör zu ... Du wirst doch wohl nicht völlig verblöden. Denk dran, was du immer gesagt hast..."

„Scheiße", antwortet Ariane mir geduldig, ohne ihre Lektüre zu unterbrechen.

Sie hat Lack auf den Fingernägeln – Na gut, hat meine Mutter gesagt, einverstanden, aber farblosen – Sie kräuselt sich die Haare mit einem Holzkamm, reißt sich die vier goldenen Härchen aus, die am Rande ihrer Augenbrauen wachsen, entfernt sich den Flaum auf ihren Beinen, der daraufhin nachwächst wie Abels Bart, beschattet sich die Lider mit Blau und bemalt sich die Lippen in Blaßrosa und zerlöchert mit ihren spitzen Absätzen das Linoleum.

Mein Vater ist sauer wegen des nagelneuen Linoleums – Was ist denn das für eine Schweinerei? Lauft IHR jetzt auf Nägeln herum? – Immer dieser automatische Pluralgebrauch Das sind keine Kinder, die ich habe, sondern Wölfe, Vampire Und jetzt lauft IHR auf Nägeln herum Was denn noch alles! Natürlich tragen weder Abel noch ich Stöckelschuhe, aber das ist ein zu vernachlässigendes Detail. WIR zerlöchern ihm das Linoleum, ganz egal, wer von uns.

Meine Mutter verteidigt Ariane, wobei sie für ihre Zwecke einen neuen einschließenden Plural verwendet – Da kann man nichts machen, das ist jetzt so Mode. IHR seid vielleicht altmodisch! – Dieses IHR, das mich zum ersten Mal mit meinem Vater vereint, in einer gemeinsamen Gleichgültigkeit gegenüber solchen Eitelkeiten (Abel flüchtet sich einmal mehr in mürrisches Abwarten), stellt zwischen uns eine Solidarität der Außenseiter her.

„War Mama auch so?"

„Ich weiß nicht", sagt mein Vater, ohne die Augen von seiner Zeitung zu heben „Kann sein, ich hab nicht drauf geachtet."

„Da habt ihr's", sagte meine Mutter. „Die Kurzfassung meines ganzen Lebens: Er hat nicht drauf geachtet. Und jetzt sind wir alte Leute ... Ach, Kinder, genießt eure Jugend!"

Ein Bär, schließt meine Mutter. Ich habe mit einem Bär gelebt. In manchen Dingen bist du ihm ähnlich, meine arme Camille ...

Ohne jedes Maß überschüttet sie Ariane mit Glasklunkern: Ketten Armbänder Ringe, lauter wertloses Zeug. Dieser ganze Flitterkram gesellt sich zu dem Regiment von Fläschchen Flakons Döschen und verschiedenen Tiegeln und Tuben mit widerwärtig parfümierten Inhalten hinzu, die die Kommode überwuchern, zwischen meine Bücher vordringen – meine berüchtigten „verflixten Bücher", die Platz wegnehmen, Staub fangen und die wahre Ordnung verhindern, diejenige, welche sich auf Ausrichten Polieren und Eliminieren gründet.

Wenn ich den weggetretenen Blick meiner als Jahrmarktspuppe verkleideten kleinen Schwester Ariane sehe, bekomme ich Lust, Türen zu knallen.

„Geh doch mal raus! Ich kann schon sehen, wie dein Hirn ganz weich wird."

„Meine Sache ...", sagt Ariane hinter ihrem Photoroman.

„Laß sie in Ruhe", protestiert meine Mutter. „Das ist ihr Alter."

„Genau“, bestätigt Ariane mit frecher Miene. „Das ist mein Alter.“

„Das zerstreut sie“, sagt meine Mutter.

„Genau“, wiederholt Ariane im Ton eines verwöhnten Kindes. „Es zerstreut mich. Wenn du dir einbildest, daß du witzig bist ...“

„Das stimmt“, sagt meine Mutter mit einem irgendwie furchtsamen, irgendwie betrübten Blick auf meinen von Papierkram überquellenden Schreibtisch. „Du bist wirklich nicht fröhlich, für dein Alter, weißt du ... Du erinnerst mich an deinen Vater mit seiner Zeitung.“

„Das stimmt“, bohrt Ariane, deren Augen ich noch immer nicht sehe, weiter. „Trübe Tassen. Echt eine düstere Gesellschaft. Da bekommt man Lust auf Luftveränderung.“

Gereizt von diesem ständigen Verweis auf meinen Vater, stoße ich mit dem Fuß die Stapel von Photoromanen um, die den Durchgang versperren. Das verschafft mir etwas Sauerstoff, uff.

„Wir wissen ja, daß es Schund ist“, gibt meine Mutter mit leicht schuldbewußter Miene zu, „aber was soll's ... Man kommt auf andere Gedanken. Es ist entspannend.“

„Jawohl“, sagt Ariane und lümmelt sich weiter auf dem Bett herum, ohne sich um ihr schönes Kleid zu kümmern. „Es ist unheimlich entspannend. Boaaah ...“

„Glaub bloß nicht“, sagt meine Mutter, „daß das Leben jeden Tag lustig ist. Da drinnen hat man wenigstens seine Ruhe ...“

„... Nicht die mindeste Komplikation“, sagt Ariane.

„... Man weiß, daß es gut ausgeht“, sagt meine Mutter mit einem niedergeschlagenen Blick zu mir, als würde ich ihr aus reinem bösen Willen die Absolution verweigern.

„... Heile Welt ...“, gähnt Ariane. „Alles ist niedlich. Alles lächelt. Die Guten sehen aus wie Gute, die Bösen sehen aus wie Böse ...“

„... Du kannst dich gar nicht vertun“, sagt meine Mutter. „Oder entmutigt sein, weil du nichts kapiert hast.“

Sie lächelt mir zu, wie in Erwartung eines winzigen Zugeständnisses, das ich ihr beharrlich verweigere. Plötzlich lacht sie und fordert mich heraus: „Und es ist doch nett, der Sohn-des-Schloßherrn heiratet die Lehrerin-der-Kinder ..."

„... Der Chef ist verliebt in die Sekretärin ... Mama, ich will Sekretärin werden. Ich werde den Erben des Unternehmens heiraten, nachdem ich bewiesen habe ..."

„... mit Geduld und Sanftmut ..."

„... daß die Tochter des Teilhabers eine miese Ratte ist!"

„... habgierig und skrupellos."

„... und nicht mal mehr Jungfrau. Sie hat einen Liebhaber gehabt!"

„Ganz genau", sagt meine Mutter. „Das werden wir beweisen. Ich werd dir dabei helfen."

„... Du wirst sie beschatten. Du wirst die Beweise zusammentragen."

„... Und wir werden reich sein, mein Mädchen! Aber hallo!"

„Wir gehen nach Amerika", sagt Abel, der gerade zusammen mit meinem Vater nach Hause gekommen ist. „Wartet auf mich, bevor ihr geht, ich wasch mir noch schnell die Hände."

„Nach Australien", sagt meine Mutter, nur um meinen Vater zu ärgern, der im Flur steht. „Wir werden Ringe haben."

„Halsketten. Und Medaillons."

„Autos!"

„Ein zahmes Känguruh."

„Wir werden in Gold schwimmen."

„Das Gold wird in Strömen über uns fließen."

„Wie eine Lawine", schlägt Abel vor und läßt sich rückwärts aufs Bett fallen. „Das Gold wird uns begraben zermatschen töten!"

„Hör auf ... Wir gehen jeden Abend tanzen. Walzer."

„Wir werden ein Schwimmbad haben."

„Und Pferde."

„Überall Gäste. Sogar in der Badewanne."

„In der Badewanne ertrunken", sagt Abel. „Scheußlich. Aufgedunsen."

„Hör auf. Negligés."

„Orchideen."

„Dingos", sagt Abel mit lauter Stimme.

„Du spinnst, die beißen doch!"

„Eben", sagt Abel. „Ich werd sie töten, zack! mit dem Messer ..."

„Eine Waschmaschine."

„Sonne."

„Um die toten Dingos zu trocknen."

„Pelzmäntel."

„Aus Dingofellen. Überall werden wir Dingofelle hintun An die Wände Auf den Kopf, mit ihren langen bluttriefenden Haaren."

„Seidenpyjamas", beharrt Ariane, als würde sie Abel nicht hören.

„Gibt's das?"

„Na sicher."

„Und ein Elefantenbaby", sagt meine Mutter, „im Park. Das ist was Niedliches, ein Elefantenbaby."

„Und Dienstboten", fügt Ariane hinzu. „Nicht zu vergessen."

Ich zucke die Schultern: „Warum nicht gleich Sklaven?"

„Einverstanden", sagt meine Mutter in einer Anwandlung von Großzügigkeit, „keine Sklaven. Von nun an, mein Mädchen, wirst du dein Zimmer selber machen."

„Wenn man Prinzipien hat ...", sagt Ariane.

„Überall Dingos", versteift sich Abel mit einer wie durchgedrehten Stimme „Als Dekoration an den Wänden Tot Mit durchschnittener Kehle. An Fleischerhaken aufgehängt", ergänzt er mit diesem zynischen Gekicher, von dem man am Ende nicht mehr weiß, ob es echt oder perfekt imitiert ist.

„Hör auf damit", sagt meine Mutter. „Was ist denn in dich gefahren?"

„Könnt ihr nicht mal die Klappe halten", sagt auf einmal mein Vater. „Es ist Zeit für die Nachrichten. Was gibt's zu essen?"

„Makrele."

„SCHON WIEDER Makrele!"

Was sonst. Ich betrachte die achtzehn weißen Rosen, die in dem großen Krug vor sich hin prunken. Kräftige, strahlende, üppige Rosen ... Mach dir keine Gedanken, mein Mädchen, hatte meine Mutter gesagt, man wird nicht alle Tage achtzehn und schafft das Abitur. Und hat die Zukunft vor sich. Und ich weiß doch, daß du Nelken nicht magst, stimmt ja auch, daß die gewöhnlich sind ...

Das müssen wir begießen, hatte Clara gesagt. Morgen ist Donnerstag. Sag deinen Eltern, daß ich dich einlade.

Es schien eine funkelnde Sonne Eine Sonne, wie man sie fast nie sieht. Ich hatte nichts als eine dünne Bluse am Leib, die so verschlissen war, daß man hindurchschauen konnte – DIE willst du doch wohl nicht anziehen! hatte meine Mutter sich empört. Man wird denken, du hast nichts anderes. – Aber es ist nun mal meine Lieblingsbluse. Ich habe meine Mutter herumjammern lassen über meine mangelnde Eitelkeit, in meinem Alter sollte ich doch, zumal ich mit Leuten aus der besseren Gesellschaft verkehrte ...

Claras Brüste waren an ihrem Platz unter meinen Schulterblättern, glühend heiß. Sogar der Wind, der uns auf der Straße zur Klippe um die Ohren pfiff, war warm. Langsam, langsam, sagten Claras Finger, die sich in einer Art Komplizenschaft oder zumindest noch intimer als sonst in meine Seiten drückten. Und ich beschleunigte immer mehr. Am Ende hat sie mich in die Schulter gebissen, und vor Überraschung habe ich angehalten.

Ich hatte Angst, hat Clara gesagt. Bist du verrückt oder was?

Willst du uns umbringen? Meine Bluse war zerrissen, und darunter blutete ich leicht. Clara hat eingeräumt, daß sie vielleicht etwas fest zugebissen habe. Aber sie schien eher überrascht denn wirklich betrübt darüber, als sie die Fetzen der Bluse aneinanderlegte, wie um sie wieder zusammenwachsen zu lassen. Ich habe gesagt, daß es nichts mache. Daß diese Bluse sowieso längst reif für den Müll sei. Daß meine Mutter mich geschimpft habe. Und daß ich aufpassen würde, mit der Geschwindigkeit.

Wir sind wieder aufgestiegen, und Claras Wange hat sich mit äußerster Sanftheit auf den Biß gelegt. Ich bestand nur noch aus diesen paar Quadratzentimetern Haut, auf denen Claras Wange brannte strahlte verglühte. Ich habe nichts mehr gesehen von der Straße, nicht einmal, daß der Himmel sich bedeckte.

Als wir ankamen, hat Clara forschend zum Horizont über dem Meer geblickt und gemeint, das Ganze könnte mit einem ordentlichen Gewitter enden, und daß sie ein Geschenk für mich habe.

Schau nicht so belämmert drein, sagte Clara und warf mir ihr großes lautloses Lachen ins Gesicht Du hast mir doch auch was geschenkt, und wenn ich mich recht erinnere, hatte ich da nicht einmal Geburtstag. Steht dir gut.

Im Spiegel betrachte ich die echten amerikanischen Jeans, die mir in der Tat sehr gut stehen. Man näht sie nicht um, sagt Clara, man schlägt sie nur hoch. So. Sie hockt inmitten ihres weiten schwarzen Rockes auf dem Kachelboden zu meinen Füßen, schlägt den Saum der Jeans um, und ich lasse es mir verdattert gefallen.

Und das, sagt Clara, das ist als Ersatz für die Bluse, die ich gefressen habe. Es ist ein echtes Cowboyhemd. Gefällt es dir?

„Dann war das ein vorsätzlicher Biß?"

„Ach was", sagt Clara. „Es gehörte zu den Jeans dazu. Ich darf doch wohl Vorahnungen haben. Zieh das Hemd mal an, daß ich es sehe ... Was für eine Hitze, findest du nicht?"

„Gut", sagt Clara. „Jetzt ist das Problem, daß deine Haare

überhaupt nicht mehr dazu passen ... Sie müßten ganz ganz kurz sein, à la Jean Seberg, weißt du? Oje, hab ich einen Durst. Willst du was trinken?"

„Deine Mutter ...", sagt Clara, als sie mit Gläsern, in denen Eiswürfel klirren, zurückkommt, „meinst du, sie würde einen Aufstand machen, wenn ich sie dir schneide?"

Meine Mutter wäre natürlich eher für Pudellöckchen. Aber mein Kopf gehört mir, und ich schenke ihn Clara. Ich lasse mich von Kopf bis Fuß neu entwerfen. Ich gehe barfuß über den Kachelboden, wie man es mit umgeschlagenen Jeans tut. Die Haare fallen. Man hört es donnern. Na also, sagt Clara, es wird regnen.

Es regnet. Ich kann nicht einmal sagen, daß ich mich nicht wiedererkenne, da ich nie jemand Spezielles gewesen bin: Ich sehe mich zum ersten Mal.

Du siehst toll aus, sagt Clara mit ihren weiten schwarzen Augen, die hinter meinem Rücken stillstehen und mir vom Spiegel zurückgeworfen werden. Gefällst du dir denn auch?

Ich lächle Clara und der Unbekannten im Spiegel zu. Ein fremdes Lächeln, das mich pfeilschnell durchquert. In diesen neuen Klamotten, die nicht einmal neu aussehen – der letzte Schrei –, mit dieser gewagten Frisur, die meine Augen in unerklärlicher Weise strahlen läßt, sehe ich nicht mehr aus wie jemand aus meinem Viertel. Ich habe die Gattung und die Atmosphäre gewechselt. Ich bin in dieser Umgebung an meinem Platz.

Es regnet in Strömen. So sehr, daß die Glasfronten davon wie erschüttert sind. Das Licht der Blitze schluckt uns vollständig, als wären wir draußen, direkt darunter. Ich hebe den Kopf: Es zuckt von allen Seiten. Dann zerschmettert uns der Lärm, als befänden wir uns auf dem Meer.

„Hast du Angst?" fragte Clara und lehnt sich an meine Schulter.

Ich sage, nein, niemals. Ich sage es laut, inmitten der Donnerschläge, die unter dem Glasdach endlos widerhallen. Niemals, nein. Du bist großartig, sagt Clara, ohne daß zu entscheiden wäre, ob es noch immer um meine Kleidung geht oder um meinen beispielhaften Mut.

Es ist schon beinahe Nacht, und wir stoßen an. Ich weiß nicht mehr, wann der Champagnerkorken geknallt hat, noch wo. Es ist das erste Mal, daß ich Champagner in meinem Glas habe und daß mein Glas eine Schale ist, dünn wie eine Seifenblase. Ich sehe die Blasen, die in der Blase aufsteigen. Ich sehe sie in Claras Blick aufsteigen. Sie lacht. Clara lacht. Wirft mir ihr Lachen zu, fast auf den Mund: „Du hast recht, tanzen wir, warum nicht! Zum Glück hab ich an Musik gedacht. Aber ich wußte gar nicht, daß du tanzen kannst. Das hast du nie gesagt. Wo hast du es gelernt?“

„Zu Hause. Mit Ariane.“

„Die unvergleichliche Ariane“, sagt Clara, „mit ihrem Faden ... Ihr seid mir eine lustige Familie.“

Ich sage, nein, nicht besonders. Abgesehen von Ariane, und vielleicht meiner Mutter, manchmal.

„Es ist eigenartig“, sagt Clara, die ununterbrochen trinkt (wie ich auch, im übrigen) „Es ist eigenartig, ich erkenne dich kaum wieder, aber gleichzeitig kann ich dich viel besser erkennen ...“

Wir essen leichte und ausgefallene Sachen, winzige Maiskölbchen, riesige Essiggurken, mit Wurst belegte Brötchen, Garnelen mit Zitronenmayonnaise und Salat mit Käsewürfeln, und wir lassen einen zweiten Korken knallen, was mir selbstverständlich erscheint, denn ich fühle mich immer leichter, je mehr ich trinke.

„Schenk mir ein Lächeln“, sagt Clara, die eine Platte auflegt. „Du lächelst mich so selten an ... Komm.“

Sie streckt mir die Arme entgegen. Sie wird mir immer die Arme entgegenstrecken. Immer. Wie um mich aufzufordern, auf sie zuzugehen. Zuzugehen. Zu gehen. Und immer werde ich in schlafwandlerischer Verzauberung vorwärtsgehen, Händen, Armen, einem Körper entgegen, deren fremdartige – fremde – Wärme mich durchdringt und mich schmelzen läßt und mich sogar ganz leicht zersetzt – oder mir Tiefen offenbart, die ich nicht von mir erwartet habe.

Es kann sein, daß wir ganze Stunden getanzt haben, zu Bluesstücken, die uns die Bauchhaut umstülpten. Ab und zu gingen wir eine Etage höher, um unsere Handgelenke in die Rinnsale des Klippenvorsprungs zu tauchen, die darüberstürzten wie verrückt, nicht mehr wissend, was sie mit sich führten.

Trink nicht mehr, hat Clara gesagt Oder nur Wasser, du bist es nicht gewöhnt. Sie schöpfte mit ihrer hohlen Hand Wasser aus dem Bach und goß es mir über den Nacken über die Augen über die Haare Ganz sanft Ganz ernst. Geht es dir besser? Camille, schau mich an, geht es dir besser? Sie hatte mir sehr zart meine Brille abgenommen, wie etwas Trennendes, Störendes.

Wir hörten den Donner nicht mehr. Wir sahen keine Blitze mehr. Aber der Regen ging in Strömen auf das Glasdach nieder: ein gleichmäßiger, andauernder, sintflutartiger Regen, von dem man hätte schwören können, daß er nie wieder aufhören würde.

Bleib, wo du bist, hat Clara gesagt, ich geh den Plattenspieler ausschalten.

Und später – oder gleich darauf – Schlaf nicht auf dem Teppich ein, in deinem Bett hast du es bequemer, komm. Geht es, ja? Mit ihren Händen wringt sie meine Haare aus, um die letzten Tropfen aus ihnen herauszuholen, und mein Blick verliert sich in der Schwärze ihrer Augen wie in einer vertrauten Nacht, in der man sich für alle Zeit im Einklang mit der Welt fühlt. Sie ist so nah und strahlt Wärme aus wie eine Feuersglut, so daß ich meine Arme um ihren Körper schließe Ihr Körper gibt nach und bedeckt mich Clara mit geschlossenen Augen und dein Mund endlich in meinem Mund Clara mit so weit offenen Augen, daß sie am Ende zufallen, so wie man hinfällt Clara nackt und mich suchend unter der Enge der neuen Hose, die beim Hinabgleiten raschelt wie Pappe.

Oh, sei still Sei still, ich ... Nein, sei still ... Weinend habe ich

Claras Körper getrunken und gegessen Das Wasser von Claras Körper Claras überwältigenden Geruch o mein Gott Ich habe ihre Zähne an meinen Zähnen gespürt und am Nacken und an den Lenden Ich bin gelutscht verschlungen aufgelöst worden Ich wurde herumgerollt gepackt geglättet gestürzt in die konzentrischen Kreise einer wunderbaren Abfolge von Abgründen Man hat mich wiedergefunden identifiziert abgeleckt gevierteilt zum Glühen gebracht ... Und es bleibt mir nichts davon. Nichts. Der Körper ist so gedächtnislos, daß man sich umbringen könnte.

Ich habe fast nichts behalten von dieser Nacht, außer einer riesigen inneren Welle, die sich endlos erhebt, mit der Lust, sich wieder und wieder und wieder zu brechen, alles hinwegfegend, was ihr begegnet und sie aufhält und hemmt und was meinem absoluten und schwindelerregenden Bedürfnis nach dem nackten, blendenden, weit offenen Körper Claras im Wege ist.

Ich weiß nicht mehr, an welche Wand ich mich klammern soll, um einen Horizont oder auch nur ein wenig Raum wiederzufinden. Wohin ich mich nunmehr auch wende, ringsum nichts als schwindelerregende Steilwände. Und ich, ich bin unten, verstauche mir zwischen den Steinen die Knöchel und weiß, daß niemand mehr kommen wird – kommen kann –, um mir endlich ein Seil zuzuwerfen.

Denn Hör zuuuuu! brüllte meine kleine Schwester Ariane ins Telefon Diese Sache mit Abel, sag mal, machst du es mit Absicht oder was Ist dir klar, daß mir hier alles total über den Kopf wächst, es ist echt nicht der richtige Moment, um mir irgendwelche hanebüchenen Geschichten zu erzählen ... Camille CA-MILLE! Hörst du mir zu?

„Ja. Ich sage dir, daß ...“

„KEIN WORT“, brüllte meine kleine Schwester Ariane abermals „Kein Wort glaube ich von deiner Geschichte Hör zu Camille, keine Panik Hör mir gut zu: Wenn DU es warst, die Abel umgebracht hat, wenn es WIRKLICH du warst, dann kannst du sicher sein, daß er dabei ist, in aller Ruhe wiederaufzuerstehen ... Und deshalb würde ich an deiner Stelle die Tür im Auge behalten, hörst du? Hast du mich verstanden?"

„Ariane, bitte. Abel ist tot. Wenn ich's dir doch sage ..."

„Dann gehe hin in Frieden", hat meine Schwester Ariane gesagt, plötzlich entspannt. „Der Himmel möge dich schützen Sei gesegnet bis in die siebte Generation, ich hab jetzt mit Camille einen Termin bei der Kinderärztin ... Unter uns, sie ist sehr niedlich."

„Camille?"

„Nein", hat Ariane gesagt, „die Kinderärztin."

Und dann, nach einer kurzen Pause und mit einer Stimme, die wieder kalt und schneidend geworden war wie eine Klinge: Daraus wirst DU doch wohl kein Drama machen, oder? Ja, genau, bis später ... Hör zu, Camille, ich weiß es nicht. Ja, vielleicht. Vielleicht rufe ich dich zurück, keine Ahnung, ich denke darüber nach.

Und meine Schwester Ariane legte auf.

Trotz allem war ich nicht vernichtet Nur angeknackst Ein dünnes Rinnsal von Kälte lief über mich – durch den Sprung in mich hinein Man hat meine Schale kaputtgemacht, oder das, was mir als solche diente Ich spüre die Kälte auf meinem Körper wie einen hartnäckigen Luftzug Die Furcht vor dem Draußen Und gleichzeitig helfe ich eigenhändig mit, das zu zerbrechen, was mich warmhielt Was mich im Inneren hielt, eingeschlossen.

Nach draußen geworfen werden Selbst bei dem Hinauswurf helfen Nicht wissen, vielleicht, daß die Welt kalt sein wird, immer immer Nicht wissen, was man getan hat Was man anderen antun wird Unzurechnungsfähig sein, abwesend Im Leeren sein.

„Hör zu", sagte Clara.

Völlig im Leeren In diesen Räumen ohne Schwerkraft, wo es kein Oben und kein Unten mehr gibt.

„So oder so“, sagte Clara. „Ich mußte es dir ja einmal sagen … Camille O Camille … Ich weiß, daß das alles nicht zusammenpaßt, aber du darfst es nicht so sehen …“

Nicht sehen. Mit dem Kopf gegen alles rennen, was sich bewegt oder nicht bewegt oder noch nicht Nicht hören Nicht wissen.

Ich kann nicht glauben, sagte Clara, ich kann wirklich nicht glauben, daß wir einander nach all diesen Jahren fremd werden könnten, das ergibt keinen Sinn. Hör zu, Camille Sei vernünftig Ich habe mir dieses Kind so lange gewünscht. Es ist, wie es ist. Ich kann's nicht ändern. Camille, nun sag doch was …

Ich weiß, sagte Clara. Wegen neulich, ich weiß nicht, was da … Wirklich, ich weiß es nicht. Wirklich.

Ich sage schroff, es sei das Gewitter gewesen. Der Champagner. Die Musik. Der prasselnde Regen auf dem Glasdach. Ein Anfall von Schlafwandelei. Ein Niesen des Dämons … Oder das Gelüst einer schwangeren Frau.

Endlich wendet sie ihre weiten schwarzen Augen, in denen jedes meiner Worte nach einem unmerklichen Einsinken zurückzufedern schien wie von einem Sprungtuch, von mir ab und sagt, ich verdiente eine Ohrfeige. Aber sie gibt sie mir nicht.

Sie sagt, sie würde nichts vergessen, so oder so, sie habe ein Gedächtnis … Es ist die Rede von einer Schatulle, von etwas Kostbarem. Ich würde sie umbringen, wenn ich imstande wäre, jemanden umzubringen. Und dann hat sie geflüstert, sehr sehr leise, ohne zu wagen, mich zu berühren oder sich mir auch nur zu nähern: Ich bitte dich um Verzeihung.

Als hätte sie mich in einer Menschenmenge angerempelt Oder mich mit jemandem verwechselt, aus Zerstreutheit.

Ich habe noch immer Claras Blick vor Augen, wie ich voller Härte zu ihr spreche – oder auch nur, später, aus Müdigkeit, mit einer gewissen Rauheit. – Dunkler Blick Reglos Wie entfaltet, gespannt, dargeboten sogar, über die gesamte verfügbare Fläche Der die Worte wie Schläge entgegennimmt Wo der Einschlag der Kieselsteinworte – der Felsworte, der Bombenworte – sichtbar wird in Form von plötzlichen unmerklichen Dellen Kratern Untergängen, die sofort durch ein Spannungsmanöver irgendwo an den Rändern geschluckt werden. Claras Blick ist ein riesiges schwarzes Segel, das von den Unwägbarkeiten des Windes hin- und hergeworfen wird, das ständig drauf und dran ist zu bersten zu zerreißen nachzugeben, das aber nicht nachgibt. Das standhält.

Inzwischen wächst Ariane weiter heran, immer mehr in diesen hartnäckigen Konformismus hinein, den sie zur Schau trägt wie etwas besonders Originelles, wie ein Zeichen von Widerständigkeit.

„Leg doch mal deine finstere Miene ab", sagte Ariane, während sie sich vor dem Schrankspiegel die Wimpern tuschte. „Du bist nicht die einzige auf der Welt, die verliebt ist, das ist doch kein Drama. Du wirst dieser Clara doch wohl nicht dein Leben lang nachlaufen ... Oder? Die eine große Liebe?"

Und überhaupt, sagte Ariane, während sie ihre zusammengeklebten Wimpern mit einer Nadelspitze trennte, was mir immer den Magen umdreht, und überhaupt, ist deine Clara nicht vielleicht ein bißchen schwanger, in letzter Zeit?

Ich sage zu Ariane, sie solle mich in Ruhe lassen, und außerdem nehme sie zuviel davon.

„Von was?"

„Von der Wimperntusche. Du siehst aus wie ein Clown."

Und jetzt, hatte mein Vater mit einem angeekelten Blick auf meinen Kopf gesagt, jetzt fangen SIE auch noch an, sich als Sträflinge oder Matrosen zu verkleiden ... Jetzt ist es aber langsam genug mit dem Theater!

Also wirklich, sagte meine Mutter hinter dem Rücken meines Vaters, nicht daß ich ihn unterstützen wollte, aber es stimmt schon, daß sie komisch aussieht, diese Frisur. Was ist denn mit dir passiert? Und ich hab dir ja gleich gesagt, daß man denken würde, du hättest nichts anzuziehen ... Wie läßt du uns denn dastehen?

„Und besonders deine Schwester“, ergänzt Ariane.

„Die schmiert sich mit allen Farben der Palette voll. Gut sieht sie aus!“

„Sie hat ein Rendezvous, stell dir vor. Den Jungs gefällt, was ins Auge sticht ... Mmhmm ... Sie haben eine sehr grobe Wahrnehmung, da kann man nichts machen.“

„Ein Rendezvous mit wem?“

„Mit ’nem Typ“, sagt Ariane und dreht sich wie ein Kreisel, um ihren Rock um ihre Hüften hochwirbeln zu lassen, als wäre sie noch zehn Jahre alt. „Klasse, mein Kleid, oder?“

Mit beiden Händen breitet sie den Rock aus, um mir seine ganze Weite vorzuführen, und dreht sich langsamer:

„Es ist ein richtiges Ballkleid. Mama ist schon echt nett.“

„Und er, ist er nett?“

„Wer?“

„Der Typ.“

„Sie sind alle nett“, sagt Ariane und rammt ihren Absatz ins Linoleum, um die Drehung zu stoppen. „Ist doch klar!“

„Und was ist an diesem einen jetzt Besonderes?“

„Er hat ein tolles Auto“, sagt Ariane nach einer hinterlistigen Denkpause.

„Ist es das Auto, in das du verliebt bist?“

„Hör auf, mich zu nerven“, sagt Ariane, die sich jetzt emsig die Nägel poliert. „ICH hab keine Lust, eine Witwe ohne Leiche zu sein. Ich hab Lust zu lachen, die Welt zu sehen, und ... Es ist auch nicht übel, geliebt zu werden ...“

„Aber DU? Liebst du ihn?“

„Ich lieb ihn du liebst mich wir liiieben uns ... Bis ans Ende der Wää-hält!“

„Ich rede mit dir.“

„Aber ja doch, ja“, sagt Ariane, „ich liebe ihn, sonst würde ich nicht mit ihm ausgehen ... Aber ihn hat's doch mehr erwischt, wenn du's genau wissen willst, und das ist auch gut so ...“

Weil, sagte meine kleine Schwester Ariane mit einer völlig unerklärlichen Art von Zorn oder Groll oder Rachsucht, weil stell dir vor, zitternd-im-Nordwind-stehen-bis-meine-Tränen-gefrieren, das ist überhaupt ganz und gar nicht mein Stil.

Wenn man mich nicht liebt, schrie Ariane, dann geb ich's auf schreib ich's in den Schornstein reiß ich die Seite raus Und mach Konfetti daraus. Vorsichtshalber. Für den Fall, daß ich eines Tages dämlich genug sein sollte zu versuchen, sie wieder einzukleben. Kapierst du? Ich habe beschlossen, GLÜCKLICH zu sein. Hörst du? Und das werde ich. Und wenn ich über Leichen gehen muß. So ist das.

„Hab ich dich schockiert?“ hat Ariane sich nach einer kurzen Pause erkundigt, mit plötzlich wieder entspannter Stimme.

Nein, habe ich gesagt. Daß sie überhaupt nicht wisse, wovon sie rede. Daß sie einen Fussel hinten auf ihrem schönen Kleid habe.

„Na klar“, hat Ariane gesagt und sich verrenkt, um den Fussel zu entfernen, „ich bin schon immer zu klein gewesen, und ein bißchen dumm. Aber da nur die Dummen glücklich sind, trifft es sich ja gut.“

Sie lächelte mir ziemlich traurig im Spiegel zu. Ich hätte diese lächerliche Schminke am liebsten mit den Händen verrieben Mit einem Kuß diese ganze viel zu schwarze Tusche verschmiert, die ihre Wimpern verklebte Das Gebäude aus Haarteilen und Lack durcheinandergebracht, das ihre Frisur darstellte Sie unter die Dusche geschleift, inklusive Stöckelschuhe, Nylonstrümpfe, lackierte Nägel, Ballkleid, Make-up und Accessoires. Meine kleine Schwester Ariane endlich nackt und sauber und aus vollem Hals singend unter dem strömenden Wasser – Massen und Massen von Wasser!

Die Kinder dieser Eeer-de
Die brauchen keinen Gooott …
Tralla lalla la la laaaa …

„Also dann, ciao!" hat Ariane gesagt. „Jetzt komme ich tatsächlich noch zu spät."

Da habe ich gesagt, wie die Idiotin, die ich bis in alle Ewigkeit bleiben werde: „Amüsier dich gut."

Ich will leben, sagte Ariane, verstehst du: LEBEN! – Unablässig hat sie mir das vorgehalten. Ins Gesicht geworfen. Mir um die Ohren gehauen, damit ich wieder zu mir komme.

Leben – sie wußte gar nicht recht, was das ist, außer daß es aufregend sein müßte und voller Schwung Wie früher, als wir Murmeln spielten als wir Blumen klauten als wir bis zur Erschöpfung unter dem grauen Himmel herumrannten und das Lasso schwangen, als würde die Sonne scheinen Als würde man schon frühmorgens durch das offene Fenster schmettern:

Die Liebenden von Le Haaavre
Die brauchen kei-hein Meeer …

Das Meer, an das ich allein gefahren bin, in der letzten Septemberwoche – Ariane war stets sehr beschäftigt, Abel konnte Wasser nicht ausstehen, und außer Clara hatte ich keine Freundin. – Ich sah Clara so wenig wie möglich, denn dieser Bauch, der sich unter ihren Kleidern mit Entschiedenheit vorzuwölben begann und den ich als persönlichen Angriff empfand, machte mich rasend. Natürlich erzählte ich Ariane nichts mehr: Sie wäre in dieses neue zornige, ordinäre Lachen ausgebrochen, das ich fürchtete wie Zahnschmerzen.

Der Sommer war ziemlich verregnet gewesen, wie gewöhnlich, aber diese letzte Ferienwoche ließ sich brütend heiß an. An den Stränden herrschte Gedränge. Und ich wandelte durch die Wüste der Menschenmassen, mit einem in Abständen wiederkehrenden Drang, mich vor ein Auto zu werfen.

Gerda war so blond – mit Augen, kaum weniger blond als ihr Haar, und buchstäblich transparenten Augenbrauen und Körperhaaren –, daß ich sie angeschaut habe wie eine Erscheinung.

Sie hat mir zugelächelt und dann nach Feuer gefragt. Ich hatte keins. Sie las ein Buch auf Französisch, sprach aber mit einem Akzent, der ein bißchen an den von Gertrud erinnerte, allerdings etwas vornehmer. Sie war im Urlaub und würde tags darauf wieder abreisen, in ihr Land, wo das Meer sehr kalt war, ja, kälter als hier, wirklich sehr sehr kalt. Wir haben über Bücher geredet. Wegen der Sonne und ihres Akzents, der die Wörter ganz leicht verschliff, hätte man glauben können, anderswo zu sein, in einem Land, wo die Phantasie möglich wäre und der Zufall schalkhaft und keck. Nein, wirklich, ich habe kein Feuer … Sie hätte jemand anderes darum bitten können, aber daran haben wir nicht gedacht. Dann hat sich ihre Hand auf meine gelegt, auf der Matte Eine sanfte und gebieterische Hand, die zugleich ängstlich war und flehte Die Hand einer Gleichgesinnten. Von welchem Planeten war sie herabgefallen? Eine träge, heiße Flüssigkeit rieselte plötzlich aus meinem Bauch. Ich habe mich auf meine Waden gesetzt, um sie daran zu hindern, zu schnell zu fließen, im Sand zu versickern.

Ich habe Gerda in den Wald mitgenommen, das war der einzige Ort, der mir einfiel, der einzig mögliche. Es war weit und kompliziert, man mußte Busse nehmen Durch die Stadt laufen, mit unseren schweren Geschlechtern, in denen das Blut pochte, wie wenn man dreizehn-vierzehn Jahre alt ist und einen Pflock hineinrammen könnte, um es zu beruhigen zu töten zu heilen, man weiß es nicht …

Danach war es, als könnte ihre Haut die Sonne nicht abhalten Als würde sie ihr durch und durch gehen Sie, die Weiße, die Nackte Absolutes Gegenbild der Geliebten mit dem dunklen Haar mit den beweglichen Nachtaugen mit den zart nachgemalten Lippen … Ich denke an absolut nichts. Nicht einmal an die Insekten unter den Blättern Oder vielmehr, wenn ich daran denke, dann wie von einer anderen Welt aus, jener gemilderten und dunstigen, mir vertrauten und ungefähren Welt, in die ich ohne meine Brille eintrete und wo ich mich so unerreichbar fühle, daß ich mich kaum selbst bewohne.

Ich erinnere mich an die Sonne. Vor allem an die Sonne, es ist eigenartig. Sonne auf meinem Kopf, meinem Rücken und auf ihren unscharfen Zügen Und auch an ein wie immerwährendes Willkommensein – weit offene und gute Freundin –, wenn ich wiederkomme, verwirrt vor lauter Helligkeit, und sie es zuläßt, kauernd und sich schon wieder anziehend, daß meine Hände sich noch einmal nähern weit eindringen sich verlieren und grenzenlos im unerschöpflichen glatten Wasser ihres Körpers schwimmen.

Wir haben nur leichte und ungefähre Worte gesprochen Komm Ich liebe dich Ja Weiter. Danach schmiegte sie sich an die Stämme der Bäume, wie magnetisch von ihnen angezogen, in einer Art tiefen Wiedererkennens, in leidenschaftlicher Verbundenheit. Ich sehe sie an. Strahlend. Wie sie die Sonne durch die Poren aufsaugt und sie durch die Augen durch die Zähne durch die Haare wieder abgibt … Ihre Haut, frei von jeglicher Ausdünstung nach Eau de Toilette oder Deodorant, hatte den Geruch eines in der Sonne vertrockneten Meerestiers. Ihr Bauch war muskulös wie der eines kleinen Boxers.

Ich weiß nicht, ob ich sie hätte lieben können. Ich hätte es vielleicht versuchen sollen, statt wie im Schlaf ihre beruhigende und zerstreuende Transparenz zu durchqueren. Denn heute vermisse ich sie unendlich, wie das kräftige und duftende Wasser eines Bergbaches.

Anschließend hat sie mich mit auf den Campingplatz genommen, wo sie mit ein paar Freundinnen ihr Zelt aufgebaut hatte. Ein Dutzend Frauen jeden Alters, in Shorts oder Jeans, blond oder dunkelhaarig, aber alle mit fast zu strahlenden Augen, die Zähne der Sonne dargeboten wie die Haut Eine Art gemeinsamen, ununterdrückbaren Lächelns.

Sie haben mich in ihrer Mitte Platz nehmen lassen Sie redeten sehr freundlich in einer unverständlichen Sprache zu mir Sie haben mir Bier Cola Fruchtsaft angeboten, während sie weiter ihren Beschäftigungen nachgingen, Gemüse putzen, sich etwas abseits die Zehennägel schneiden, Strohhalme zum Trinken verteilen. Eine von ihnen schrubbte in einer lächerlich kleinen Schüssel voll Seifenwasser hartnäckig eine Jeans und schaute dabei in die Wolken. Sie haben mir Zigaretten angeboten, die ich geraucht habe, während auch ich durch die Äste des Apfelbaumes die Wolken betrachtete Sanfte Stimmen Die den Frieden des Abends nicht störten Die im Gegenteil daran teilhatten Unendliche Ruhe und Sicherheit ihrer Bewegungen: Es wurde, allem Anschein nach, kein Mann erwartet. Nichts drängte.

Ich sehe ihnen zu, wie sie miteinander reden einander streifen sich zulächeln – immer wieder dieses unglaubliche Lächeln, das wie aus den Tiefen emporsteigt, sich über die Freundin und die Freundin der Freundin ergießt und sich dabei erneuert Das ausbricht und wieder erlischt, wie durch eine unterirdische Wegstrecke verschluckt, und etwas weiter wieder auftaucht in anderen Augen auf anderen Lippen Ein unendlicher Kreislauf von Sanftheit von Zärtlichkeit von Vertrautheit … – Ich sehe ihnen zu, wie sie sich berühren sich einen Weg bahnen den Durchgang freimachen störende Haare beiseite schieben oder einen Ellenbogen ein Knie oder eine Pobacke, mit derselben Behutsamkeit, als würden sie die vom Wind zerzausten Zweige einer zarten Pflanze entwirren.

Ich fühle mich dunkel und schwer. Eine wahre Grabplatte.

Eine Frau von ungefähr vierzig Jahren – eine der lebhaftesten, lachlustigsten – hat angefangen, ihren Strohhalm in das Waschwasser zu stecken und es blubbern zu lassen. Sie hat meinen Blick gesehen. Sie hat gelacht, meine Haare gestreichelt und mir mit sanfter, ironischer Stimme einen längeren Vortrag gehalten.

Sie sagt, übersetzt Gerda, daß du ein ernsthaftes großes Mädchen bist ... Warum so traurig? Sie sagt, als sie klein war, hätte sie so viele kleinere Geschwister gehabt, daß sie nie Zeit hatte, das zu machen. Sie sagt, daß du das nicht verstehen kannst ... daß alles verkehrt gelaufen ist. Sie sagt, du bist sicher intelligent. Sie sagt, eines Tages wirst du es genauso machen. Sie sagt ... Nein, nichts.

Und da ich darauf bestehe, es zu erfahren: Sie sagt, du solltest deinen Hemdkragen ein bißchen aufknöpfen, du siehst aus wie ein kleiner Notar.

Unsicher, was die Farbe meiner Wangen angeht, knöpfe ich den Kragen meines Hemdes auf. Und diese Frau, die so alt ist wie meine Mutter und aussieht wie eine Jugendliche, die der Wind mit einer leichten Patina überzogen hat, beugt sich vor und streift meine Lippen mit ihrem heißen schwesterlichen Mund.

„Bei uns“, erläutert Gerda eilig, „küßt man alle Leute so, wenn man sie gern hat, sogar Kinder ...“

Um zu zeigen, daß ich es richtig verstanden habe, streichle ich die Hand, die auf meinem Nacken liegengeblieben ist. Ich möchte bei ihnen bleiben. Mit ihnen weggehen In ihrer Wärme im Geräusch ihrer Stimmen schlafen. Dann sage ich, ich müsse nach Hause, meine Mutter würde sonst die Polizei die Krankenhäuser die Feuerwehr und sogar das Leichenschauhaus alarmieren ... Sie sagen, alle Mütter seien so. Sie da, sie habe Kinder, und auch sie Und sie Sie sagen, du mußt gehen Sie sagen, schreib, wenn du willst Komm uns besuchen, wenn du willst Sie sagen … *Bye, Cameye, bye* …

Sie haben mich in ihre Arme geschlossen in ihre Haare gehüllt Mich mit ihren strahlenden, fröhlichen Blicken bedeckt Sie haben ihre Lippen auf meine gelegt, voller Innigkeit Zärtlichkeit Leichtigkeit guter Laune Und voller Ernst auch, bei manchen.

Ich bin gegangen, mit mehreren Adressen in der Tasche, eine unwahrscheinlicher anmutend als die andere, und mit einer kleinen Flamme in der Mitte meines Körpers. Dann war es an der Bushaltestelle sehr windig: Ich habe den Kragen meines Hemdes wieder zugeknöpft und mich zusammengekrümmt wie ein Kerzendocht, der in seinem eigenen Saft ertrinkt.

Herbst. Die weiche Schicht von nassen Blättern unter den Sohlen. Das Klatschen von Wasser gegen die Scheiben. Ein Grau-in-Grau, das sich in seiner Schwere niederläßt, als sollte es für immer sein, und das den Horizont begrenzt auf dieses ewige Kommen und Gehen der Schuhe unter dem Regen, durch die Pfützen, mit aufschlagendem Regenmantel, durch den von Tropfen durchsetzten Wind.

Im übrigen ist der Winter genau wie der Herbst, oder beinahe. Und der Frühling wie der Winter, außer daß bei Schönwetterversprechen der hiesige Nebel nach Erdöl riecht, wegen der Raffinerien.

Nachts wache ich über den Schlaf von Gymnasiastinnen, die so alt sind wie meine kleine Schwester Ariane, aber noch in den Kinderschuhen stecken: Sie können noch wegen ein paar Stunden Nachsitzen weinen. Tagsüber gehe ich an die Uni, oder ich arbeite in meinem Zimmer, wo ich unermüdlich Arianes Fläschchen und Döschen den Platz streitig mache, und ihren langsam einstaubenden Photoromanen, die sie jedoch konserviert wie Relikte und die, wenn sie ihre Anfälle plötzlicher Mißgunst hat, um keinen einzigen Millimeter verrückt werden dürfen.

Auf meinem alten kleinen Schülerinnenpult habe ich kaum genug Platz, um die Ellenbogen aufzustützen, und meine Mutter beschwert sich, daß sie darauf nicht ordentlich „reinemachen“ kann.

Wegen dem Zimmer, hatte meine Mutter gesagt, das war neulich nur Spaß. Es macht mir nichts aus, es sauberzumachen, weißt du, ich bin es gewohnt ... Arbeite du. Sieh zu, daß du vor der Nacht mit diesem Haufen Papierkram zu Rande kommst, ich finde, du schläfst nicht genug, das ist nicht gut.

Und außerdem, sagte meine Mutter, während sie Arianes Fläschchen in einer Ecke der Kommode zusammenschob, um den Rest abstauben zu können, wäre es nicht so gemacht, wie ich mir das vorstelle, ich kenne dich. Ich mag es, wenn ein Zimmer, das man gerade saubergemacht hat, aussieht wie ein Zimmer, das man gerade saubergemacht hat, und nicht wie eine Rumpelkammer ...

Arbeite doch, sagte meine Mutter und schob mich zu meinem Stuhl, es hilft mir in keiner Weise, wenn du mittendrin stehst So Du bist eben eine Intellektuelle Und ich hab keine Ahnung, wie das kommt, das hatten wir nämlich noch nie in der Familie, aber was soll's ...

„Es ist wie mit allem“, sagte meine Mutter und schüttelte ihr Staubtuch aus dem Fenster „Es ist wie mit Bullen und Pfaffen und Militärs: Es ist bei uns nicht so üblich, aber man braucht welche ... Und wenn du deinen Lebensunterhalt verdienen könntest wie ein Mann, das wäre nicht so übel: Es muß schön sein, von niemandem abhängig zu sein, abhauen zu können, wenn man die Nase voll hat ... Also ich bin dafür.“

„Glaubst du, deine Schwester schafft ihre mittlere Reife?“ sagt meine Mutter, als sie das Fenster wieder zumacht.

„Sie muß es nur wollen ... Und nicht zu faul sein.“

„Sprich nicht so“, hat meine Mutter gesagt. „Die Schule ist nicht jedermanns Sache ...“

„Das ist es nicht, Mama. Mit Ariane ist etwas passiert."

„Was?"

„Keine Ahnung. Sie ist auf einmal plemplem geworden."

„Hör auf!" hat meine Mutter gesagt und das Fenster wieder aufgerissen, als würden wir gleich ersticken. „Deine Schwester ist völlig normal. Sie ist wie alle anderen. Du bist es, die ... Die die Leute für die letzten Deppen hält!"

Ich sage nichts mehr. Ich betrachte meine Photokopien, ohne sie zu sehen. Es tut mir etwas von weit her weh, als wäre es an meiner Leiche.

„Meine arme Kleine", sagt meine Mutter und schließt plötzlich die Arme um mich, über die Stuhllehne hinweg „Ich weiß nicht, wo du herkommst, aber du bist nicht von hier ... Ich meine ... Du hättest nicht hier bei uns geboren werden sollen. Du wirkst immer, als wärst du an einen Pflock angebunden."

Ich ziehe meine Mutter auf meinen Schoß. Ich sage ihr, daß das nicht wahr ist, daß ich doch von hier bin. Ganz und gar. Daß ich von ihr bin, die ebensogut nach Australien hätte gehen können ...

„Ach!" sagt meine Mutter mit einem erloschenen Lächeln. „Australien ..."

„Die Känguruhs, Mama!"

„Die Elefanten!" sagt meine Mutter, wieder mit etwas Licht auf dem Grund ihrer Augen.

„Aber in Australien gibt's doch keine Elefanten, Mama."

„Noch nicht mal ganz kleine?"

„Nein. Nein, noch nicht mal ganz kleine. Überhaupt keine Elefanten, ganz sicher."

„Na also, siehst du", hat meine Mutter gesagt. „Da konnten wir doch genausogut hierbleiben ... Die Elefanten, das hätte mir sehr gefehlt."

Ich vertiefe mich in Bücher, die immer dicker werden Immer finsterer Ich verschlinge sogar mehr davon, als der Lehrplan es fordert. Die Geschichte einer Menschheit, die ihre Zeit damit zubringt, sich gegenseitig zu verraten zu zerfleischen zu verschlingen, auf den Schlachtfeldern ihre Eingeweide zu entrollen, ihre Brüder vom Vortag in blutige Streifen zu zerschneiden, ihre Alten ihre Kinder zu verbrennen, im Blutrausch Städte anzugreifen, die schon in Flammen stehen oder in Schutt und Asche liegen ...

Wissen. Alles wissen. Bloß nichts mehr nicht wissen.

„Aber wozu denn?“ jammert meine Mutter. „Das waren schreckliche Dinge, man muß sie vergessen, sonst kann man nicht leben ...“

„Hör auf“, sagt meine Mutter. „Ich kann es nicht mehr hören. Wir können doch nichts machen gegen solche Dinge ... Ich frage mich wirklich, warum man Kindern wie dir diese Geschichten beibringt!“

Sie sind taub. Taub wie man es sein muß, wenn man weiterleben will Wenn man sein Stäubchen wischen will, zum Klang des voll aufgedrehten Radios, das Schlager oder Zahnpastareklame plärrt. Das mit der Zahnpasta ist ja noch in Ordnung: Man putzt sich bei uns nicht genug die Zähne, die Münder der Kinder sind voller Ruinen ...

Meine Mutter geht das Radio ausmachen und kommt zurück, um mit mir zu reden Man kann nichts machen, sagt meine Mutter Es ist ein Verhängnis Die Männer sind verrückt. Verrückt. Alle zwanzig Jahre gibt es einen Krieg Ein Glück, in einem gewissen Sinn, daß Abel ist, wie er ist, wenigstens wird man ihn mir nicht wegnehmen, um einen Kriminellen oder einen kleinen Toten unter einer Fahne aus ihm zu machen ... Aber ich halte dich vom Arbeiten ab ...

Ich arbeite. Die Massaker werden bald keine Geheimnisse mehr für mich haben, weder ihre Ursachen noch ihre Konsequenzen, die in weiteren Massakern bestehen. Und wenn ich die Augen hebe, sehe ich die Wimpern meiner kleinen Schwester Ariane, steif wie die Borsten einer Drahtbürste, gerüstet für eine derart lächerliche Parade, daß ich spüre, wie meine Adern sich zusammenziehen und mein Blut mit Gewalt in sie hineindrängt. Ist das denn alles, was man den Mädchen beibringt – den Mädchen hier bei uns, den NORMALEN Mädchen –, in dieser technischen Oberschule, die zukünftige Sekretärinnen heranbildet: die Kunst, sich anzumalen wie Karikaturen und sich mit Geschick und guter Laune die Knöchel zu verknacksen? Oder ist Ariane schwachsinnig geworden?

Ariane, hör mal zu ... Ariane ... Und Ariane sagt, ich würde sie nerven, und natürlich nervt es, vor allem kurz vor dem Tanzengehen. Es ist gerade erst ein paar Monate her, da tanzte auch ich, voller Leichtsinn und Verblendung Ich würde immer noch tanzen, wenn ich könnte Also verstehe ich, ich verstehe.

Aber ja doch, ja, räumt Ariane ein Aber wenn du wüßtest, wie scheißegal mir das ist ... Diese Leute sind tot, sagt Ariane, und wir, wir LEBEN! Und du kannst mir über die Toten von vor zwanzig Jahren oder vor dreitausend Jahren erzählen, was du willst, das wird niemanden wieder zum Leben erwecken, so oder so ...

Ich weiß. Und es wird auch die nächsten nicht daran hindern, übereinander herzufallen, haßerfüllt und munter, als wäre es das erste Mal. Selbst wir haben früher Krieg gespielt Wir fanden es unheimlich lustig, Gefangene zu sein und unter der Folter nichts zu sagen Aber wir brachen oft aus, und jeder weigerte sich zu sterben, weil das nicht galt. Vielleicht werden die Männer nie groß. Vielleicht bilden sie sich alle ein, daß die echten Kugeln nur für die anderen sind und daß sie selbst zurückkommen werden, mit blumengeschmückten Panzern und Musik, um die Mädchen zu pflücken, die sich um sie herumdrängen und bravo schreien und die sie sich schließlich wohlverdient haben ... Die Geschichte ist eine nutzlose Wissenschaft, Scheiße. Ich gebe es auf.

„Das ist doch nicht dein Ernst!“ sagt Clara.

„Was willst du dann machen?“ sagt Clara, deren Bauch ihr

Kleid inzwischen zum Zerreißen spannt und die beim Gehen die Hände darauf legt, wie um ihn vor Erschütterungen zu bewahren.

Ich habe keine Ahnung. Ich werde mir Gleichgesinnte suchen, das muß es doch geben, auch wenn ich meine Adressen verloren habe. Und dann? Keine Ahnung. Ich werde mit ihnen leben Wir werden miteinander reden, mit Stimmen, die von Lächeln erfüllt sind Wir werden unsere eigenen Spiele spielen Wir werden Seifenblasen machen und Rauchringe und Blumensträuße. Und dann werden Soldaten kommen und uns unter einem beliebigen Vorwand töten, es gibt immer welche – Vorwände und Soldaten –, und das wird in einem Geschichtsbuch verzeichnet werden, bloß eine kurze Notiz, über eine so unbedeutende Anekdote lohnt es sich nicht, sich auszubreiten, sie hatten nicht einmal Kanonen.

Du Verrückte, sagt Clara mit einem ungeschickten Impuls des ganzen Körpers, wie um mich vor dem Fallen zu bewahren – aber sie ist es, die aus dem Gleichgewicht gerät, und ich fange sie mit einer gereizten Bewegung auf – Ich glaube, du bist ein bißchen depressiv, Camille Dich behandeln lassen, Camille ... Na was denn sonst.

Ich knalle überall die Türen Bei meiner Mutter Im Schlafsaal Bei Clara. Abgesehen von den Gören, die an den Wänden entlangschleichen, sobald ich auftauche – diese verspäteten, aber bestimmt gelungenen Arianes, die in mir die Lust wecken, sie auszurotten – behandeln mich alle wie eine Mischung aus Pulverfaß und rohem Ei.

Bis ich schließlich wieder einmal bei Margot Zuflucht suche, wo gerade über Marie-mit-den-beiden-Geschlechtern geplappert wird, die endlich in Rente gegangen und von einem jungen Kerl mit Holzbein abgelöst worden ist. Der junge Kerl ist um die Vierzig und trägt ein kleines Band am Knopfloch, das ist alles, was es über ihn zu erzählen gibt ... Ich höre ihnen zu und pflichte ihnen bei, im Bewußtsein, eine tückische Befangenheit mitgebracht zu haben – da sind all diese Bücher gewesen, die man bei uns nicht liest. Und Clara, diese Freundin, die nicht „aus unserer Welt“ ist. Und dann dieses nicht enden wollende Studium, das die Mütter in ein Meer von Ratlosigkeit stürzt – willst du denn dein ganzes Leben in der Schule verbringen? –, das man mir aber verzeiht, da ich dessen Kosten nunmehr selbst trage und den guten Geschmack besitze, meinen Eltern nicht mehr auf der Tasche zu liegen.

Man rückt zusammen   Man bietet mir von dem totgekochten Kaffee an   Margots Bärtchen ist noch weißer geworden   Gertrud bietet mir von ihren Zigaretten an oder nimmt welche von mir, mit einem finsteren Blick, verloren, unentzifferbar und wie leise eingeschüchtert. Micheline niest auf ihr Strickzeug, und das Gespräch versandet.

Ich stürze meinen Kaffee hinunter. Ich haue ab. Ich kratze die Kurve. Sogar das bloße Höflichkeitsgeflachse ist mir lästig und sinnlos geworden – es ist dumpf verstörend. Als wüßte jede von ihnen genau, daß ich nie eine Mutter wie sie werden würde, allerhöchstens eine Dame, die unbemerkt an ihrer Seite herangewachsen ist, ohne daß man etwas hätte ahnen können, sozusagen irrtümlicherweise   Und die sich dazu zwänge, mit ihnen zu reden, um so zu tun, als wäre sie „einfach“.

Aber sie freuen sich doch über meinen Besuch, wie über ein anständiges Benehmen, das man mir hoch anrechnen muß. Denn die Leute hier bei uns sind tapfer, sie nehmen sogar Verrat hin, solange sie nicht zuviel Verachtung darin aufspüren. Bei Margot steht meine Tasse immer für mich bereit, das weiß ich. Aber es ist ein ganz klein wenig wie die Tasse eines Gespenstes.

Anderswo ist es dasselbe, nur spiegelverkehrt. Ich bin ein Moorgespenst   Eine Person mit recht eigenartigen „Beweggründen“, wie man sagt, und die sich immer entweder zu nah oder zu weit weg vom Boden bewegt, jedenfalls nie auf der vorschriftsmäßigen Höhe: Die Großen Männer interessieren mich nicht, ich habe den Fehler begangen, es auszusprechen. Ich mache mir albernerweise Gedanken um die Geschichte der Anonymen Diese wirre Menschheit Manchmal großzügig Oft infantil Heroisch Borniert. Diese Völker, die hochkochen und überlaufen und zumindest teilweise verkohlen wie Milch auf dem Feuer – ohne es zu wissen und ohne etwas zu begreifen.

Und doch sind sie an den Kriegen und Revolutionen mindestens ebensosehr beteiligt wie die Großen Männer. Und ich, die ich bei diesen Fußgängern der Geschichte aufgewachsen bin, ich schulde ihnen eine Art Gerechtigkeit, ich weiß nicht welche. Ich weiß, daß sie mich nicht darum gebeten haben und daß sie mir nichts dafür zurückgeben werden, all diese Roberts (mein Vater) Odettes Aimées Margots oder Gertrud die Deutsche, all jene, die ihr Schicksal erfüllt haben, ohne je einen Sinn darin zu suchen, die einen schimpfend, die anderen schweigend, ohne je über etwas zu entscheiden. Und die nach dem Ende der mörderischen Paraden, verwundert, noch am Leben zu sein, auf ihre Baustellen in ihre Fabriken und zu ihren Kindern zurückgekehrt sind Wie früher So auch in der Zukunft.

„Und was willst du DAMIT anfangen?“ hat mich eine Kommilitonin mit kühler, wohlerzogener Stimme gefragt. „Das weiß man doch alles!“

Möglich. Aber es genügt nicht, finde ich. Ich werde überall sagen – wenn ich meinen Abschluß bekomme und das Recht zu reden, das eigentlich jeder haben sollte –, daß Größe nichts mit Berühmtheit zu tun hat. Daß ersteres mit bloßem Auge nicht auszumachen ist. Und letzteres, das ergibt sich eher aus der glücklichen Fügung von Umständen denn aus persönlichen Qualitäten.

„Sie hätten besser daran getan, Philosophin zu werden“, hat ein Assistent mir verkündet, als würde er mich über Bord werfen.

„Ich kann dich verstehen“, sagte Clara in einer Vertrautheit, wie wir sie seit langem nicht wiedergefunden hatten. „Da siehst du, daß du es nicht einfach aufgeben kannst …“

Aber abgesehen von diesen Momenten eines seltsamen Beschützenwollens, die von Clara ausgingen, als gehörte ich zu ihrem eigenen Körper – genauso, wie sie ihren riesigen Bauch vor Erschütterungen und Unfällen schützte –, fühlte ich mein Leben abdriften und herumwirbeln wie verrückt, beim kleinsten Hindernis bereit, sich umzudrehen und Amok zu laufen. Und das, ohne daß ich genau hätte sagen können, von welchem Zeitpunkt an der anfangs eingeschlagene Kurs verfälscht worden, verlorengegangen war: von den Büchern an – den ersten oder denen von Clara? Von Clara selbst an? Oder aber von jenem Eklat an, bei Margot, der die Mütter hatte auseinanderstieben lassen, sie von ihren Stühlen entwurzelt, in alle vier Winde zerstreut hatte, um nie wieder gemeinsam verrückt zu sein um ihre Tassen totgekochten Kaffees herum, an denen sie sich die Fingerspitzen verbrannten?

Clara kann mir keine Antwort geben – sie hat nie auf Fragen antworten können, auf die echten. Aber ich weiß, daß es nicht an ihr ist, diese hier zu beantworten. Wenn sie nur auf die anderen antworten würde, die, die ich ihr noch manchmal stelle, wenn ein stechender Schmerz mich durchzuckt wie ein Stromschlag. Aber dann spannt sich ihr schwarzer Blick an den Rändern, ohne daß sie auch nur auf die Idee käme, ihn mir zu entziehen, denn Clara ist die Offenheit selbst Wahrscheinlich werde ich es irgendwann lernen, diese angeborene Unkenntnis ihrer eigenen Abgründe zu akzeptieren, zu tolerieren, an die sie sich klammert wie an einen Rettungsring.

„Aber warum, WARUM hast du … War es, weil ich Geburtstag hatte? Antworte doch!"

„Nein … Ich weiß es nicht."

Und später, als ich ihr von Gerda-der-Blonden erzähle, ohne recht zu wissen, warum ich das eigentlich tue, finde ich etwas über meine eigenen Beweggründe heraus, aber noch immer nichts über die nebulösen, sorgfältig getarnten Gefühle von Clara.

Clara, die mit einem Ausdruck, als würde sie sich selbst abhorchen und zu einer überraschenden Diagnose kommen, sagt Tja, siehst du ... Ich bin nicht eifersüchtig.

„Durch was für ein Wunder solltest du das auch sein? Was soll daran seltsam sein, daß du nicht eifersüchtig bist, wenn ich dir doch völlig schnuppe bin!"

Du bist ungerecht, hat Clara gesagt, deren Blick an diesem Tag sehr tief in mich eintauchte. Wenn ich von meiner Zuneigung rede, von ... meinen Gefühlen für dich, bist du wie taub. Du willst nichts davon hören, weil es nicht das ist, was du verlangst.

Ich habe wieder die Tür zugeknallt. Eines Tages Eines Tages werde ich sie nicht mehr lieben. Mein Wort darauf!

Und jetzt, Jahre später, lasse ich diese tote Liebe versinken, aus deren Leiche, die noch nicht lange genug ertrunken ist, Blasen aufsteigen, während sie ihren Platz sucht. Die unter den Rippen platzen wie die Blasen eines Lungenemphysems. Ein sehr spitzer, sehr kleiner Schmerz, der mit dem Zerplatzen wieder verschwindet.

Was würde es nützen, den Faden wiederzufinden – der zwangsläufig unauffindbar ist, weil so verwickelt mit einer Vielzahl von anderen –, der zu dem führt, was ich geworden bin, da es nun doch nicht mehr rückgängig zu machen ist?

Die Geschichte der Mütter hatte ich nicht so genau weiterverfolgt. Du warst schon immer neben dir, sagte meine Mutter. – Heilige Camille von der Abwesenheit, sagte Ariane, seit sie mit diesem Richard verkehrte, dem mit dem tollen Auto, bitte anschnallen, wir landen in fünf Minuten! – Ich mochte die Art Humor von diesem Richard nicht, der aus Arianes Mund sprach. Und meine Mutter beachtete ich auch nicht besonders. Aber dann gab es bei Margot einen solchen Eklat, daß ich nicht länger alles ignorieren konnte.

„Es ist dicke Luft", hatte Ariane gesagt und nacheinander beide Hände ausgeschüttelt. „Oje oje oje, so was von dicker Luft!

Stell dir vor, Mylène ist mit einem Typ aus ihrer Fabrik durchgebrannt. Gertrud ist fuchsteufelswild, sie sagt, sie bringt ihn um Ein Faulenzer ein Dingsda ein Was-weiß-ich, kurz, er ist das Allerletzte, ihr zufolge ... Daß ihre Tochter schwanger ist, na gut, aber doch nicht von so einem Subjekt. Sie will nicht, daß sie es behält ..."

„Hör auf, du machst mich ganz wirr im Kopf ... Wen – das Subjekt?"

„Das Baby. Das Subjekt übrigens auch nicht. Na ja, kurz, sie hat sie rausgeschmissen."

„Wen? Mylène?"

„Beide, Mylène mitsamt dem Typ. Und jetzt steht sie unter seinem Fenster und brüllt ‚Komm sofort zurück!'"

„Was will sie mit dem Typ?"

„Verarsch mich nicht, ja. Sie will Mylène. ‚Komm zurück, ich bin deine Mutter!' Was für ein Zirkus!"

„Na und! Mylène ist volljährig, wo liegt das Problem?"

„Ja schon, zum Glück für sie. Das Problem? Also, die Mütter, die halten Gertrud jetzt Moralpredigten: Das mußte ja so kommen Weißt du noch, wie sie klein war und du sie immer mit Hausarrest bestraft hast Ganze Tage saß sie am Fenster!... Und Gertrud, die heult wie ein Schloßhund, und Mama erzählt ihr, daß es jetzt ein bißchen spät ist zum Weinen, daß man erntet, was man gesät hat, und das ganze Blabla ..."

Da sind wir wieder. Ariane ist mitten in einer „Papagei-Sitzung". Aber mir macht das keinen Spaß mehr, und ich habe Kopfschmerzen.

„Ach, Ariane. Mach mal 'nen Punkt, du machst mich ganz konfus."

„Tja, meine Gute", hat Ariane mit einem listigen Blick gesagt. „Tja, wie du willst, aber es betrifft dich auch. Weil sie nämlich wegen dir fast aufeinander losgegangen sind."

„Was?"

„Jawohl. Weil von wegen, was man gesät hat, da ist Gertrud hochgeschnellt wie eine Sprungfeder und hat zu Mama gesagt, sie solle bloß nicht angeben mit dem, was sie ausgebrütet hätte. Auweia! Da hättest du Mama sehen sollen! Wenn wir nicht eingegriffen hätten, Margot, Micheline und ich, dann wäre sie wie ein Känguruh auf Gertruds Bauch gesprungen!"

An deiner Stelle, sagte Ariane, würde ich da nicht so lachen. Ich weiß nicht, was du mit Gertrud gemacht hast oder nicht, das geht mich nichts an, aber sie trägt dir irgendwas gewaltig nach. Paß bloß auf.

Echt wahr, sagte Ariane, ich frag mich, wie du das anstellst: Man sieht dich kaum, man hört dich nie, und überall verbreitest du Chaos. Na ja, wie auch immer. Mama hat eine Erklärung verlangt. Sie hat zuerst geglaubt, daß Abel gemeint wäre, und hat rot gesehen. Dann hat sie zu verstehen geglaubt, daß es vielmehr um mich ginge, da hat sie purpur gesehen. Aber als sie kapiert hat, daß es um dich ging, hat sie sich aufgerichtet bis an die Decke und hat ausgerufen MEINE Tochter! Was will man denn gegen MEINE Tochter sagen, die ihren Geraden Weg verfolgt, die ihren Studien nachgeht wie niemand sonst – wortwörtlich! –, die man noch nie mit einem Jungen hat herumhängen sehen ... Ja, genau, hat Gertrud gebrüllt, reden wir darüber. Oh! Die Jungs ... Es gibt ja nicht nur die Jungs auf der Welt Man kann auch auf die abartigsten Ideen kommen, und sogar verheirateten Frauen und Müttern bis in ihre Wohnungen nachstellen, und außerdem brauchst du ja nur mal den Umgang von DEINER Tochter zu studieren. Stell deine eigenen Nachforschungen an, ich bin kein Bulle, und so weiter und so fort ..."

„O weh! Und was hat Mama gesagt?"

„Pfuuu ...", sagt Ariane, „mach dir keine Sorgen. Sie hat krebsrot gesehen, aber sie hat keinen Fingerbreit nachgegeben. Sie hat gesagt, da lachst du dich krumm, sie hat gesagt, daß du wenigstens nicht Gefahr läufst, dir irgendwo unverhofft ein Kind zu holen und dein Leben und dein Studium zerrr-störrrt zu sehen! Mama ist echt klasse. Göttlich. Ich kann es noch gar nicht fassen. Aber es hat ihr einen Schlag versetzt, das ist sicher. Wir werden das irgendwie auffangen müssen ..."

Na ja, so ist das, hat Ariane gesagt. Gertrud und Mama reden nicht mehr miteinander. Die anderen sind in der Klemme: Es ist nicht der richtige Moment, Gertrud fallenzulassen, es ist nicht der richtige Moment, Mama fallenzulassen, und die beiden wollen nichts mehr davon hören, sich zusammen bei Margot zu treffen. Tränen und Geschneuze auf allen Seiten. Gertrud ist zu Micheline gegangen. Provisorisch. Und nirgends gibt es mehr Kaffee, das habe ich gerade noch aufgeschnappt. Was für ein Tag!

„Schau", sagte Ariane zu mir, die plötzlich unversehens in die Kindheit zurückfiel. „Schau, ich mach die Blume. Und jetzt – schau! – den Schmetterling."

Ich schaue meiner kleinen Schwester Ariane zu, wie sie die Blume macht, sich blitzschnell auf dem Absatz eines Stöckelschuhs im Kreis dreht, mit ihrem Rock, der sich aufbläht sich hebt sich zum Kelch öffnet, und dann, mit geschlossenen Beinen und die Seiten des riesigen Rockes bis über ihren Kopf hochgehoben, zwischen zwei Fingern, voll entfaltet, reglos, offen, der Schmetterling.

„Paß auf, daß du nicht aufgespießt wirst!" hat meine Mutter gesagt, mit ihrer Lieblingsschulter zuckend, auch wenn sie ganz rote Augen hatte.

Die Sonne scheint nicht, und trotzdem tut es mir im Augenhintergrund weh, wenn ich durch das Fenster hinausschaue, dahin, wo der Wind die Blätter durch den Rinnstein wälzt. Die Bilder. Das ist es: zu viele Bilder, immer, unter meinem Schädel oder an den Rändern oder etwas weiter hinten, ich weiß nicht, egal   Jedenfalls da, wo ich gern nur Weiß hätte   Oder Grau   Jedenfalls etwas Ausdrucksloses, etwas Erholsames für den Geist, etwas vollkommen Neutrales für das Herz oder was dessen Stelle einnimmt.

Eine Art Gummi, um das Gefühl auszuradieren und seine blutigen Fasern und seine Mäander und seine Schreie ...

Wir, Abel und ich, sind am Ende der Straße über den Typ mit dem tollen Auto gestolpert, der Richard heißt. Er fummelte an Ariane herum, die gegen die Wagentür lehnte. Auf einmal ist Abel auf ihn losgegangen, mit seinen Stiefeln, die ihm um die Waden schlackerten.

„Das ist meine Schwester", hat Abel fordernd gesagt.

„Das ist mein Mädchen", hat der Typ gesagt und sich kaputtgelacht.

Vor diesem Mann – einem echten: mindestens doppelt so alt wie Ariane – hat Abel sofort die Fassung verloren. Als ich seine Mundwinkel gesehen habe, die anfingen zu zittern, habe ich den Typ von Kopf bis Fuß gemustert – unsympathisch – und zu Abel gesagt Los komm, wir gehen.

„Ich komme gleich!" hat Ariane uns nachgerufen, während ich Abel an seiner Flinte wegzog wie einen großen Esel.

Wir haben den Typ noch lachen hören, und ich habe die Flinte fester gepackt, die Abel mir halbherzig streitig zu machen versuchte.

„Wird ... Wird sie den heiraten?" hat Abel gefragt, der schon Feuchtigkeit abzusondern begann. „Sag? Wird sie weggehen?"

Ich habe geknurrt, das seien alles Kleinmädchen-Dummheiten, der Echte Mann, das Auto und das ganze Pipapo, und es gebe keinen Grund, sich Sorgen zu machen. Man kann nicht gerade sagen, daß ich Weitblick bewies.

„Bist du sicher?" hat Abel gesagt. „Der gefällt mir nicht, der Typ."

Ich habe Abel in die Küche gesetzt, bis Ariane zurückkam. Seine Hände fingen an, sich von allein zu winden. Er hätte sein Beruhigungsmittel gebraucht, aber das wollte er nicht mehr nehmen. Und mein Vater war nicht da – meine Mutter im übrigen auch nicht, wahrscheinlich war sie mit ihren Freundinnen dabei, die Vorwürfe und die Fragen der Rangordnung zu diskutieren, die sie daran hinderten, sich mit Gertrud wieder zusammenzuraufen. – Jemand hätte Ariane warnen müssen, daß sie nicht sofort nach Hause kommen solle. Aber da hörte man sie schon im Treppenhaus pfeifen. Und ich konnte ja auch nicht voraussehen, was passieren würde.

„Schlampe!“ hat Abel zu Ariane gesagt. „Schlampe! Was ... Was ... Was haben wir dir getan?“

„Du spinnst wohl!“ hat Ariane gesagt und ihre Tasche auf einen Stuhl geworfen.

„Und ich?“ schrie Ariane. „Darf ich erfahren, was ich euch getan habe?“

Abels Finger wanden sich, als wären die Gelenke herausgesprungen. Sie verhakten sich ineinander, knackten, rutschten, zuckten und verhakten sich von neuem, buchstäblich voneinander losgelöst, wie lauter kleine Schlangen mit kaputten Rippen.

Ariane ist still geworden, ihr Blick völlig starr, und Abel hat Arianes Blick gesehen, der auf seine Hände gerichtet war. Er hat eine Bewegung angedeutet, um sie zu verbergen, dann hat er sich aufgerichtet, schon stocksteif und aus allen Löchern triefend, mit dem Strahlen in seinen Augen, das sich durch seinen Kopf bohrte. Er hat noch versucht, etwas zu sagen, oder war es bloß ein nervöses Zucken seines Mundes, aber es war zu spät   Er strahlte   Er loderte   Er ist umgestürzt wie ein Baum, wobei er den Stuhl zerschmetterte, den wir nicht schnell genug hatten wegziehen können.

„Scheiße“, hat Ariane gesagt. „Er hat sich bestimmt weh getan.“

Während wir ihn mit Müh und Not auf einen Bettvorleger schleiften – er war viel zu schwer geworden, als daß wir ihn noch hätten hochheben können –, hat Ariane sich mit dem Ärmel über die Stirn gewischt, ohne sich um ihre Schminke zu kümmern, und gesagt: „Hast du gesehen? Ich hab gedacht, er stürzt sich gleich auf mich. Ich krieg langsam Schiß vor ihm. Was hab ich denn getan?"

Ich habe gesagt Gar nichts! Halt einfach die Klappe. Meinst du, das ist der richtige Moment zum Diskutieren? Wir haben Abel umgedreht, der am Rücken und am Oberschenkel leicht blutete. Ich habe in seinen Haaren herumgewühlt – die vor Dreck starrten, wie üblich –, auf der Suche nach einer eventuellen Wunde, aber da war nichts. Nur eine Beule, die anzuschwellen begann.

Dann ist meine Mutter nach Hause gekommen, zur gewohnten Zeit, und hat uns geholfen. Ich frage mich, sagte Ariane, ob die Leute nicht recht haben Ob er nicht mal gefährlich wird Mama, ich schwör's dir, wenn du gesehen hättest ... Ich hab gedacht, er würde mich umbringen.

„Was ist denn passiert?" hat meine Mutter gefragt, mit einer ungewohnten Strenge, die offen gegen Ariane gerichtet war.

„Gar nichts", hat Ariane geschrien. „Absolut nichts, frag Camille, zum Glück war sie dabei, sonst hätte es WIEDER geheißen ... Ich sag's dir NOCH MAL, der dreht völlig durch!"

„Red keinen Unsinn", sagte meine Mutter zu Ariane. „Abel ist ein armer Junge. Du bist normal, du solltest versuchen, das zu verstehen. Wenn ihr euch nämlich auch noch gegen ihn stellt ... Meine armen Kinder, was soll dann aus uns werden!"

„Wenn die Feststellung, daß er immer mehr durchknallt, heißt, sich gegen ihn zu stellen", beharrte Ariane, „ja, dann bin ich gegen ihn. Scheiße noch mal! Macht die Augen auf, statt sie euch auszustechen!"

Meine Mutter, die noch nie irgend jemanden geschlagen hatte, hat Ariane geohrfeigt.

„Das wird dir leid tun", hat Ariane gesagt. „Ich warne dich, ich hab es SATT, unter Irren zu leben."

„Wenn du noch eine willst", hat meine Mutter ruhig geantwortet, „dann bekommst du sie von deinem Vater."

Ariane verstummte, in der Erwartung, daß ich etwas sagen würde. Und ich, ich habe feige geschwiegen.

Rückblickend glaube ich, daß ich tatsächlich betäubt war von der Entwicklung der Ereignisse. Die Hälfte der Woche arbeitete ich bis spät abends für meine Seminare. Die andere Hälfte schlief ich nur mit einem Auge. Ich überwachte Abel, ich versuchte Ariane zu verstehen – oh, ohne besonderen Scharfsinn, das ist wahr – Ich suhlte mich wegen Clara in einer ziemlich abstoßenden Verzweiflung (in diesem Punkt hatte Ariane recht), und die Lichter, die mir über mich selbst aufgingen, waren ganz besonders flackernd, was immer schwer zu ertragen ist.

Aber Tatsache ist: Ich habe nichts gesagt.

In ein paar Wochen würde Frühling sein. Man mußte auf den Kalender schauen, um es zu wissen. Abel ist wieder zu sich gekommen. Er hat gesagt, es sei meine Schuld. Ihre. Ihre Schuld. Camilles. Es sei meine Schuld, wenn Ariane ... Und daß er mich irgendwann umbringen würde. Seine Hände begannen sich wieder zu winden. Meine Mutter flößte ihm ein Beruhigungsmittel ein, ohne Diskussion. Dann hat sie uns der Reihe nach angeschaut, Ariane und mich und Abel, der noch immer zitterte. Sie hat gesagt Was sind denn das wieder für Dummheiten!

... Ich hab es satt, brüllte Ariane. Ich hab euch satt, Scheiße! In regelmäßigen Abständen heißt es, daß jemand abgemurkst werden soll Früher war es Papa Jetzt ist es Camille Ich werde nicht warten, bis ich dran bin, ich warne euch: Ich mach euch alle kalt, bevor ihr auch nur piep sagen könnt Und ich garantiere euch, daß da bei mir nichts schiefgeht. Macht euren Zirkus ohne mich Von euren miesen Geschichten hab ich die Schnauze gestrichen voll Und außerdem bin ich schwanger Ich hau mit meinem Richard ab. Ciao!

Bevor wir aus unserer Bestürzung wieder auftauchten, hatte sie zwei Koffer vollgestopft – einen großen und einen kleinen – und war gegangen, in jeder Hand einen Koffer und mit dem Fuß die Tür hinter sich zuschlagend.

In ein paar Tagen würde sie fünfzehn werden, wir hatten ihr Geburtstagsgeschenk schon gekauft: einen stummen Diener aus poliertem Holz, ihr Traum, zumal er sogar Rollen hatte.

Seit zwei Jahren steht er jetzt im Zimmer meiner Mutter, denn Ariane haben wir nicht wiedergesehen. Zwei Jahre, in denen meine Mutter jeden Abend schnieft, ich höre sie, wenn sie ihre Kleider über das polierte Holz hängt. Sie sagt, Ariane werde zurückkommen Sie ist sich ganz ganz sicher: Man verläßt seine Familie nicht einfach so, vor allem wenn man kein mißhandeltes Kind gewesen ist. Inzwischen haben wir aber nur eine hübsch bedruckte Karte bekommen, zur Geburt des Kindes. Es ist ein Mädchen. Sie heißt Camille.

„Sch... Schwanger!“ hatte meine Mutter ausgerufen und sich auf ihren Stuhl fallen lassen. „Mit fünfzehn, Gott im Himmel! Und den Zeitpunkt sucht sie sich aus, um von zu Hause wegzugehen! Und alles wegen einer Ohrfeige, der ersten ihres Lebens ... WER soll es ihr denn großziehen, ihr Kleines? Wer denn?“

Ich habe zu meiner Mutter gesagt, Ariane werde in der nächsten halben Stunde zurückkommen, sie brauche sich keine Sorgen zu machen ... Mein Weitblick war voller Hochmut und ohne Grenzen. Abel hat ohne ein Wort nach einem Buch gegriffen und angefangen, sich Verbrechen reinzuziehen. Dann ist mein Vater nach Hause gekommen, und wir mußten es ihm wohl oder übel erzählen.

Ich frage mich, wo sie das her hat, sie auch noch, hat mein Vater gesagt. Wir haben nur bekloppte Kinder, das gibt's doch nicht.

Worauf meine Mutter angefangen hat, ihm mehr oder weniger direkte Anspielungen ins Gesicht zu schleudern, die sich auf die vorgebliche „erbliche Belastung“ von Alkoholikern bezogen –

zum Glück war mein Vater nüchtern, sonst hätte das Ganze wahrscheinlich ein sehr böses Ende genommen.

Abel hat die Nase aus seinem Buch voller Blut und Massaker gehoben und gefragt: „Ist sie wirklich weg, für immer?"

Mein Vater hat gesagt Jetzt reicht's, verdammt! Und ein winziger Funke knisterte auf dem Grund von Abels noch immer so schönen Augen Zu schön, um wahr zu sein. Woher sollen wir das denn wissen, hat meine Mutter geschluchzt, denn es waren Stunden vergangen und Ariane war noch immer nicht zurück. Mein armer Kleiner, stell nicht solche Fragen …

„Ich hab nichts getan", hat Abel gesagt, und sein schweifender, strahlender Blick richtete sich plötzlich auf mich und durchzuckte mich wie ein elektrischer Schlag. „Ich hab nichts getan …"

Ich sehe, wie mein Bruder sich anspannt, wie alle seine Muskeln anschwellen, als würde er gleich anfangen zu brüllen Es war Camille Camille Camille Dieses Kind ist verrückt, sagt meine Mutter an Gott weiß wen gerichtet, reif für die Klapse! Schämst du dich nicht, so was zu sagen! Unterdessen steht Abel langsam auf, riesengroß und sich immer weiter aufrichtend unter dem Druck des Schreis, der nicht herauskommen wird der ihn erschlagen wird wenn er seinen Höhepunkt erreicht, und seine Hände winden sich ineinander, seine Augen sind weiß, glasig geworden.

Mein Vater war es, der den stocksteifen Abel an den Schultern aufgefangen und ihn hingelegt hat. Wenn er nicht da ist, wird es schwierig für uns: Abel ist jetzt schwer wie eine Tempelsäule.

„Ich hab wirklich gedacht, jetzt bringt er sie um", hat meine Mutter gesagt. „Ich frage mich, ob Ariane nicht doch recht hatte, ob er nicht … Er wird immer sonderbarer, der Junge, findet ihr nicht?"

„Halt die Klappe!" versetzte mein Vater, der Abels Wangen knetete, um ihn wieder zu sich zu bringen. „Wenn ihr nicht das Maul haltet, schmeiß ich euch alle aus dem Fenster."

Sie haben keine Klage wegen Verführung einer Minderjährigen einreichen wollen: Abgesehen von unser aller Gewißheit, daß Ariane sich ganz allein „verführt“ hatte, abgesehen von der in unserer Familie fest verankerten Abneigung gegen die Polizei, waren sich auch alle bewußt, daß Gewaltanwendung das sicherste Mittel war, um eine Kettenreaktion von Katastrophen auszulösen, bis es mindestens einen Toten gäbe.

Dann hat besagter Richard einen geschwollenen Brief geschrieben, in dem er seine Absicht beteuerte, „seine Pflicht zu tun“. Meine Mutter und mein Vater haben der Hochzeit zugestimmt. Auf diese Weise würde Ariane vielleicht zurückkommen, zumal sie mehr als tausend Kilometer weit weggezogen war, mit diesem dahergelaufenen Schaustellertyp, den sie sich da aufgegabelt hatte.

Ariane kommt nicht zurück, wegen Gott weiß was für einer „durchgebrannten Sicherung in ihrem Hirn“, wie meine Mutter behauptet, aber es ist nur noch eine Sache von Tagen – angeblich rücken Kinder einer Frau den Kopf zurecht. Man braucht nur abzuwarten, bis die Wirkung eintritt.

Auf der Geburtsanzeige stand eine Telefonnummer. Da hat meine Mutter gesagt, wir würden auch ein Telefon bekommen. Und angesichts unserer Ratlosigkeit vor diesem maßlosen Luxus, der unsere Mittel bei weitem überstieg, hat meine Mutter erklärt, daß sie sich erstens die für den Anschluß notwendige Summe geliehen hätte Daß wir es zweitens nicht benutzen würden – jedenfalls so wenig wie möglich – Daß es vor allem dafür wäre, falls Ariane ... Und daß wir sie drittens alle mal könnten, so.

Mein Vater hat den Mund auf- und wieder zugemacht, ohne etwas zu sagen Er hat seine Fingerknöchel knacken lassen und die Schultern gezuckt. Abel hat gesagt Wie funktioniert das? Und seitdem ist das glänzend schwarze Telefon vollkommen stumm.

Am Anfang setzte sich meine Mutter jeden Abend davor, wie aus Zerstreutheit. Wir spürten sie in unserem Rücken, wie sie beim Stricken Maschen fallen ließ, sie, die in ihrem Leben nie gestrickt hatte. Schließlich ist mein Vater explodiert Hat gedroht, den Apparat zu Brei zu schlagen, wenn sie weiter an diesem Platz kleben bliebe, mit diesem Ausdruck, als würde sie an nichts glauben, und ihren Händen, die das Gegenteil sagten Er habe es satt satt satt Meine Mutter solle eben als erste anrufen, und vielleicht habe Ariane den Brief ja nicht einmal bekommen …

„Unmöglich“, hat meine Mutter gesagt. „Er war eingeschrieben. Es war übrigens ein Päckchen, es waren ein Strampelanzug und Schühchen für die Kleine drin.“

„Dann können wir dieses Drecksding ja zurückgeben“, hat mein Vater gebrüllt. „Das ist rausgeschmissenes Geld. Betrachte sie als gestorben, beweine sie ein für allemal und laß uns in Ruhe damit!“ Er hat seine Mörderfaust auf den Tisch krachen lassen und ihn dabei sauber gespaltet.

Als ich meinen Vater herumbrüllen hörte, habe ich begriffen, daß wir es alle wußten: Ariane hatte in aller Stille Selbstmord begangen, ohne Blutvergießen und ohne eine Leiche zu hinterlassen.

Und wie man sich an die Stimme der Toten erinnert, höre ich meine kleine Schwester Ariane noch aus voller Kehle singen:

Ich fahre bis nach Eeeng-land
Die großen Schiffe zu seeehn
Tralla lalla la la laaaa
Wie die kleinen Vögelcheeen …

Kleine Miststücke, sagte mein Vater zu der Zeit, als ich ihn noch umbrachte Ihr seid alle kleine Miststücke! Das sind keine Kinder, die ich habe, sondern Schlangen Geier … Wölfe!

IV

Sie werden mich gewiß eines Tages an die Oberfläche bringen, worauf alle darin übereinstimmen werden, daß es nicht der Mühe wert war, sich so viel zu geben, für ein so armseliges Opfer, für so armselige Mörder.
S. Beckett, *Der Namenlose*

Ich erzähle immer noch Geschichten, meine Mutter hatte ganz recht, mißtrauisch zu sein. Der Beweis, wir haben nicht einmal Oktober, wir haben März, und in den Rinnsteinen kann es nicht das geringste tote Blatt geben. Es ist das Rascheln von Schilf, das ich im Ohr habe. Von Schilf, und nicht von Blättern – die ich im übrigen durch die Scheibe hindurch gar nicht hören könnte – Diese Blätter, die das Wort „Oktober" in mir aufgerufen haben, dessen Fallbeil-Klang ich schon immer geliebt habe. Ein beschissener Monat, sagte Ariane, echt wahr. Ein Monat, wo nichts mehr geht ...

In ein paar Tagen wäre meine kleine Schwester siebzehn geworden, wir hätten ihr ein Geschenk gemacht. Und das erinnert mich an diesen Traum, der mich in den ersten Tagen nach Arianes Weggang so durcheinandergebracht hatte. Ein komischer Traum, der erste von all denen, die ich ihr nie mehr erzählen werde.

Ein hellbraunes Krabbeltier ist aus einem Päckchen entflohen – ein Päckchen, das irgend jemand, ich weiß nicht wer, dabei ist auszupacken, ich sehe Papier herumliegen. – Das Tier rennt über den Tisch – oder vielmehr unter dem Tisch entlang –, den ich umdrehe, um es zu jagen   Es ist ein kleiner Tisch   Oder ein Stuhl

Oder nur eine Art Holzrahmen auf Rollen, und darauf sehe ich deutlich das Tier davonrennen und dem Zerquetschtwerden entkommen.

Seltsamerweise habe ich das Gefühl, daß dieses Tier jemandem gehört – oder zumindest in Beziehung zu jemandem steht –, aber ich weiß nicht wem. Meine Jagd jedenfalls hat nichts mit der betreffenden Person zu tun, da ich sie ja nicht kenne: Sie ist allein durch mein Grauen vor Insekten motiviert. Die Atmosphäre ist trocken, angstbeladen.

Ich weiß nicht genau, womit ich versuche, das Tier zu zerquetschen. Ich verfehle es mehrmals, es rennt immer noch. Als es den Schlupfwinkel, in den es sich verkrochen hat, verläßt, um über eine freie Fläche zu flitzen (den Boden oder eine andere unbestimmte Ebene), werfe ich den Gegenstand nach ihm, den ich in der Hand halte (ebenfalls nicht näher bestimmbar), und diesmal habe ich es erwischt.

Ich weiß nicht, ob ich selbst oder jemand anderes den mörderischen Gegenstand umdreht (denn die ganze Zeit befindet sich jemand mit mir im Raum Eine Frau, die ich nicht klar sehe, vielleicht dunkelhaarig, aber auch das ist nicht sicher) oder ob dieser sich von allein umdreht, rollend oder aus eigener Kraft. Der Gegenstand könnte schlußendlich eine Haarbürste mit Metallborsten sein. Ich habe sie mit der Borstenseite auf das Tier geworfen, daher ein flüchtiges Angstgefühl, ich könnte es wieder verfehlt haben.

Wie auch immer, das Ding dreht sich um und schleudert mir das gleißende Bild eines blauschwarzen Käfers ins Gesicht, der buchstäblich zerborsten ist, weit offen, aufgespießt auf die Stacheln einer funkelnden Distel Blau Blau Blau Das unerträgliche, knisternde Blau von Abels Augen.

Ein paar Tage nach Arianes Weggang bekam Clara ihr Kind.

Ich komme aus der Geburtsklinik heraus, in einem Zustand innerer Spaltung, der der völligen Abwesenheit ziemlich nahe ist.

Ich sehe mich schauen handeln den Bus nehmen Ich sehe mich sogar von mehreren Seiten auf einmal, aber in meinem Schädel herrscht absolute Leere.

Als ich aussteige, stoße ich beinahe mit einer schwangeren jungen Frau zusammen, der ich mechanisch Platz mache und die sich mir in die Arme wirft:

„Camille! Aber Camille, siehst du mich denn nicht?“

„Mylène!“

„Ach, bin ich froh! Stell dir vor …“

Ich ziehe sie ein Stück von der Bushaltestelle weg, wo wir sonst noch einen Aufruhr verursachen, wenn wir die Leute weiter am Ein- und Aussteigen hindern. Es weht ein stürmischer Wind, der uns Staub ins Gesicht schleudert und knapp über der Erde Wirbel aus alten Fahrkarten bildet. Mylène war gekommen, um mit ihrer Mutter Frieden zu schließen, aber Gertrud hat ihr noch nicht einmal die Tür öffnen wollen.

„Vielleicht war sie nicht zu Hause …“

„Ach, von wegen“, sagt Mylène. „Ich kenne sie gut, meine Mutter und ihr stures Mauleselschweigen hinter der Tür. Sie war da, sag ich dir.“

Ich schaue auf meine Schuhe.

„Nicht mal Hündinnen verstoßen ihre Jungen“, schnieft Mylène in dem Bistro weiter, in das ich sie geschleift habe, um uns vor dem Wind in Sicherheit zu bringen. „Das ist keine Mutter, die ich habe, sondern … sondern …“

Geduldig mache ich Mylène wieder Mut, so wie sie es von mir erwartet. Sie muß an ihr Kind denken, und der Rest … Schwamm über die Vergangenheit In die Zukunft schauen und das ganze Tamtam. Wohl wahr, wohl wahr, stimmt Mylène zu, die bereits angefangen hat, allen Müttern zu ähneln, und besonders ihrer eigenen.

„Und du?“ seufzt Mylène schließlich, am Ende einer Reihe von Schluchzern.

Ich bin nah dran, dieser zweiten Gertrud, die noch dazu ganz arglos ist, die Nase zu putzen. Ich sage, es geht. Daß ich als Aufsicht im Internat arbeite. Überflüssig, sie mit den unverständlichen Komplikationen meines Lebens zu belasten. Im übrigen ist sie schon wieder weiter bei meiner Mutter, die wenigstens eine richtige Mutter sei ... Ich sage Wohl wahr Wohl wahr, und ich schaue in Richtung Tür, hinter der der Sturm an Heftigkeit zunimmt und alte Fahrkarten Kronkorken Karamelstangenpapierchen in erstaunliche Höhen aufsteigen läßt.

„Was für ein Wetter!" seufzt Mylène. „Und dein Bruder?"

Ich sage, Abel sei immer noch derselbe, mit seiner Flinte und seinen Stiefeln, er sei unglaublich stark geworden und ginge schweigend die Straße auf und ab.

„Armer Junge", sagt Mylène. „Er ist nicht ganz normal ... Und deine kleine Schwester?"

„Sie ist weggegangen."

„Ich weiß", sagt Mylène. „Aber seitdem ..."

„Nein, sie ist noch nicht zurückgekommen. Sie ist schwanger."

„Was?"

„Das hat sie uns jedenfalls gesagt ... Kannst du dir vorstellen, daß sie letztes Jahr noch mit ihren Bällen jongliert hat?"

„Ach Gott", sagt Mylène und stürzt den Inhalt ihres Glases hinunter. „Wenn ich daran denke, daß ich noch nicht mal spielen durfte ... Und deine kleine Schwester haut ab. Ich wäre nie weggegangen, wenn sie mich nicht rausgeschmissen hätte ..."

Ich bestelle noch eine Grenadine-Milch für Mylène, es ist meine Runde, und einen weiteren Tee mit Zitrone für mich, nur um einen Grund für meine Übelkeit zu haben. Ich warte, bis Mylène aus ihrem schon beträchtlichen Bauch genug Mut geschöpft hat, um wieder eine Weile weiterzuleben. Und in der Zwischenzeit plappere ich, wie ich es bei den Müttern so gut gelernt habe.

Ob Mädchen oder Junge, daraus wird Mylène kein Drama machen, weise wägt sie die Vorteile des einen wie des anderen ab, um zu einem gerechten Gleichstand zu gelangen. Ich stimme zu. Das Wichtigste ist, nicht wahr, daß dem Baby nichts fehlt ... Ich stimme wieder zu. Der Tee mit Zitrone läßt es mir noch flauer im Magen werden. Ich schwitze. Wenn Mylène dem gesunden und vollständigen zukünftigen Säugling zulächelt, sieht sie Gertrud frappierend ähnlich.

„Weißt du noch ...“, sagt Mylène, die wieder ernst geworden ist und mich mit einer Sanftheit anschaut, die einen Ort sucht, um sich niederzulassen, mit einer Art leisen Befürchtung oder Bitte ... „Weißt du noch?...“ Ihr dunkler Blick fängt den meinen ein, erweckt darin das verlorene Echo eines anderen Blickes, dem von Gertrud, wenn sie mir den Schwarzwald versprach, und ich fühle mich leicht abdriften. „Weißt du noch, wie ihr mir in dem Korb Sachen hochgeschickt habt?“

„Deine kleine Schwester war die Aufgewecktere“, sagt Mylène, „aber dich hatte ich lieber ... Ich mochte dich gern, weißt du.“

Ich zermartere mir das Hirn auf der Suche nach einer Möglichkeit, sie von diesem Fenster abzulenken (das sie sicher wieder auf die Ungerechtigkeit ihrer Mutter zurückbringen wird), ohne jedoch ihre sentimentalen Gefühle zu verletzen. Aber ich sorge mich umsonst, denn Mylène verfolgt eine ganz andere Schiene:

„Rate mal, wie ich es nennen werde?“

„Hmmm ... Da müßte ich ja zwei Vornamen erraten.“

„Nein“, sagt Mylène lachend, „einen einzigen: Ich werde es Camille nennen. Das ist ein hübscher Name, Camille, und er ist nicht gängig ...“

Ich weiß nicht, was Mylène und ich noch geredet haben. Ich erinnere mich, daß ich plötzlich ganz dringend auf die Toilette rennen mußte, um den Tee mit Zitrone auszukotzen. Mylène hat gesagt Na so was! Ob ich nicht zufällig auch?... Ich habe sie in diesem Punkt beruhigt, bevor ich sie endgültig im Sturm stehenließ, der große Staubwolken aufwirbelte.

Ich habe das Bild des roten, zerknitterten Babys noch vor Augen, wie es neben Clara schläft. Es ist ein Mädchen. Claras Blick, ruhig und erlöst, gleitet mit der Geschmeidigkeit von etwas Glücklichem, Seidigem in den meinen hinein. Ich lächle zurück, und sie macht das Päckchen auf.

„Hast … Hast DU das gemacht?“

Völlig verdutzt packt sie das bestickte Lätzchen, das ich früher einmal im Handarbeitsunterricht angefertigt habe, vollends aus. Es ist weiß, in Abstufungen von Blaßrosa bis Violett bestickt, prunkvoll wie die Wäsche einer Prinzessin, schillernd vor verschlungenen Fäden, die mit manischer Gleichmäßigkeit ineinander verflochten sind. Irrwitzige Stickerei Verspätetes Erzeugnis einer flammenden Gotik Ein wahrhafter Aufschrei der Panik, der von allen unverstanden geblieben war – die Lehrerin konnte nicht leugnen, daß es mein Werk war, da ich es im Unterricht bestickt hatte. Meine Mutter konnte es auch nicht leugnen, da sie das Garn mit mir gekauft hatte. Sie haben mich jedoch beide angeschaut, als stünde ein Gespenst hinter mir. Sie haben mich beglückwünscht, mit dem Respekt, den man Monstern schuldet, die unversehens vom Genie ergriffen werden. – Ich habe das Ding tief in einer Schachtel begraben, in einem Leichentuch aus Seidenpapier, ohne mir einen Augenblick lang vorzustellen, daß ich je eine Verwendung dafür haben könnte. Die Lehrerin hatte gesagt Es ist ein eigenwilliges Muster für ein Lätzchen, aber nun, von der Technik her kann ich Ihnen nicht weniger als 19 von 20 Punkten geben … Sie sollten Altardecken für Kathedralen sticken. Da meine Ansichten wohlbekannt waren, sowohl über die Kirche als auch über die Stickerei und andere Tätigkeiten für „junge Mädchen“, ist die ganze Klasse in Lachen ausgebrochen. Aber dieses verzweifelte Meisterwerk erwartete seine Bestimmung – es ist nur ein paar Jahre in seinem Schrank geblieben.

„Hast du das gemacht? Ja?“

Claras Augen taten sich unter mir auf wie Abgründe.

„Ja."

„Sie heißt Camille", hat Clara gesagt, wobei sie meine Hände in die ihren nahm und ganz fest drückte. „Wie findest du sie?"

Camille, der Name war gewiß nicht „gängig" in unserem Viertel, aber er wird es schließlich noch werden. Wenn meine kleine Schwester Ariane zurückkommt, wenn Mylène nicht wegzieht, wer wird sich in ein paar Jahren, wenn ich irgendwo in der weiten Welt verschwunden sein werde, wohl noch daran erinnern, daß ich der Ursprung dieser Epidemie war?

Später, mit der kleinen Camille von Ariane, habe ich einige Mühe, mich wieder zu fassen. Ich habe das abstruse Gefühl, daß ich allen Kinder gemacht habe, mit der Folge, daß mein eigenes Leben mir entgleitet und zu verschwimmen beginnt, aufgelöst in ein paar widersprüchliche Bilder, ohne Verankerung, ohne Realität ...

Eigentlich hätten sich die Mütter umbringen müssen, und sei es nur aus Müdigkeit. Aber nein Sie irrten durch die Vorhölle zwischen dem Morgennebel und dem ungesunden Abendlüftchen, das sich ihnen in den Hals bohrte wie eine Messerklinge. Sie stiegen über die Pfützen grauen Wassers und gingen ihren Eintopf umrühren Glücklich wie Erstkommunikantinnen, wenn zu Ostern die Sonne schien, diese erschöpfte Sonne unserer Gegend, die nach dem Matsch der Rinnsteine riecht. Sie hoben dann den Kopf zu den Wolken, atmeten tief durch und sahen uns Kinder an, die wir plötzlich riesengroß geworden waren, größer als sie, undurchschaubar wie ein Volk von Statuen und auf distanzierte, mürrische Art dem einen oder der anderen ähnlich.

Ich war niemandem ähnlich Und meine Mutter liebte dunkel meine Einzigartigkeit, wie ein vages Versprechen von Vergeltung für die Starre der toten Jahre. Es ging so weit, daß sie sagte Wenn du einmal dein Examen hast ..., so wie sie von einer Krone, einem funkelnden Juwel auf meiner Stirn gesprochen hätte, als wäre es zu ihrem persönlichen Triumph da. Aber gleichzeitig überwachte sie mich aus den Augenwinkeln, wie eine zu hübsche Vase, die nicht ganz im Gleichgewicht steht.

Sie sitzt mir noch in den Knochen, in jeder Faser meines Körpers, diese diskrete und fast heimliche Überwachung, zu deren ständigem Gegenstand meine Mutter mich machte. Sie redete nicht mit mir, oder von völlig belanglosen Dingen, wobei sie mir den Arm um die Taille oder um den Nacken legte, wie um mich daran zu hindern, verlorenzugehen, und mich dann mit dem ganzen Körper stützte, als wäre ich plötzlich drauf und dran zu fallen Als sähe sie mich zu nah am Abgrund entlangbalancieren.

In Wirklichkeit befand ich mich, wenn mein Befinden in der Regel auch einigermaßen gut war, nicht mehr in der ursprünglich vorgesehenen Verfassung. Meine Mutter wußte das, ohne daß man es ihr hätte sagen müssen. Und heute frage ich mich: Hat man das Recht, seine Verfassung zu wechseln?

Das ist eine Frage, die ich mir auf Anhieb nicht gestellt habe, weil ich mir, wie Ariane sagen würde, die Fragen immer erst hinterher stelle – das ist bequemer und sicherer, und anders kommt man nicht voran.

Aber aus „hinterher“ wird sehr schnell ein bißchen zu spät Man wird schon von allen Leuten schief angesehen, und das ist dann nicht der richtige Moment, um sein Innenleben in Augenschein zu nehmen, wenn es darum geht zu beweisen, hier und jetzt, auf der Stelle, daß man wirklich dieselbe geblieben ist Diejenige, an die alle gewöhnt sind Daß man sich weder verändert noch umgekrempelt, daß man weder denunziert noch verraten hat, wo doch alles auf das Gegenteil hindeutet Daß man nicht „die Seite gewechselt“ hat Daß man noch weiß, wo die Seiten sind, und unterscheiden kann, auf welcher Seite man sich zu halten hat …

Mir kommt der Verdacht, daß meine Mutter in diesen Anfällen von körperlicher Nähe vielleicht meine Anwesenheit überprüfte. Und wenn ich sie nie zurückgestoßen habe, wie Abel es später hat tun können, so geschah das weniger aus Zärtlichkeit oder einem instinktiven Verständnis heraus, als vielmehr aus Vorsicht, aus Heuchelei, im vollen Bewußtsein des unerbittlichen Breiterwerdens der Kluft. Eine Kluft, die ich nie gewollt habe. Niemals. Das möchte ich in alle Welt hinausschreien.

Es war schon viel zu spät, und ich gebe gern zu, daß meine Mutter es lange vor mir begriffen hatte – fast ohne Worte, fast ohne jeden Vorwurf suchte sie bereits im Dunkeln nach mir.

Dann erwächst mir eine Wut, eine grenzenlose Versuchung, ein Massaker anzurichten, wie man sie im Delirium hat, und ich mühe mich ab, den ANDEREN, denen das scheißegal ist, die mir auf die Schulter klopfen und sich amüsieren, zu erklären, wie verkehrt diese Welt ist Wie deutlich ich das sehe Wie sehr ich alles kaputtmachen, zu Asche verbrennen möchte – Reinen Tisch, wie man sagt und sogar singt – Wie sehr ich mir gleichbleiben will, ich will und werde mich nicht ändern!

„Niemand“, sagte Ariane hoch auf ihren Stöckelschuhen und die Seiten ihres weiten Rockes anhebend, um den Schmetterling zu machen, „NIEMAND kann wissen, wie sehr ich mir gleichbleiben werde!“

Sie sprach von etwas anderem, von ihrem wilden Lebenshunger, aber ich komme letztlich zu dem Schluß, daß fixe Ideen zu uns gehören, daß das mehr oder weniger in der Familie liegt und daß wir die Flamme des Lebens wie der Verheerung mit der gleichen Sturheit in uns tragen.

Meine Mutter zuckte dann mit der einen oder anderen Schulter – sie befolgte gefügig Arianes Ermahnungen, mal abzuwechseln –, da sie anderweitig in Demut gelernt hatte, daß alles sich abnutzt, einschließlich des wütenden Appetits kleiner Mädchen. Aber wenn sie sich doch täuschte?

Um mich herum, in meinen angrenzenden Sphären, lacht man. Man sagt Soso! Eine Rebellin ... Und es stimmt, daß das zu einer

Mode wird bei den Bürgerkindern – Und daß es ihnen vergehen wird, weil es fast immer vergeht – Aber ich, ich habe keinen verspäteten Anfall von jugendlicher Originalität. Ich habe das Schiff heimlich bestiegen, ohne die dazu notwendigen Papiere. Und da man mich nicht über Bord werfen kann, man hat nämlich Skrupel, läßt man mich die Reise fortsetzen, meinen schlechten Manieren zum Trotz.

Trotzdem behält man mich im Auge, so oder so: Ich bin nicht „echt“. Im übrigen werde ich nie mehr „echt“ sein, nirgends. Weder bei den Meinen, noch bei den anderen. Ich habe nunmehr einen Fuß auf jeder Seite der Grenze, und ich werde mich nicht von der Stelle rühren, welche Überzeugungskraft oder Gewalt man auch aufwenden mag, um mich auf die schöne Seite zu stoßen oder zu ziehen, wo es Himmelblau und Blümchen gibt. Mit meinem Argot und sämtlichen Konjunktivformen im Vokabular werde ich meine Verrätervisage behalten. Das einzige, was ich von früher mitbringe, wie einen häßlichen kleinen Koffer.

Bei den Meinen werde ich zu meiner Verteidigung vorbringen können, daß ich nicht wirklich gewählt habe, es ist mir aus heiterem Himmel passiert. Eines Tages, als ich zum Spaß durch die Schießscharte schaute, wurden durch ein paar Bücher meine Innenräume erleuchtet. Kann man vor dem Licht die Augen wieder verschließen? Sie werden es verstehen. Auch sie lieben Regenbögen.

Zu den anderen werde ich ununterbrochen, wieder und wieder, von meinem Zorn sprechen. Von dieser Wut, die an die Eingeweide greift, wenn man sich durch Zufall auf die andere Seite der Scheibe katapultiert findet, dahin, wo man seinem eigenen Schicksal zusehen und es vielleicht sogar beeinflussen kann.

Ich habe mich in einen Einwegspiegel hineinbegeben. Von dieser Seite hier sieht man   Versteht man   Weiß man   Sieht man voraus. Man könnte sogar ein „Großer Mann“ werden, mit einem ganz klein bißchen Glück …

Auf der anderen Seite der Dinge sieht man weiterhin nichts als sein eigenes winziges Spiegelbild. Und ich mag noch so sehr versuchen, ihnen dort drüben zuzuwinken, sie haben mich bereits ein bißchen verloren, ich kann es an ihrem zögernden oder verschlossenen Blick erkennen, wenn wir uns auf der Straße begegnen.

Hier redet man höflich mit mir. Ohne zu schreien. Man sagt „ich habe" und nicht „ich hab". Und ich antworte mit wohlerzogener Stimme Selbstverständlich Das ist offensichtlich und Sind Sie nicht auch der Meinung –, und spiele damit die unverzichtbare Komödie, die mich erträglich macht. Aber ich täusche sie nicht mehr als nötig. An ich weiß nicht welcher Schroffheit in meinen Gesten oder Blicken, an ich weiß nicht welcher geringfügigen Unstimmigkeit meiner Kleidung, die ich doch sorgsam pflege – oder schlimmer noch: an dieser sonntäglichen Wirkung, die mir unweigerlich ein unbedacht gekauftes, viel zu elegantes Accessoire verleiht –, erkennen sie mich. Sie werden vorsichtig. Überschütten mich mit ihrer Sympathie mit ihrem Verständnis ... Sie sind immer ein ganz klein bißchen zu nett zu mir, als hätte ich viel durchgemacht oder „es mir verdient", wie meine Mutter sagen würden.

Dann werde ich noch schroffer als gewöhnlich, während sich auf dieser hübschen Seite des Spiegels, im Land meines Asyls, die Besten über mein Kommen freuen, genau wie die Meinen auf der anderen Seite mir verzeihen, daß ich mich schon etwas entfernt habe.

„Das dürfte doch nicht so sein", beklagte sich Ariane, kurz vor ihrer Photoroman-Periode. „Ist doch wahr, Mama, wenn du klein bist, gibt es nie irgendwelche Kontaktprobleme: Du triffst ein Kind, das dir sympathisch ist, und sagst: Willst du spielen? Das verpflichtet zu nichts, es ist ganz direkt. Wenn du ihm nicht gefällst, sagt es nein, und du sagst ihm, daß es ein Angeber ist und ein blödes Arschloch. Wenn es dich fragt Was denn?, dann heißt das, daß es vorsichtig, aber nicht feindselig ist. Wenn es dir antwortet, daß seine Mutter es nicht will, ist es ein Depp oder ein Angsthase. Und wenn es gleich ja sagt, dann weißt du, daß du ihm auch gut gefällst und daß du einen Kumpel fürs Leben gefunden hast."

„Wohingegen jetzt", meckerte Ariane weiter, „nee, also so eine Scheiße! Die Mädchen zicken rum, die Jungs schauen dich an, als stündest du drei Stufen unter ihnen, und wenn du 'nen Typ in deine Nähe läßt, wirst du mir nichts dir nichts zu seinem Eigentum Zu seiner Eistüte Zur Blume in seinem Knopfloch ... Jedenfalls ist keinerlei Gespräch mehr möglich! Sag mal, findest du das normal?"

Meine Mutter zog eine Schulter hoch, fast immer dieselbe, betrachtete Ariane ratlos, fand, daß sie schlußendlich nicht unrecht habe, aber was willst du da machen ... Und empfahl am Ende unweigerlich, mit mehreren Freundinnen auszugehen Die Jungs nicht zu beachten, und vor allem nicht die meist viel älteren „Mistkerle", die um kleine Mädchen herumscharwenzeln Und ... und ... und ... wobei sie unversehens wieder von jener Annahme einer latenten Gefahr ausging, die Ariane so sehr aufbrachte.

Dieser Richard mit seinem Kopf wie ein Kalb, mit seinem Humor wie ein Handlungsreisender, hätte bei Ariane nicht mal die Spur einer Chance haben dürfen Noch irgendein anderer Don Juan aus unserem Viertel, ob mit oder ohne Auto. Wie ist Ariane verführt worden? Aber sind denn meine Mutter, Mylène, die anderen Mütter „verführt" worden? Natürlich, in Anbetracht dessen, daß bei uns „verführt werden" heißt, dazu gebracht werden, sich alles gefallen zu lassen, mit der Zeit mürbe gemacht zu werden, sich mitnehmen und forttragen zu lassen wie ein Paket, in ein Leben, das man sich auf keinen Fall aussuchen kann, da man noch nicht einmal darüber informiert wird. Darum kann der erste, der den Netten spielt ... Vor allem, wenn man sich wie eine dumme Gans in sein Bett hat schleifen lassen ...

Aber nicht Ariane. Ariane hat sich das Hirn zugegipst, wie andere es sich in die Luft jagen. Ariane wird mir nie verzeihen.

Und ich, ich bleibe weiter im Inneren des Spiegels, schaue all dem zu und stelle langsam fest, daß man, wenn man aus einem toten Landstrich flieht, alle anderen mitnehmen können müßte. Sonst ist es der Mühe nicht wert. Es ändert die dreckige Visage dieser Welt nicht.

Jetzt ist es zwei Jahre her, seit Ariane abgehauen ist und die Tür hinter sich zugeknallt hat. Und ungefähr anderthalb Jahre, seit auch Clara weggegangen ist. Ich erinnere mich – es war im Oktober.

Der Zahnarzt schleppte seit jeher einen lästigen, chronischen kleinen Schnupfen und vage Entwurzelungsabsichten mit sich herum, die Clara mittels Passivität und Schweigen bekämpfte. Er nahm dann das erste Niesen des Babys zum Vorwand, den berühmten Süden wieder aufs Tapet zu bringen, so lichterfüllt, so wohltuend für Kinder … So …

Als Clara mir das erzählte, sah sie mich nicht an Schaute zum Fenster hinaus oder zur Wiege Und verstehst du, im Grunde …

Sie haben das Haus auf der Klippe verkauft, ich weiß nicht, was er gegen dieses Haus hatte, außer vielleicht daß es leichter zu verkaufen war als das andere … Um so besser. Nun werde ich nicht mehr hingehen können, um irgendwelche Erinnerungen wachzukitzeln. Sie haben die Stadt verlassen und eine Agentur mit dem Verkauf des Hauses mit der Praxis beauftragt, das seither verschlossen ist, blind und taub wie ein Grab.

Manchmal fahre ich daran vorbei, auf meinem Roller, und lasse den Motor aufheulen, als wäre es ein Schrei aus meinem Bauch. Wenn ich keine Mutter hätte, würde ich mit Vollgas gegen den Putz der Fassade rasen, der vor lauter Regen und Verwahrlosung ganz schäbig geworden ist. Das würde einen großen blutigen Fleck hinterlassen, der die Sonne ersetzen würde.

Aber ich habe eine Mutter – oder ganz einfach eine gute Entschuldigung für diese Feigheit, die ich in mir trage wie eine schwere Pfütze –, also pauke ich weiter vor mich hin, um ein Juwel auf die Stirn zu bekommen, auf das sie in aller Unschuld stolz sein kann, ihr ganzes Hundeleben lang.

Clara schreibt mir regelmäßig, daß es Camille gutgeht. Daß sie sabbert. Lächelt. Zwitschert. Krabbelt. Steht. Watschelt. Spricht. Daß das Haus mit der Praxis verkauft ist. Daß sie zurückkommen wird, um den Umzug zu beenden. Daß wir uns bei dieser Gelegenheit wiedersehen könnten, wenn ich Zeit hätte. Daß sie mir Camille vorstellen würde, du wirst sehen, wie süß sie ist. Und du, Camille? Dein Studium? Dein Leben? Ich umarme dich. Fest.

Ich antworte ebenso regelmäßig, daß mein Studium seinen Lauf nimmt. Ganz gut. Mein Leben auch, soweit. Daß meine kleine Schwester nicht zurückkommt. Daß mein Bruder immer gleich bleibt, das Viertel auch. Daß ich ihr dies wünsche. Daß ich jenes hoffe. Daß ich bestimmt Zeit haben würde, sie solle mir nur Bescheid geben, wenn sie den Termin wisse. Daß ich sie umarme.

Ich habe so sehr versucht, mit ihr zu reden. Das aufzuklären, so wenig es auch war, was zwischen uns passiert ist und sich nunmehr verflüchtigt wie ein Traum ... Sie weiß nicht. Antwortet nicht. Oder antwortet mir, sie wisse es nicht, es sei so kompliziert ... Es ist wieder die Rede vom Gedächtnis, als wage sie zwischen den Zeilen, unter der Strenge meiner Briefe, nur diese eine Panik zu entdecken: die des Vergessens. Sie versichert mir, daß sie mich nicht vergißt. Mich nicht vergessen wird. Niemals. Und ich, ich habe das Gefühl, daß ich in ihrem Kopf endgültig zur Ruhe gelegt und mit einem großen weißen Leintuch zugedeckt worden bin.

Ich drehe hohl. Ich kämpfe mich geduldig aus den grauen Tagen hervor, einem nach dem anderen, wie aus klebrigen Laken. Es werden immer mehr und mehr, ohne jede Gewißheit, daß sich darunter noch jemand befindet.

An den Tagen, an denen ich freie Zeit und überschüssige Energie habe, gehe ich mit Abel am Kanal entlang radfahren. Wir fahren stundenlang, bis wir vom kalten Himmel eisige Augen haben. Und wir reden nie ein Wort miteinander, nicht einmal in den Pausen, wenn wir im Schilf sitzen und picknicken.

Mein Bruder ist ein Menhir mit einem turbulenten und geheimen Innenleben, das wahrscheinlich selbst für ihn unentzifferbar ist und nur in seinen Augen gelegentlich aufscheint, in Aufheiterungen oder unvorhersehbarem Geknister. Er kommuniziert nie mit irgend jemandem, er hat noch immer keinen Kumpel, nicht einmal eine Freundin oder einen Flirt. Als würde diese Leere, die immer schon irgendwie um seinen Körper lag, mit den Jahren stetig wachsen und die Ausmaße einer Wüste annehmen, in der er immer weiter versteinert, ohne Ende.

Er weigert sich, zu neuen Ärzten zu gehen, neue Drogen zu schlucken Er weigert sich immer öfter, sich zu waschen, arbeiten zu gehen, sogar aufzustehen. Er verweigert alles. Er starrt in seinem Zimmer stundenlang an die Wand und wird bei der geringsten Erwartung an ihn von diesem inneren Geheul ergriffen, das alle zurückweichen läßt, und seine Hände erwürgen sich unter schrecklichem Knacken gegenseitig ... Abel wirkt jetzt tatsächlich furchterregend, wenn er einem in die Augen schaut.

Und wenn er nichts anschaut, in voller Länge ausgestreckt, die Augen über irgendeine Abwesenheit geschlossen, ist er traurig wie ein toter Hund.

So ..., hatte Clara gesagt, mit ihrem schwarzen Blick, gespannt wie ein Segel vom Wind, der Gott weiß welche Erinnerungen, welche Impulse zurückhielt, die nicht hervorschauen durften. Ich freue mich doch sehr, dich wiederzusehen ... Du hast dich nicht verändert, Camille ... Es ist ja auch noch gar nicht so lange her ...

Auf Höhe ihres Oberschenkels, mit etwa dreißig Jahren Abstand, noch mal die gleichen schwarzen reglosen Augen, die mich ernst betrachteten. Die Ähnlichkeit hat mir den Atem genommen: Eine Clara in Kleinformat, die sich an die Beine der echten drückte und zögerte, mich anzulächeln.

„Sie ist müde“, hat Clara gesagt. „Alles wird besser sein, wenn sie geschlafen hat. Gehen wir ins Bett, mein Baby?“

„Nja.“

„Ja“, sagt Clara. „J-a.“

„Nnja!“

„Dickkopf“, sagt Clara verzückt. „Sie spricht, aber sie hat ihre eigene Sprache, da ist im Moment nichts zu machen. Ein Lastwagen ist ein Pupa, und eine Puppe ist eine Didi ... Hopp, ins Bett.“

„Nja“, sagt Camille mit einem so plötzlichen und totalen Lächeln wie das ihres Vorbildes. „Ins Bett!“

Als das Kind im Bett ist, haben wir uns nichts mehr zu sagen. Clara lächelt mich wortlos an, von der anderen Seite des Tisches her.

„Geht es dir gut, Camille?“

„Ja.“

Schweigen.

„Willst du Tee?“

„Nein.“

„Etwas anderes?“

„Nein.“

Claras Blick sinkt auf ihre gefalteten Hände zurück. Ich hätte gedacht, sagt sie, daß es einfacher sein würde. In den Briefen ... Aber, sagt Clara, du warst ja noch nie besonders redselig.

Camille ..., sagt Clara sehr sanft, als würde sie einen Schleier oder Haare beiseite schieben, um mein wahres Gesicht wiederzufinden. Ich habe viel an dich gedacht, weißt du ... Es ist gut, daß wir uns noch schreiben können, uns nicht völlig aus den Augen verlieren ... Es ist gut, daß es dich gibt, sagt Clara mit diesem Blick, der wie von innen aufgebläht ist von etwas Zurückgehaltenem. Ich bin froh, daß du gekommen bist. Daß du da bist.

Und später, während wir Kisten verschnüren, um endlich irgend etwas zu tun: Sei nicht traurig ... Ich habe die Schultern gezuckt, und die Schnur ist mir zwischen den Fingern zerrissen.

Dann hat das Kind im Nebenzimmer angefangen zu weinen. Sie mußte herausgeholt gewickelt gefüttert werden. Sie war jetzt sehr vergnügt und überhaupt nicht mehr eingeschüchtert. Sie hat mir bereitwillig die Wange abgeschmatzt und mich gefragt, ob ich mit ihr spazierengehe.

„Einverstanden", hat Clara gesagt. „Wir gehen raus."

„Nein. Ca-ille."

„Du willst mit Camille gehen?"

„Nja."

„Ohne Mama?"

„Nja."

„Bist du sicher?"

„Nja! Du nicht."

„Wirst du auch nicht weinen? Sag, wirst du dann auch nicht weinen?"

„Nein, nein, ah!"

Ich habe gesagt Hör doch auf, sie so zu verunsichern, ich bin durchaus in der Lage, mit einem Baby spazierenzugehen, was denkst du denn?

„Seit ein paar Wochen", sagt Clara, „ist sie ständig in irgendwelche Leute vernarrt ... Aber geht nicht zu weit weg ... Es dauert nie sehr lange: Dann will sie nach Hause, schnell, schnell ..."

Ich sage Natürlich Daß ich mir das schon gedacht hätte. Und Claras Blick, der sich kurzzeitig entzogen hatte, bietet sich wieder voll dar Schwarzes Segel, das an allen Seiten festgemacht ist Das den Angriffen des Windes standhält.

Während wir Camille in Wollsachen einpacken, lächelt Clara noch irgendwie betrübt, fragt mich, ob es mir wirklich nichts ausmache, um sich schließlich wieder dem Zuschnüren der Kisten zuzuwenden, als hätte ich sie irgendwie bestraft.

Ich gehe mit Camille spazieren, die mir folgt, so gut sie kann, und dabei die Knie weit hochzieht, um große Schritte zu machen. Reumütig bremse ich ein bißchen ab, aber jetzt ist sie es, die mich zieht. Es ist ein Spiel. Wir lassen unsere Sohlen gemeinsam klappern.

Wenn ein Lastwagen vorbeifährt, streckt sie den Finger aus: „Pupa!"

Ich sage, nein, Lastwagen. Ich setze sie auf ein Mäuerchen, damit ihr Gesicht auf gleicher Höhe mit meinem ist: „Last-wa-gen."

„Nja", sagt Camille in diesem abwiegelnden Ton, den sie den Erwachsenen schon abgeschaut hat. „Nja ... Pu-pa!"

Sie lächelt mich an, als würde sie mir etwas schenken, und sucht systematisch die Straße ab. Etwas weiter am Straßenrand entdeckt sie einen parkenden Lieferwagen. Der spitze, ganz steife kleine Finger schnellt hervor: „Pupa!"

Ich reagiere nicht, bin verloren in der Betrachtung ihrer großen schwarzen Augen, die nicht mit der Wimper zucken. Die mich gutgelaunt herausfordern.

„Pu-pa!"

Dieses Kind sieht seiner Mutter so ähnlich, daß die winzige Klinge in mir sich herumdreht, daß der Schmerz mich den Bruchteil einer Sekunde lang blendet – letzte kleine Blase einer Leiche, die zu versenken doch schließlich gelingen wird.

„Das?" sagt Camille, deren spitzer kleiner Finger mir plötzlich ins Auge sticht. „Das?"

„Tja! Das ist es, was dich erwartet, meine Süße, was glaubst du denn? Das ... Das ... Was geht mich das eigentlich an?"

Die großen dunklen Augen mustern mich mit unglaublicher Sympathie. Und nachdem sie geduldig nachgedacht hat, schlägt mir die kleine Camille schließlich vor, als würde das alles lösen: „Last-fagen?"

Dann plötzlich, als hätte sich um sie herum die Wüste aufgetan: „Mama?"

Ich habe das Kind seiner Mutter zurückgebracht, ein für allemal. Denn es ist absolut ausgeschlossen, daß ich mich auch noch in die zweite Generation verliebe, Scheiße!

Wir haben weiter Kisten verschnürt, wobei Camille nach Herzenslust die Packschnur verhedderte.

„Weißt du ... Einmal hab ich dir eine Blume gestohlen. Das muß ich dir doch mal erzählen ..."

„Ach ja?" hat Clara gesagt, die die Schere suchte und sich auf einmal umdreht, um mir zuzulächeln.

„Ja. Es ist schon lange her."

Ihr dunkler Blick liegt auf mir, plötzlich entspannt wie durch eine Windstille.

„Das ist ja außergewöhnlich", sagt Clara, „Blumen stehlen ... Ich hätte sie dir doch gegeben. Du hättest nur danach fragen müssen ..."

„Nicht ‚Blumen', nur eine. Im übrigen bin ich betrogen worden. Sie war unecht."

„Das geschieht dir recht", sagt Clara, als fände sie endlich Gelegenheit, die Worte zu sagen, die sie auf dem Herzen hatte. „Du hättest nur Vertrauen haben brauchen. Aber wieso unecht?"

„Unecht. Künstlich. Plastik und Federn. Schämst du dich nicht?"

„Ich? Künstliche Blumen? Nein nein, du ..."

„Doch doch. Es war im Wartezimmer ..."

„Ach so", sagt Clara, „im Wartezimmer ..."

„... und ich war zwölf oder dreizehn."

„Was?" sagt Clara und läßt die Schnur für die Kisten fallen. „Was erzählst du da?"

„An dem Tag mit Ariane, mit ihrem Zahn. Die Blume, die hatte ich im Murmelbeutel verschwinden lassen. Es war für ein Mädchen."

Clara wirft mir ihr großes Lachen ins Gesicht Ein lautloses Lachen, geworfen mit einer Art Schwung des ganzen Körpers.

„Verflixte Ariane ... Ich wette, das war ihre Idee! Übrigens, habt ihr was von ihr gehört?“

Ich sage, nein, nichts Neues. Daß ich einen unheimlichen Bammel gehabt hätte ... Ich habe mich einfach nie getraut, es dir zu erzählen.

„Du wirst sehr mutig“, hat Clara mit einem erneuten Lächeln gesagt.

„Was bist du dusselig“, sagt Clara, mit ihren Händen plötzlich in meinen Haaren. „Ich hätte sie dir gegeben, ganz bestimmt ... Was für eine Geschichte.“

Ich nehme ihre Hände aus meinen Haaren. Sanft. Entschieden. Ihr Blick liegt auf mir, gebläht wie ein Segel, spannt sich an den Rändern und entzieht sich schließlich.

„Sah sie wenigstens gut aus, das Mädchen?“

„Weniger gut als die Blume ... Stell dir das vor, es war die schönste Blume, die ich in meinem Leben gesehen hatte, und sie existierte gar nicht.“

Claras Blick, der sich mir erneut entgegenwirft, gespannt, fast vibrierend Der ausweichen wird Der ausweicht.

„Du siehst überall sehr schöne Dinge“, sagt Clara, „die gar nicht existieren ...“

Plötzliches Flattern des Blickes, wie von entgegengesetzten, aber sanften Winden bewegt, wie in unmerklicher Not oder Nostalgie.

„... Aber sie haben unrecht“, sagt Clara. „Sie SOLLTEN existieren, HÄTTEN SEIN SOLLEN, wie du sie siehst ...“

„Camille ...“, sagt Clara nach einer kurzen Pause, in der wir zuschauen, wie die andere Camille an einem Stück Schnur lutscht. „Weißt du, Camille ... Auf die eine oder andere Art haben sie doch mehr oder weniger existiert ... Glaubst du nicht?“

„Nein.“

„Aber Camille, das kann man doch nicht essen. Gib das Mama.“

„Doch“, sagt Clara, deren Blick, als sie ihn wieder auf mich legt, an der Oberfläche ganz leicht nachgibt, sich aber sofort wieder spannt. „Doch, sie haben existiert. Auch wenn … Man kann sich nicht an etwas erinnern, das nie existiert hat …“

Wieder das Gedächtnis Das horizontal liegende Ding unter dem weißen Leintuch. Ich sage, das sei es ja eben. Ich hätte keinerlei Erinnerung.

Da hat sich ihr Blick blitzschnell entzogen, so wie man einem Schlag ausweicht, den man nicht die Absicht hat zurückzugeben.

Zum Glück hat sie nicht ihr dämliches „Ich bitte dich um Verzeihung“ wiederholt, denn ich glaube, dann hätte ich sie wirklich geohrfeigt, um ihr die betreffenden Erinnerungen aus dem Kopf zu schlagen.

Bei uns wird die Demütigung erhobenen Hauptes und mit Schimpfworten auf den Lippen getragen, was eine von vielen Arten ist, damit umzugehen.

Um Verzeihung bitten, das ist doch ein bißchen einfach: Warum nicht gleich, wenn man schon mal dabei ist, auch noch um Trost und Rehabilitierung?

Als ich wieder zu Hause war, habe ich mich vollaufen lassen, das soll ja aufheiternd wirken. Ich habe auch gesungen, um mir Mut zu machen.

Die Kinder diiieser Eeer-de
Die brauchen keinen Gooott
Tralla lalla la la laaaa …
Wie's die Verliiiebten tuuun …

O Ariane Ariane wenn du wüßtest.

Aber es wirkte nicht aufheiternd, und es gab keine Ariane mehr. Bloß Abel, der herumhing, fahl wie eine erloschene Straßenlampe.

Der Himmel war so grau, daß er mich an den Kanal hat denken lassen. Ich habe vorgeschlagen, die Fahrräder rauszuholen, das oder etwas anderes.

Der Wind schlug schlaff gegen mein Gesicht. Feucht und schlaff wie ein kaltes Laken, aus dem man sich nicht mehr hervorkämpfen kann. Ich hatte Schwierigkeiten mit dem Radfahren, ich war noch etwas betrunken. Schließlich habe ich eine Pause vorgeschlagen.

Ich habe Abel, der immer Hunger hat, Honigkuchen gegeben. Und auch Kaffee, ich hatte wie immer eine Thermoskanne gefüllt. Über dem reglosen Kanal glitt der gesamte Himmel unmerklich davon. Ich weiß nicht, wie ich das gemacht habe, aber der Kaffee war fast kalt. Es war ekelhaft. Ich habe wieder angefangen zu singen:

Die Liiiebenden von Le Haaa-vre …
Die brauchen … kei-hein Meeer …

„Das ist Arianes Lied", hat Abel gesagt. „Hör auf."

„Das ist ein ganz gewöhnliches Lied. Tralla lalla … la la laaa … tralla lalla … la laaa …"

„Hör auf!" hat Abel über mir stehend gebrüllt und seine beiden Hände schnell tief in die Taschen gesteckt. Dann hat er ausgesehen, als würde er sich zu etwas zwingen, und hat sich schließlich mit steifen Schritten am Schilf entlang entfernt.

„Gehst du weg?"

„Pissen", hat Abel mir mit grimmiger Stimme über die Schulter zugeworfen.

Ich warte schon seit mehreren Minuten auf ihn, sammle das Papier auf, packe die Thermoskanne und die Wasserflasche ein, suche, was noch herumliegen könnte, Taschenmesser, Feuerzeug … Als ich den Kopf wieder hebe, dreht mir das tückische Gleiten der Wolken auf einmal den Magen um.

Und plötzlich, ohne daß ich ihn gehört hätte, ist Abel wieder da, über mir Und ich weiß nicht, warum ich angefangen habe zu schreien Der Schrei einer Verrückten Einer Ermordeten.

In Abels Blick, der weißglühend auf mir liegt, sehe ich dieses unerträgliche Universum, das den Inhalt seines Schädels ausmacht, lodern knistern explodieren Ich sehe, wie seine riesigen Finger anfangen sich zu winden, wie alle seine Muskeln anschwellen, und ich habe die absolute Gewißheit, daß er diesmal nicht nach hinten umfallen, sondern sich auf mich stürzen wird, während ich noch dahocke und Sachen einsammle.

Ich schnelle hoch und werfe mich mit dem Kopf voran, die Arme schützend darübergelegt, ins Schilf, dessen Krachen meinen Schädel erfüllt. Abel, fortgerissen von seinem Schwung, ist mit dem Getöse einer riesigen Fontäne ins Wasser gestürzt.

Als ich mich endlich wieder aufrichte, zerschrammt und verängstigt genug, um den Himmel über dem Kanal kentern zu sehen, ist Abel verschwunden. An der Oberfläche sind nur noch ein paar dicke graue Blasen, die ich endlos anschaue, wie sie über die konzentrischen Kreise hinweggleiten und eine nach der anderen zerplatzen, während der Himmel noch bebt, als würde ich ihn durch das Wasser hindurch sehen.

Später habe ich dann gesehen, wie Abels Körper leicht hin- und herschlingernd wieder an die Kanaloberfläche aufstieg und ganz langsam auf die Hubbrücke zutrieb. Ich habe nicht gerufen. An den Ufern des Kanals ist nie irgend jemand. Ich habe die Tasche auf mein Fahrrad gepackt und bin weggefahren.

Abel hatte nie schwimmen lernen wollen. Im übrigen war er bestimmt bewußtlos. Und ich selbst, ich kann mich kaum über Wasser halten. Aber egal. Ich habe an nichts von all dem gedacht, als ich zusah, wie mein Bruder starb Ohne einen Schrei Ohne eine Bewegung, um ihm zu Hilfe zu kommen Ohne das leiseste innere Schaudern. In mir war nichts mehr Nichts als Flaute Als Grau Wie ein riesiger Spiegelsplitter warf das glatte Wasser des Kanals nichts zurück als farblosen Tag, Abwesenheit, Leere.

Als ich aus dieser seltsamen Erstarrung erwacht bin, habe ich gewußt, daß ich keine Angst mehr haben würde. Nie mehr. Vor niemandem. Daß die Angst von Abel ausging, von ihm ausstrahlte, alles kontaminierend, was in seine Nähe kam. Daß wir in Ruhe leben würden. Daß Ariane vielleicht zurückkäme. Aber das war nur eine andere Form des Deliriums.

Dann habe ich begriffen, daß der Grund, warum er ausnahmsweise nach vorn fiel, wahrscheinlich die Neigung der Uferböschung war. Die Tränen sind erst später gekommen, als mir eingefallen ist, daß sein Hosenschlitz noch offen stand. Weil man ihn so herausfischen würde, mit seinem nackten Geschlecht, das aus dem kalten Wasser ragte, wie einen dieser „Mistkerle“, die meine Mutter fürchtete.

Natürlich lohnt es sich nicht einmal mehr zu warten: Meine kleine Schwester Ariane wird nicht zurückrufen. Ich klammere mich immer an belanglose Details, wie an diesen Vornamen, den sie ihrem Kind wohl gegeben hat, weil er ihr im Kopf herumgeisterte Aus Gewohnheit Um ihn mit jemand anderem zu verbinden, um ihn zum Stillhalten zu bringen, um ihm eine andere Adressatin als mich zuzuweisen. Oder aber so, wie man eine Blume auf ein Grab pflanzt, *in memoriam*.

Jemand kommt die Treppe herauf, langsam, in meinem Rükken. Jemand Schweres, ich höre seine Füße gegen die Stufen donnern.

Jemand ist heute gestorben, das weiß ich. Oder gestern Oder wird morgen sterben. Um mich herum stapeln sich Tote, und mir ist nicht klar, ob auch ich dazu zähle, denn manche von ihnen stehen noch. Tote ziehen mich am Ärmel, um mich an dunkle Verpflichtungen zu erinnern, die ich nach und nach vergessen habe und die ich mir ins Gedächtnis zurückrufen MUSS.

Wo sind nur die Leute von zu Hause? Was habe ich mit meiner kleinen Schwester Ariane getan? Und was habe ich mit Abel getan, meinem Bruder? Was hätte ich mit ihnen tun können, das frage ich mich, wenn es denn überhaupt an mir war, etwas mit ihnen zu tun, was nur? Sie zählen, sie behüten, nachprüfen, ob sie noch da sind ... Sie mitnehmen, vielleicht, aber wie, aber wohin?

Und wenn es nicht an mir ist, darauf zu antworten, an wem dann? An wem, das frage ich mich. Da doch hier nur ICH bin, und hier, das ist schon lange auf der anderen Seite.

Die französische Originalausgabe erschien unter dem Titel
Camille en Octobre

Die Veröffentlichung dieses Buches wurde im Rahmen des Förderprogramms des französischen Außenministeriums, vertreten durch die Französische Botschaft in Berlin, unterstützt.
Vielen Dank.

Cet ouvrage, publié dans le cadre du programme de participation à la publication, bénéficie du soutien du Ministère des Affaires Etrangères, représenté par le Service culturel de l'Ambassade de France à Berlin.
Merci beaucoup.

Die Deutsche Bibliothek – CIP-Einheitsaufnahme
Best, Mireille:
Camille im Oktober : Roman / Mireille Best.
Aus dem Französischen von Claudia Kalscheuer
Berlin : Krug & Schadenberg, 2000
Einheitssacht.: Camille en Octobre <dt.>
ISBN 3-930041-20-0

Heimstraße 19, 10965 Berlin

1. Auflage 2000

Lektorat: Andrea Krug, Berlin
Satz und Gestaltung: Dagmar Schadenberg, Berlin
Umschlagillustration: Mirta Domacinovic, Offenbach
Druck: Clausen & Bosse, Leck